Anonymous

Die Französische Revolution als Augenzeuge

Die Halsbandgeschichte

Anonymous

Die Französische Revolution als Augenzeuge
Die Halsbandgeschichte

ISBN/EAN: 9783337320409

Printed in Europe, USA, Canada, Australia, Japan

Cover: Foto ©Andreas Hilbeck / pixelio.de

More available books at **www.hansebooks.com**

Friedrich Freyh. von der Trenck

sämmtliche

Schriften.

Neunter Band.

Non relata sed probata refero.

———————

Strasburg 1791.

Weil ich wegen Entfernung des Druckortes die Correctur nicht selbst machen konnte, so sind einige wichtige Druckfehler stehen geblieben, die ein scharfsichtiger Leser mit denen Umständen und Hindernissen meiner Lage gütigst entschuldigen wird.

Inhalt.

———————

Meine Anmerkungen

und

Meinung über alle Arten

von

Staatsrevolutionen.

Wer in dieser allerwichtigsten Sache sein Privaturtheil fällen soll, der muß alle alte und neue Geschichten kennen, auch ohne Vorurtheil gelesen haben. Er muß zugleich alle Länder Europens, ihre Verfassung, Gesätze, National = Karakter, politische auch innere Lage und Verhältniße, Schwäche,

a auch

Trencks Schr. IX B.

auch Mängel gründlich nachzugrübeln, Wil=
len, Gelegenheit und Fähigkeit besitzen, auch
richtig zu verbinden, und zu schliessen wissen.
Er muß auch die Menschenart, ihre Lieb=
lingsneigungen und ihre Oberkeiten persön=
lich kennen. Dann ist ein solcher Mann
erst fähig seine Meinung in solcher Gestalt
vorzutragen, daß er keinem Staate gefähr=
lich scheinen kann.

Vor dem fürchterlichen asiatischen De=
spotismus bebt ohnedem jeder ehrliche Mann,
und Menschenfreund zurück, und wer die=
sen vertheidigen will, der ist sicher ein Schelm,
welcher Privatabsichten hat, um einem Ty=
rannen Opfer zu bringen. Wir Europäer
lachen, wenn wir lesen, daß im dummen
Afrika die Herren ihre Sklaven, und diese
ihre Herrn an europäische Menschenhand=
ler in die erschrecklichste Sklaverey verkaufen.
Wir seufzen aber auch nicht, wenn ein
deutscher Reichsfürst seine deutschen Reichs=
unterthanen einer fremden Macht verkauft,
um die Amerikaner zu Sklaven zu machen,
und sich für jeden Kopf, der nicht schul=
dig

dig ist, für fremde Händel seine Haut zu
Markte zu bringen, 40 Guinée bezahlen
läßt. Noch weniger beunruhigt uns die
Polnische noch Churländische Leibeigenschaft,
wo jeder Edelmann auch Sultan in seinem
Dorfe ist, und seine Sklaven wie das Mast=
vieh verkaufen kann.

In solchen Ländern, wo die Obergewalt
walt mißbraucht wird, folgt die Revolution
ohnfehlbar bey der mindesten Aufklärung,
oder wenn die Bedrückung den Grad er=
reicht hat, in welchem der Mensch sich füh=
len muß, und wo er alles wagt, weil er
nichts mehr zu verlieren hat.

Frankreich war wirklich in eine sol=
che Lage gerathen. Nicht eigentlich durch
den orientalischen, sondern vielmehr durch den
Ministerial = Despotismus, durch Nachläßig=
keit und Verschwendung seiner Monarchen,
durch den übertriebenen Luxus seiner Gros=
sen, und durch versäumte Grundsätze die
Glieder einer so ungeheuern Volksmenge
im Gleichgewichte, und in wechselseitig ver=
brü=

brüderter Beschäftigung zu erhalten. Ein
zur Fröhlichkeit geartetes Volk suchte Wohl=
leben, der Arglistige fand Wege zur Unter=
brückung, und der arbeitende Stand schmach=
tete schuß = und hülflos im unheilbarsten
Elende.

Hier war nun die Revolution eine
nothwendige Folge versäumter Pflichten
derer, die für Volksglück wachen sollen. Sie
brach aus: und sie konnte nicht fehl schlagen, weil der große Volkshaufen beleidigt
war, und weil dieses aufgeklärte Volk
ihre Büttel einmal kennt, auch ihr National=
stolz zur Empörung gereizt, oder viel.
mehr durch Mißbrauch der Obergewalt ge=
zwungen wurde.

In Ländern hingegen, wo das Volk
geschützt, und nur der Adel Ursache hat
mißvergnügt zu seyn, da ist keine andere
Revolution zu fürchten, als die, welche mit
wenig Opfer derselben ganz herabsetzt, und hie=
durch den Monarchen zum Despoten macht. Da
aber, wo Unwissenheit und Trägheit herrscht,

hat

hat der Priester sicher das Obergewicht. Dieser nährt Laster und Dummheit, folglich wird das Volk eigensinnig und heimtückisch. Der Pfaff lenkt die Neigungen und Herzen nach seiner Willkühr. Hieraus entsteht eine spanische Monarchie, wo der König im Joche der Kirche selbst ein Sklave ist: wo er selbst ohne ihre Beyhilfe keine gute Gesätze machen: keine Bürgertugend befördern kann. In solchen Staaten ist keine Revolution möglich, weil der Priester in der Ohrenbeicht alle Geheimnisse entdeckt. Da nun der Monarch mit ihm verstanden seyn muß, so ist jeder Anschlag auch gleich entdeckt, und in seiner Geburt erstickt.

In Brabant sehen wir den klaren Beweis davon. Der Monarch glaubte diese Priesterschaft entbehren zu können, um seine Absichten auszuführen. Und sie thaten das, was alle Priester aller Religionen sicher thun, wo man ihre Herrsch = und Habsucht schwächen will. Dann ist Gott in seinem Gesalbten beleidigt: dann weht die Blutfahne für den wahren Glauben, dann erwirgt

ein

ein Bruder den andern zur Ehre Gottes nach dem Willen seiner Priester. Und dann hat der Monarch keine Unterthanen, der Staat aber keine Bürger.

Wehe aber unsern deutschen Reichsunterthanen, falls unruhige Köpfe Unzufriedenheit sichten, und französische Revolution predigen wollten. Die Staaten sind zu klein, um sich in Republiken zu verwandeln, und ihre Nachbarn sind zu mächtig, um nicht verschlungen zu werden. Die Schweitzer befanden sich in einer solchen Lage, daß sie sich selbst beschützen können, und ein republikanischer Geist gewann Zeit sich auszubilden, und Wurzel zu fassen, ehe ein benachbarter Monarch Kräfte und Gelegenheit finden konnte, sie zu unterjochen. In Holland wirkten beynahe eben die Ursachen, um eine Verbrüderung zusammenzuketten, welche die vereinigten Provinzen reich und glücklich machte. Man hat aber vor zwey Jahren gesehen, wie die Eintracht zerrüttet werden, wie die so hochgepriesene Freyheit allgemach die Souverainität einschlei

schleichen laſſen kann, und wie enthuſiaſtiſche
Patrioten unterliegen müſſen, wenn ſie zur
Unzeit unruhig, oder von mächtigen Völ=
kern betrogen werden, deren Schutz ſie be=
dörfen.

In denen Preußiſchen Staaten iſt gar
keine Revolution zu beſorgen. Das militai=
riſche Gouvernement iſt Bürge dafür. Die
Geſätze ſind einfach, deutlich, und dem Na=
tionalkarakter angemeſſen. Für die Erzie=
hung wacht die Polizey, Vaterlandsliebe,
Tugend, Bürgerpflicht werden gelehrt. Die
Ablaßnegotianten können ihren Kram nicht
auspacken, um Böſewichte nach Grundſätzen zu
bilden. Der Monarch iſt Menſchenfreund.
Die Laſt der Steuern iſt der Induſtrie an=
gemeſſen. Verdienſte und Fähigkeit ſeufzen
nicht unter dem Miniſterial = Despotismus:
Und der Unterthan hat die Erlaubniß zu
denken, zu leſen, auch ſeinen Zuſtand, ſei=
ne Wohlfarth mit andern Völkern in Ver=
gleichung zu ſtellen. Gerechtigkeit wird über=
all befördert, auch belohnt. . . . Hier iſt
demnach kein Partheyzeiſt, kein allgemeines
Miß=

Mißvergnügen zu fürchten. Und die Staats=
maschine ruht auf solchen Triebfedern, die
alle gemeinschaftlich für die Zufriedenheit
aller Stände wirken.

Kurland ist der Staat, welcher am er=
sten eine Hauptrevolution zu fürchten
hat. Und diese ist gewiß nicht weit ent=
fernt. Wer sich hiervon überzeugen will,
der lese meine Abhandlung von der National=
tapferkeit, im 4. Bande meiner bekannten
Schriften. Uebrigens ist hier die Gefahr
größer als irgendwo, weil die beyden letzten
Revolutionen glückten, und folglich das
Vorbild sein Glück zu machen den Unter=
nehmer reizt.

Von Ungarn allein will ich noch die=
ses anmerken. Diese Nation war roh,
so oft von Türken unterjocht, von seinen
Monarchen vernachläßigt, hatten bey all=
gemeiner Armuth so wenig zu verlieren,
daß sie sich bey jeder Gegelenheit empörten.

Die

Die Geschichte zeiget uns , wie nach=
theilig diese Rebellionen allezeit gegen ihre
Anstifter und Theilnehmer ausschlugen. Un=
garn hat keine Lage zur republikanischen
Verwaltung , und wäre ohne der deutschen
Hilfe schon lange eine türkische Provinz.
Da nun dieses orientalische Joch wirklich
das unerträglichste ist : so wird jeder auf=
geklärte Ungar gewiß mit mir einstimmig
den Tag segnen , wo sich ihre Vorfahrer
aus dem Hause Oesterreich ihre Könige wähl=
ten.

Unter Theresens Regierung bildete sich
diese Nation , welche wirklich wegen ihren
Nationaltugenden , und Tapferkeit ehrwürdig
ist. Sie half mit ohntadelhafter Treue und
Standhaftigkeit ihren Thron befestigen. Wurde aber auch dabey aufgeklärter und reicher, wohnte sicher in ihren Hütten, und
gewöhnte die Bruderliebe für die Deutschen, mit denen sie für beyderseitigen Wohl=
stand verbunden ist.

Der

Der Kaiser Joseph beglückte sie mit
der Toleranz, und wollte weiter gehen, um
auch Industrie, und Wetteifer in Bürger=
pflichten anzufächeln. Er reizte aber etwas
unvorsichtig den Nationalstolz . . . . Und
alles gerieth in Gährung, weil der Ungar
sogar seine Muttersprache verwerfen, und
seiner Väter Lieblingssitten, Neigungen und
Gesätze auf einmal verachten, und verwerfen
sollte.

Was würde der Deutsche, der Fran=
zose, und jedes Volk thun, welches man
auf der schwächsten Seite auf diesem Wege
angreifen wollte? Es ist wahr, der Deut=
sche lernte begierig die französische Sprache,
weil sie allgemach Mode wurde, und ihn
die Neuerung gefiel. Hätte aber Oesterreichs
Monarch auf einmal befohlen, daß niemand
im ganzem Reiche eine Ehrenstelle noch Amt
erhalten sollte, der nicht Französisch könne,
auch daß die Muttersprache nicht einmal
mehr in denen Gerichtsstellen gelten solle, so
würden wir gewiß weniger Gedulb als die
Ungarn in diesem Falle gezeigt haben. Wel=
cher

cher Britten König wird seine Unterthanen zwingen können, daß sie Hannöverisch Deutsch im Parlamente sprechen sollten? Und was thäte der Franzose, wenn bey Hofe und in denen Dikasterien nur die arabische Sprache pa ordre gelernt werden müßte. Man kann also niemals vorsichtig genug seyn, wo nur Anschein da ist, daß der National=stolz beleidigt werden könne. Der Ungar aber, welcher ihn im höchmöglichsten Gra-de besitzt, der sich so lange Zeit her von Deutschen gedrängt, von deutschen wieneri=schen Ministern zurück gesetzt sahe: der ei=fersüchtig zu werden sehr oft Ursache fand, und denen Folgen längst nachgegrübelt hatte. Eben dieser sonst so leicht zum gewaltsamen Widerstande geneigte tapfere auch tollkühne Ungar, blieb aber dennoch ruhig, seufzete, murrete, ließ seine Unzufriedenheit blicken, hielt aber seine Lieblingsneigungen im Zwan-ge, und erwartete mit Gelassenheit bessere Zeiten, wo dergleichen Entwürfe zu schei-tern pflegen.

Her=

Herrliches Vorbild für andere Völker,
wie rechtschaffene Staatsbürger durch Gelassenheit, und Nachgiebigkeit, ihre geglaubte Kränkung auffangen, ertragen, und ab-
schütteln können. Dieses hießen unruhige
voreilige Köpfe Niederträchtigkeit. Ich hingegen behaupte, es war Scharfsicht ihrer Landesväter, die durch Mässigung mehr erlang-
ten, als Ragozi und Töckely mit ihren angezettelten Blutbädern erhielten. · · · · Sie
sahen vor, daß beschämte Feinde dereinst
vor Edeln Ungarn kriechen würden. Und
daß ein Monarch, der Mensch ist, durch erhabenes Betragen guter Unterthanen endlich bewogen wird, das zu widerrufen, was
ihnen Unzufriedenheit verursachen, und das
wechselseitige Zutrauen mindern könnte.

Der Türkenkrieg brach heran. Hier
vergaß der Ungar alles, was ihm im Einzelnen mißfallen hatte. Und dachte allein
an das Vaterland, und an die gegenwärtige Gefahr. Er war denen Befehlen des
Monarchen nachgiebig, grif zum Gewehr

für

für das allgemeine Beſte, und zeigte, daß
ſeine Nationaltugenden noch weder verloſchen,
noch befleckt ſind.

Der Friede iſt nun erfolgt ; Und der
Fürſt, für den er Gut, Blut, und Leben auf=
opferte, wird gewiß nicht ſo unbankbar an
einem Volke handeln, welches ſo wichtige
Dienſte leiſten kann, daß er durch Krän=
kung ihrer Privilegien, oder gewaltſame
Zernichtung einiger ohnbedeutenden Na=
tional = Vorurtheile, ihre Herzen vom kindli=
chem Vertrauen entfernen ſollte. Monarchen
irren eben ſo, wie andre Menſchen. Erfah=
rung, Beyſpiele belehren Sie: Geduld und
Sanftmuth der Schwachen reißt ſo gar dem
Wüterich das Würgſchwerd aus der Fauſt,
und giebt es dem guten Bürger ohne Ge=
fahr, aber nicht dem Furchtſamen, noch Nie=
derträchtigen in die Hände. Beyde drehen es
gegen ihre eigne Bruſt, und vergrößern das
Uebel — Wir haben alſo in unſern Tagen
ſeltſame Dinge erlebt.

Das

Das weichlichſte, wollüſtigſte Volk der Erden, die Franzoſen, greifen einſtimmig zum Gewehr, gegen einen Monarchen, den ſie anbeteten. Dieſer iſt juſt zum Glücke des Reiches ein wirklich guter Mann, gibt nach, weicht der Gewalt, ohne Widerſtand: hindert hieburch dem Ausbruche ganzer Blutſtröhme, und macht ſich und ſein Land glücklicher, als es jemals war.

Der Ungar klagte, brohte, wollte ſchon hin und wieder den Säbel zücken, um ſeine beleibigte Privilegien zu vertheibigen.... Ein Umſtand ereignet ſich, wo er ihn mit Ehre gegen den Erbfeind zückt. . . . Er ſiegt, rettet ſein Vaterland, ſchützt ſeinen König, den er als ſeinen Tyrannen anſah. Gewinnt durch eble Handlungen ſein Herz, ſein Vertrauen, und erhält ſeine ſo ſehr geliebte Privilegien ohne Blutbad.

Beyde Völker ſind belohnens = auch bewundernswürdig. Und die Schickſale beyder Monarchien gehören gewiß unter die ſeltſame, werden auch der Nachwelt, wo nicht

zum

zum Muster, so doch zur Beleuchtung irr-
discher Entwürfe dienen, wo sehr oft aus
dem alles bedrohenden Uebel, etwas wirklich Gutes für den großen Menschenhaufen
erwachst, unerfahrne Fürsten hingegen in
die Lehrschule gehen sollten. Ich wünsche
nunmehr beyden Nationen ein dauerhaftes
Glück. Sie sind zwar noch im Kampfe,
der sich aber meinen Einsichten gemäß zu
ihrem Vortheile lenken wird.

Hier hab ich zur rechter Zeit Geduld,
in Frankreich hingegen, wo ich nur Zuschauer,
nicht Mitbürger wär, Standhaftigkeit und
beherzten Angriff geprebigt. Beydes hat gelungen. Und ich nähere mich meinem Grabe mit der Beruhigung, daß ich überall
die Pflichten eines uneigennützigen Welt-
bürgers erfüllt habe.

Meine Kinder werden, wenn ich nicht
mehr bin, mit Ehre das Bürgerrecht in allen Staaten Europens für sie mit offenen
Armen bereit finden. Mein guter Ruf hat
ihr Nest gebauet. In Kurland und Spanien

nien .werben ſie gewiß keins ſuchen, noch an=
nehmen.   Ob man ſie auch jemals nach
Ungarn rufen werde, um ihnen die mir
gewaltſam entriſſene Trenckiſche Güter in
Sclavonien, und meine geraubte Schätze
und Ungriſche Rechte und Anſprüche wieder
zu geben, zweifle ich ſehr.   Ob ich gleich
Dank, Achtung und Bruderliebe bey einer
Nation verdient hätte, deren Wohlſarth
ich zu befördern wünſchte, und die ich noch
wirklich, troß allen mir zugefügten Unbil=
den und Gleichgültigkeit, denen alten römi=
ſchen Vaterlandshelden, auch unſern ehrwür=
digen deutſchen Bardenbrüdern an die Sei=
te ſtelle.   Mein Familiennamen hat ge=
wiß Ungarns Incolat verdient: Und die Na=
men derer, welche Trenckiſche Güter beſitzen,
werden gewiß den Trenckiſchen verdienten
Nachruhm nie verdunkeln.   Ich wünſche ih=
nen guten Appetit bey meinen ſilbernen
Schüſſeln. Meine Kinder hingegen werden
mit mehr Ruhe und Ehre ihre Koſt in ir=
denen Geſchirren zu verdienen wiſſen.

Uebri=

Uebrigens, da ich den Vorwitz zu befriedigen, in diesem Bande sehr viel von der französischen Revolution gesagt habe, und ohnerachtet diese eine wirklich glückliche Wendung für das Ganze dieses Reichs zu erhalten scheint: so kann doch nicht jedermann zufrieden seyn. Viele tausend Familien sind verarmt. Viele durch Banquerotte ruinirt, welche die Revolutions = Erschütterung verursachte. Eben so viele mußten ihr Vaterland fliehen, und irren jetzt in fremden Ländern herum: sehen mit Wehmuth zurück, und fluchen dem Necker und la Fayette. Dieser steht jetzt durch blossen Zufall an der Spitze der Nation.... Und wer weiß, wo der Dolch schon geschliffen ist, der seine Brust durchbohren soll. Der Franzose will keinen Despoten erkennen. Und was ist denn wohl Fayette an der Spitze der ganzen Nationalmiliz? Ist er nicht Dictator? und kann er nicht auch Schwächen und Leidenschaften haben, wie die sechzehn Ludwige? Man glaube nicht, daß ein Staat, welcher von tausend Köpfen regiert wird, jemals ohne Despotismus seyn werde. Jeder Mensch bestrebt Unabhängig-

keit, und der Klügste, Arglistigste, oder
Verwegneste in den Generalstaaten führt
die andern bey der Nase herum; complo-
tirt, vermehrt seinen Anhang, und wird
Monarch, ohne den Titel zu führen. Eben
deßwegen ist nichts schwerer, als eine gesunde, von allen Mängeln gereinigte Staatsverwaltung zu entwerfen. Die Mitglieder
sind alle Menschen, und Vollkommenheit gehört gar nicht zu unsrer einzelnen irrdischen
Bestimmung, vielweniger für zahlreiche Gesellschaften. So lange die Menschen nur
Menschen sind, bleiben auch ihre Meinungen vom wahren Glücke eben so unterschie-
den, als ihre Temperamente und Blutar-
ten, welche ihre Leidenschaften regen. Jeder
sieht also aus einem andern Gesichtspunkte.
Freylich kann eine Verbrüderung von tausenden
ausgewählten Männern mehr überlegen,
als der einzige Kopf eines Sultans. Aber
große Genies können auch große Verwirrungen verursachen, folglich werden alle Re-
gierungsformen jederzeit mehr oder weniger
mangelhaft seyn. Das Vornehmste, worauf
ehrliche uneigennützige Männer ihr Augen-
merk

merk zu richten haben, sind allezeit die Ge=
sätze. Je einfacher, und deutlicher, je an=
gemessener diese für die Bildung des Nationalkarakters sind, je weniger man in den=
selben zu bessern, zu widerrufen hat, weil
die ersten Baumeister gute Menschenkenner
waren, und die Sache am rechten Ende
angriffen, desto dauerhaft glücklicher kann der
Staat seyn, der solche Männer zu wählen
auch fortzupflanzen weiß.

Uebrigens, wenn auch Frankreich wirklich
glücklicher auch mächtiger wird, als es jemals
war, so sind doch die nicht glücklich, die bey der
Revolution ihren Wohlstand, ihr Leben
verloren haben. Man kann aber keine
Schlacht gewinnen ohne Blut. Die überblei=
bende tragen die Lorbern, die Verwundete
heilen sich aus: und denen Todten ist es über
100. Jahren gleichgültig, wenn, und wie sie
gestorben sind, auf dem Ehrenbette, im Ho=
spital, auf dem Throne, oder am Galgen.
Hat aber sein Leben, seine Todesart seinen
Mitbürgern genützt, und ihre Wohlfarth be=

b 2   för=

fördert ; dann allein verdient er Ehrensäulen , und Thränen der Nachwelt.

Wenn gleich in Frankreich die Wunden, welche diese Revolution verursachte, noch lange bluten, weil man den Geldmangel , die Entvölkerung , die Lücken im Nahrungsstande und in denen Fabriken noch lange empfinden wird : so ist doch Hofnung da , daß die zernichtete Mißbräuche in der Clerisey , im Gouvernement, und in der Hofverschwendung alles wieder gut machen werden. Dann wenn alle Stände für gemeinschaftlichen Zweck arbeiten , so entsteht ein blühender Wohlstand aus den gegenwärtigen Ruinen. Dauerhaft ist kein Glück. Ich sage in meinen Gedichten.

Der Wechsel herrscht in allen Sachen.
Er lehrt durch Mangel den Genuß,
Durch Noth , die Lust im Ueberfluß ;
Durch Schmerz und Weinen Edlen lachen.
Die Freude ist ja nicht mehr Freude,
Wenn man sie nicht für Freude hält ;
Ein Uebel, das ich wirklich leide ,
Wird Freude, wenn es mir gefällt.
Im Uebel selbst steckt noch ein Preiß ,
Wenn man ihn nur zu finden weiß.

Ober

Oder ein anders:

Was man glaubt, nicht was man ist,
Mensch! macht, daß du glücklich bist.
Schläft nicht der Soldat in Lauben
Unter donnerden Gewehr,
Ruhiger mit seinem Glauben,
Als der Schiffer auf dem Meer?
Dieser lacht die Narren aus,
Die auf Schwanenfedern träumen:
Und schläft sanft, wenn um sein Haus
Die gethürmte Wellen schäumen.
Wird der Ochsenstall wohl minder;
Als ein prächtig Schloß gewöhnt?
Handeln wir nicht wie die Kinder,
Wenn man sie mit Blumen krönt?
Diese glauben was man sagt:
Und wir, was wir selbst erfinden,
Bald vergnügt und bald verzagt.
So wie uns die Sinne binden.
So wie man den Spiegel wendet,
Aendert sich der Farben Licht;
So wie uns die Sonne blendet,
Scheinet sie, und ist doch nicht.
Wie die Sinne sich verwirren,
Kann die Denkungkraft auch irren.
Der Begrif wird so gemalt
Wie ihn unser Witz bestrahlt.
Wer sich selbst für glücklich hält,
Ist nur glücklich in der Welt.

Das

Das ist der Mensch. Veränderlich sind
alle Dinge, auch unsre Wünsche und Gegenstände. Der Wechsel wirbelt im Kreiß-
laufe der Staaten und in der Natur herum,
bis das wieder da steht, was heute zer-
nichtet wurde. Das große Ganze könnte
ohne Wechsel nicht selbstbeständig seyn. Der
Weltweise sieht allen Gaukelspielen der Men-
schenmacht gleichgültig zu, bedauert die mit
Windblasen beschäftigte Thoren. Leidet mit
dem Unglücklichen, den er weder trösten noch
belehren kann, und lacht mit dem, der seinen Zweck erreicht zu haben glaubt. In
Frankreich sah ich ohne Fernglas die don-
nerschwangere Wolken heranrücken, den Gesichtskreis erleuchten, und erschüttern, ohne
das ich selbst bewegt wurde. In Brabant
zuckte ich die Achseln, und konnte nichts
vermitteln, weil ich kein accreditirter Minister bin. Und im übrigen Europa sehe ich
noch Dinge vor, die man heute weder wahrscheinlich, noch möglich glaubt. Propheten
fanden aber nur Glauben im alten Testa-
mente: Und bey Zeitungsneuigkeiten bin ich
ein eben so ungläubiger Thomas, als in denen

nen Geheimnissen der Kirchengebote. Die
Staatskabinete bleiben nur denen dunkel,
die ihr Irrlicht nie gesehen haben. Und
ich schließe diese Anmerkungen mit dem red=
lichen Lehrsatze.

„Daß ein ehrlicher Mann niemals eine
solche Gelegenheit zur Privatrache benutzen
soll, wo Bürgerblut den Mächtigen zu de=
müthigen erfordert wird.“

Verflucht sey allezeit der, welcher Bür=
gerkriege anfächelt. Solche Art von Rache
trift den Unschuldigen, und kränkt den we=
nig, der uns beleidigte. Die Großen schi=
cken nur ihre Mietlinge in das Schlacht=
feld, und sehen dem Brudermorde vom wei=
ten gleichgültig zu. Man überlasse alle
Revolutions = Giftmischerey der gefühllosen
Geistlichkeit, die allein Ehre und Gewis=
sen ihrem Privathaße aufzuopfern fähig
sind. Nur ein Niederträchtiger predigt Auf=
ruhr: nur ein Mordbrenner gießt Oel in
das Feuer.

Ich

Ich hätte den Ruhm erhalten können,
die Bastille zerstöhrt zu haben. Man suchte
mich; und ich ließ mich nicht finden. Man
vertraute mir überall Geheimniße, weil ein
jeder glaubt, daß ich wegen erlittenen Un-
gerechtigkeiten in Souverainen Staaten, ein
unversöhnlicher Feind der willkührlichen Eigenmacht bin. . . . Ich blieb bey allen
mir und meinen Kindern günstigen Vorfällen für mich ein kaltblütiger, für andere
ein gefühlvoller Zuschauer. Will man es
da nicht erkennen, wo ich Lohn verdient habe?
So sterb ich doch mit der Beruhigung, daß
niemand mich einer wankelmüthigen oder
schlechten Handlung beschuldigen kann , und
die Nachwelt bey Lesung meiner Schriften
sagen wird . . . Der Trenck hat zu wenig
für sich selbst gesorgt, und alle Gelegenheit vorbeystreichen lassen, wo er eine große
Rolle spielen konnte. Er war aber gewiß
ein bedauernswürdiger ehrlicher Mann, den
man zu spät kennen lernte. . . Und dieß
sey meine Rolle, auch meine Grabschrift.

Geschichte

der

französischen Revolution.

Ehe ich die Revolution selbst, ihren Ausbruch, Fortgang, und Folgen vortrage,
muß ich vorläufig die Ursachen schildern, aus
welchen sie entstehen, und nothwendig folgen
mußte, dann aber erst die Hindernisse anmerken, welche gewöhnlich in dergleichen gewaltsamen Erschütterungen auch von denen klügsten und uneigennützigsten Patrioten weder alle
vorgesehen, noch in den ersten Zeiten der allgemeinen Gährung können gehoben werden. Besonders bey einer Völkerschaft von 24. Millionen Menschen, die alle nur Menschen sind,
die alle mehr oder weniger egoismum, mehr

oder

oder weniger Hang zur Unabhängigkeit , oder
Eigenliebe besitzen , um sich selbst über ihre
Mitbürger ein erhabenes Ansehen zu ver-
schaffen.

Dummköpfe mischen sich selten unter die
Häupter einer Staatsrevolution. Und die er-
habnen Seelen, die großen Genie, sind ge-
meiniglich auch großen Leidenschaften unterwor-
fen, die unter dem Deckmantel der Vaterlandsliebe ihre Privatabsichten zu verbergen wissen.

Niemand hatte mehr Gelegenheit als ich,
diese zu bemerken , zu prüfen , und Schritt
vor Schritt nachzuspähen. Weil ich 6 Monate hindurch täglich in denen Gesellschaften der
eigentlichen Aristokraten, der Hof - Parthey,
und besonders im freundschaftlichen Umgange
zu Versailles mit denen klügsten und entschlossensten Mitgliedern der bereits daselbst versammelten General - Staaten zubrachte. Wer eigentlich nur in der Absicht solcher Männer Gesellschaft sucht, um sich Vertrauen zu erwerben,
ihre Seelenkräfte, Einsichten, Neigungen und
Schwächen zu erforschen: ihre verschiedene Grund-

sätze

sätze gegeneinander zu halten, und dann die
Gabe zugleich besitzt, die Geheimnißvolle sprechen zu machen, und sich bey ihnen in eine
Art von Achtung zu setzen, daß man nicht als
ein geheimer Kundschafter fremder Mächte,
nicht als ein Partheygeist oder Verwirrungs-
sichter, sondern als ein trockner ehrlicher Mann
angesehen, auch anerkannt wird, der gleichgültig bey jeden Ausschlag der Entwürfe seyn
kann, weil er in Frankreich nichts zu gewinnen, noch zu verlieren hat. Wer so, wie ich
einmal bey einer ganzen Nation den Ruf erworben hat, daß er weder ein gefährlicher Be-
obachter, noch Verräther, noch bezahlter Gift-
mischer seyn kann; der sieht gewiß in das Eingeweide ihrer Absichten, Fähigkeit, und Rathschläge — und kann den Ausschlag am richtig-
sten bestimmen.

Meine Lebensgeschichte war ein Jahr vorher
von dem größten Theile der Nation, ja von Bauern
und Bürgern mit der lebhaftesten Empfindung
und Theilnehmung gelesen worden. Der Begriff, den man sich von meiner Standhaftigkeit,
von meiner Art zu leiden, von meinem männ-

B

lichen Trotze in grossen Gefahren, kurzen Entschlossenheit, geprüften Tugend, und überall deutlich genug hervorblickenden unversönlichen Haß gegen alle willkührliche Eigenmacht gemacht hatte, stellte mich denen Begriffen dieser wirklich gefühlvollen Nation als einen Mann dar, welcher ihrer Achtung vollkommen würdig schien. Ihr Nationalstolz ist nicht so hartnäckig, wie der Brittische. Der Franzos weiß auch Verdienste bey einem Fremden zu schätzen. Man glaubte sie bey mir zu finden. Mein persönliches Betragen, meine gesellschaftliche Freundlichkeit da, wo man einen von Schicksalsstürmen niedergeschlagenen mürrischen Menschenfeind zu finden glaubte. Meine natürliche Munterkeit und Leutseligkeit erweckten Bewunderung, und eine solche Art von Neigung für meinen Umgang, daß ich bald ihrer wirklichen Bruderliebe und Freundschaft überzeigt wurde, auch bey denen größten Staatsmännern nicht die mindeste Zurückhaltung in meiner Gegenwart bemerkte. Gegentheils, wenn man sich Stundenlang wegen Partikulär-Meinungen in der gegenwärtigen Lage der Staatsbedürfniße, und der gefährlichsten Entwürfe herumgezankt hatte, wobey ich mich

mich niemals einmischte, frug man im Enthusiasmus. — Was sagen Sie dazu Trenck:
Wir wissen, daß ihr Herz unsere Wohlfahrt
wünscht. Sie haben Welterfahrung: Sprechen Sie mit uns, entscheiden Sie unsern
Streit. Und wir wissen, daß es Ihnen nicht
an Einsichten fehlt, unsere schwache Seite ist
ihrer Scharffsicht aufgedeckt.

Dann fieng ich an mein Stillschweigen zu
unterbrechen. Vorläufig sagte ich Ihnen. Ich
hätte ihrem stundendauernden Wörterstreit mit
Wehemuth zugehört. Und da beyde Partheyen
ohne Grundanlage gezankt hätten, da ich nur
Wörterspiele, Leidenschaft, aufbrausende Par-
theilichkeit bemerkt hätte, so müßte ich Ihnen
frey entdecken, daß ich diesen Fehler in allen
ihren Gesellschaften beobachte. Dann fieng ich
auf einmal an von Frankreichs Lage gründlich
zu sprechen, und beschloß mit einem treuen
Rathe, der am Ende überall nicht nur applaudirt, sondern mit denen sichtbaren Merk-
malen der wärmsten Empfindung, der dank-
barsten Freundschaft, und des lautesten Beyfalls
bey sichtbarer Ueberzeugung bestätigt wurde.

So

So gieng mirs überall bey denen Aristo=
kraten , bey denen Ministern und Grossen des
Reichs. Mein Ruf wurde ausgebreitet: und
nun hatte ich keine Stunde mehr übrig, wur=
de also wie im Strome in denen wichtigsten
Privatzusammenkünften verschlungen.

Weltbekannt ist es, daß in allen Ländern
der Welt das schöne Geschlecht den größten
Einfluß mehr oder weniger in allen Vorfällen
behauptet, die das Gouvernement selbst, oder
dessen Revolutionen betreffen. In Frankreich,
in diesem Wohnsitze des verfeinerten Geschmacks,
und des gesellschaftlichen Umganges. In ei=
nem Lande, wo seit vielen Jahren, und bey
verschiedenen Thronfolgen entweder Maitressen
oder Gemahlinen das Ruder führten ; wo alle
Ränke durch Weiber gespielet, und diese einen
allgemeinen Einfluß auf die Wohlfarth aller
Staatsbürger errungen hatten : hier sag ich,
war es nothwendig, daß ich besonders auch
ihren Beyfall zu gewinnen suchen mußte. Nichts
war mir leichter als dieses zu bewerkstelligen.

Mei=

Meine Lebensgeschichte war seit einem
Jahre die Lieblingslektüre aller Boudoirs
und Toiletten. Meine ohne Schminke erzählten Begebenheiten hatten die zärtlichen Herzen
erschüttert, und eine Art von allgemeinen Mitleiden bewirkt, welches den Vorwitz reitzte, das
Original eines solchen Abendtheuers zu kennen,
auch zu prüfen.

Die Kunst dem schönen Geschlechte zu
gefallen, war allezeit meine Lieblings-Beschäf-
tigung. All mein belebtes Unglück stammet
aus dieser angenehmen Quelle. Ich saß demnach in Paris überall in denen Kreisen dieser
Zauberinnen als ein geliebter Mentor. Mein
natürlich einnehmender Vortrag beförderte meine Absichten, und bald war ich der allgemein
gesuchte graue Liebling der Nation, und der
Eroberungsgegenstand der Schönen. Man hieß
mich den scharmanten alten Deutschen, der
noch Feuer und Neigung zeigte, eben da wieder zu stranden, wo ich so oft im Jugend-
feuer das Glück des Hafens verdiente, aber
allezeit durch neue Schicksalsstürme neuerdings
in das Meer der Verwirrung und Trübsale ge-
schleu-

schleudert wurde. — Durch diesen Einfluß und
durch gereizte Fühlung des Mitleidens war
ich nunmehr in ganz Frankreich der Gegenstand
aller Unterredungen, der angenehmste Gesell-
schafter, der würdig gefunden wurde die schönen und vorwitzigen Damen gefühlvoll zu unterhalten. So daß es von mir abhieng, noch
die brillanteste Rolle in diesem Reiche zu spielen, wann die alte Art mein Glück daselbst
zu machen noch in der bereits gährenden Revolution anwendbar gewesen wäre. Es war
aber eben nicht meine Hauptabsicht; und ich
muß wirklich zur Ehre der Nation bekräftigen,
daß damals schon ein gewisser patriotischer Enthusiasmus auch sogar die nur für Freude und
Wolluft gebildete, und nach den Grundsätzen
des unedelsten Leichtsinns erzogene Damen beherrschte. Und daß ich wirklich mehr Solidität
in Ihren Entwürfen, in ihrer ganzen Beur-
theilungskraft entdeckte, als man immer im stoi-
schen Lehrgebäude der alten Spartanerinnen erwarten konnte.

Kurz gesagt — Ich möchte wirklich Epoque
in Paris, und scherzend flößte ich da meine
Grund-

Grundſätze ein ; wo. ein trockener Vortrag Eckel oder Mißtrauen verurſacht hätte.

Nun war für mich alles gewonnen, um in denen geheimſten Schlupfwinkeln der Herzen zu forſchen, die eigentlich in zwey Factionen vor und wider die Obergewalt des Hofes getheilet waren. Der groſſe Adel, und die vornehme Cleriſey hielt es mit demſelben, und aus Urſachen, die ich beſſer unten entdecken werde, euch die Generaltät und die Regimenter Commendanten, welche gewöhnlich junge Burſche vom erſten Adel und Schwamgeſchöpfe des Hofes ſind, den ihre Ahnen und Verwandten im Kappzaum führen. In ſolchen Geſellſchaften hörte ich nun nichts anders ſprechen als von Verbrennung der Stadt Paris, von der Baſtille für die Raiſoneurs, vom nothwendigen ja ſogar unvermeidlichen National-Banquerot, hauptſächlich vom Kriege, den man anfächeln mußte, um den gemeinen Mann zu beſchäftigen, und als Schlachtvieh zu gebrauchen. Ich habe ſogar Wetten beygewohnt, daß binnen 6 Wochen Necker am Galgen henken werde. —

Trencks Schr. IX. B.　　　c　　　Ich

Ich war allein so frey Ihnen das Gegentheil
zu behaupten, ich sagte Ihnen wirklich alles
im voraus, was bald hernach erfolge. Die
Köpfe aber waren von Eigenmacht, Eigenliebe,
und blutigen Rachentwürfen zu sehr betäubt. —
Und nun bedauern die Unterliegenden, daß Sie
meinem treuen Rathe nicht folgten, und dem
Mantel nach dem Winde richteten, bis die Umstände günstiger gewesen wären gewaltsame Entwürfe auszuführen. Das Volk war gegen seinen Büttel schon zu heftig aufgebracht, zuviel
aufgeklärt. Adel und Geistlichkeit hatten
schon im Hauptpunkte ihrer Vorrechte nachge-
geben, und alle Geldauflagen bewilligt. — In
ihrem Stolze und in der Beherrschung der Hofgnaden ferner durchzudringen, war unmöglich.
Listige Nachgiebigkeit und Verstellung hätte in
denen Generalstaaten sicher so viel erzielt, daß
man ihre Personalvorzüge stillschweigend nach-
gesehen hatte. Und dann war es ein Geschäft
der Klugheit die Larve der Demuth abzuziehen,
wenn man die militarische Gewalt in Händen
hat, um das Volk in das Joch zu zwingen.
Mein Rath gefiel nicht bey aufbrausenden Mar-

qui-

quiren. Das Sturmlaufen war schon mit zu wenig Scharfsicht beschlossen. Die Rechnung war ohne den Wirth gemacht. Man kannte die Nation zu wenig: die Köpfe waren erhitzt. Man fiel mit der Thüre in das Haus, und Gottlob! der ganze Anschlag scheiterte zur Wohlfahrt Frankreichs.

Nach diesen vorläufigen Anmerkungen, will ich nun zuerst die wahre Lage der französischen Monarchie vor der Revolution schildern, und nur die Hauptursachen untersuchen, aus welchen dieselbe ohnvermeidlich folgen mußte.

Ich will nicht weitläuftig in ihre alte Geschichte zurückgehen. Sondern nur bey Ludwig 14. anfangen. Dieser Monarch, welcher den Namen des Großen von der unrichtig abwägenden Welt erhalten hat, legte eben den Grund zu allen Verwirrungen, die Frankreich endlich bis zum Rande seiner gänzlichen Zernichtung brachten. Und verdiente den Titel eines großen Mannes gewiß nie, so lange man sich vom Stolze, von Huren und Pfaffen regieren läßt.

Set=

Seine herrschsüchtigen Entwürfe verursachten Kriege, welche den Mark des Landes aussogen. Seine Korrupzionen fremder Minister und Unterthanen verschlangen viele Millionen, und ob er sich gleich bey blödsinnigen Feinden und Nachbarn in der fürtrefflichsten Gestalt zeigte, so war er doch im Grunde gewiß kein Held, sondern ein Pophans, oder eine Schreckpuppe, womit man nur Kinder und Sperlinge verscheucht. Niemand wagte damals die Larve aufzudecken. Das Haus Oesterreich, welches Ihm leicht die Wage hätte halten können, war von kurzsichtigen Monarchen beherrscht, und die Louisd'ors verblendeten leicht solche Minister und Generale, welche Ablas für Verrätherey von ihren Beichtvätern, in Loretto und Mariazell zu kaufen aus ihren Katechismen gelernt hatten. Das deutsche Reich wurde in Zwietracht erhalten, und kehrte die Waffen gegen sich selbst. Und Engelland verließ sich zu viel auf seine aliirte und saumselige Parlamentsschlüsse.

Ludwigs Maitressen verschlangen Schätze, und verschwendeten ganze Provinzen. Sie füll-
ten

ten die Bastille mit Schlachtopfern ihrer Herrsch-
und Habsucht. — Die wichtigsten Stellen wurden nach ihrer Willkühr vertheilet, und der
König selbst tanzte in ihren Fesseln. Ueberhaupt verwüstete die Verschwendung des Hofes
alle Provinzen. Die immerwährenden und kostbaren Kriege erforderten unermeßliche Geldsummen. — Endlich entstanden nothwendig die Generalpachter, die Saugigel, die Pest des Staats.
Ein Fürst, der einmal so tief gefallen ist, daß
er die Staatsgefälle verpachten muß, thut eben
das, als wenn er öffentlich erklärte:

„Ich armer, elender, von treuen und ar-
„ beitsamen Unterthanen verlassener Landesva-
„ ter, der sich keine Zeit läßt, selbst zu regie-
„ ren, überlasse euch, lieben Pächtern, meine
„ Domainen, alle meine Einkünfte, alles Wohl
„ und Weh meiner unglücklichen Unterthanen
„ gegen einen sichern Pachtschilling, den ich für
„ meine Privatkasse bedarf. Nehmt also in
„ Gottesnamen meine werthe Herren! den Mark
„ des Landes, und gebt mir wenigstens einen
                                        „ Theil

„ Theil von euerm Gewinfte, denn meine Mi-
„ nifter würden mir gar nichts übrig laffen. —

So wurden nun alle Staatsgefälle auf fol-
che Art verpachtet, daß von 100 Millionen Ein-
künften kaum 50. in die königlichen Kaffen ein-
liefen. Die Fermier wurden bald reich. Hier
hatten fie nun den Stoff in Händen, womit
man Minifter feffelt, und Maitreffengunft erobert. Die Pacht blieb demnach troz allen
Seufzen bedrängter Unterthanen verewigt, und
der Monarchen Ohr verftopft, um jemals die
Wahrheit zu erforschen. Sie thaten das Be-
quemfte für ihren Lieblingsgeschmack, und das
Volk wurde vergeffen. Kaum waren die Pachter reich, so ftiegen ihre Einkünfte mit jedem
Tage. Ich will hier ein Beyspiel treu erzählen.

Sie hatten das Salz für 30. Millionen
Livres gepachtet, mit dem Bedinge, daffelbe für
4. Sols das Pfund zu liefern.

All.

Allgemach stieg dieser Verkauf bis auf 10. und 12. Sols. Und der Pachtschilling wurde durch Korruption der Minister nicht erhöhet. Folglich blieben seit 60. Jahren jährlich wenigstens 60. Millionen in den Händen dieser Staatsdiebe. Wenn sie gleich 10. Millionen alle Jahre in die Privatkassen der Hoflieblinge abliefern mußten. Und das Land wurde ausgesogen. Schrecklich ist noch diese Anmerkung; daß die französischen blutarmen Unterthanen, die an der Seeküste wohnen, wenn sie nur eine Kanne Meerwasser schöpften, um sich eine Handvoll Salz zu sieden, sogleich gehängt, oder auf ewig auf die Galeeren geschickt wurden.

So unbarmherzig verfuhren die reichen Schelme mit wehrlosen unterdrückten Menschen, von welchen viele tausend in Ketten und Kerkern wegen dieses Verbrechens verschmachten mußten.

Bald verheiratheten die Millionen besitzende Pachter ihre Töchter und Söhne mit denen Kindern des grossen Adels, um ihre Protektion

zu

zu erweitern. Ihre Kadetten wurden reiche Bischöfe. Und so war endlich der Adel, die Bischöfe, und die Fermiers vereinigt, um Frankreich zu Grunde zu richten:

Die Maitressen, welche der Könige Herz beherrschten, und sie vom Hellsehen ablenkten, erhielten ihren Theil. Brillanten, Verdienst, und Fähigkeit blieb ungesucht, ungekannt und Bösewichter, Nimmersätte, Blutigel lebten in zügelloser Gewalt, und Verschwendung, wenn sich Redlichkeit verkroch, und Tugend, und Patriotismus im Elende verschmachtete.

So fiel Frankreich täglich tiefer, bis das Maaß voll war, bis dem ausgemergelten Unterthane nichts zu verlieren überblieb, als sein bittres Elend.

Eben dieses ist die gewöhnliche Epoque der Verzweiflung und Revolution der Staaten, deren Folgen sodann meistens das Uebel ärger machen. Im gegenwärtigen Falle hingegen in Frank-

Frankreich Heil, Glück, Wonne und allgemeine
Wohlfarth meinen Einsichten gemäß hervorbringen werden.

Der Luxus, dieser allgemach bis zur Ue-
berschwemmung angewachsener Familien, und
Landesschinder ihrer Mithelfer, und Mitschmau-
ser, war nun in Paris, wohin sie alle für gemeinschaftliche Absichten so viele Jahre unan-
getastet, ja sogar unbeobachtet vereinigt gearbeitet hatten, so hoch gestiegen, daß die Provinzen ihre Last zu fühlen anfangen mußten,
und die Quellen derselben zu untersuchen anfien-
gen.

Einige rechtschaffene Männer wollten zuweilen Gegenmittel finden, — Der grosse Haufen war aber zu mächtig, und die Vereinigung
bereits so verwickelt, daß sie nur gewaltsam zer-
sprenget, aber nicht mehr durch menschliche
Klugheit aufgelöst werden konnte. Die kolossa-
lische Grösse dieser Monarchie, die grosse Arbeitsamkeit, und Aktivität dieses auch im Un-
glücke

glücke muntern Volkes allein hat seit 100. Jahren dem Umsturze widerstehen können. Immer
fand sich neuer Stoff die Zernichtung zu ver-
schleben, bis endlich der allgemeine Wohlstand
zur Dürftigkeit herabsank, und die eingeschlum-
merte Sicherheit dem Mächtigen eine Aufklärung
verstattete, bey deren Glanze man ihre Ohnmacht beleuchtete, erkannte, und ihre Gewalt
zerstörte.

Das größte Uebel, welches aus Ludwigs
des 14. Regierung herstammte, entstand aus
den Folgen seines wirklich orientalischen Despotismus. Hof, Maitressen, und Ministerium
waren über alle Gesetze erhaben. Und die Bastille wurde die Mördergrube aller ehrlichen
Männer, welche sich wagten das Wepsennest
zu bereichern. Schmähliches, schimpfliches, tau-
sendfach zu verfluchendes Monument der willkührlichen Eigenmacht. Wie tief waren die
Menschen von ihrem Menschenrechte gefallen, da
sie dich seit so vielen Jahren in den Ringmauern von Paris mit Niederträchtigkeit duldeten.
Da sie deine Schlachtopfer vor ihren Augen
mar-

martern, weinen, die unschuldigen Hände nach
Hilfe ringen, und bluten sahen. Da Kinder
vor deinen Mauern ohne Fühlung in prächtigen
Livreen spazieren fuhren, wann ihre Väter und
Brüder in ihren Marterhölen um Recht und
Rache vergebens seufzten, und Niemand als
unbarmherzige Wächter und Büttel ihre Klagen
hören konnten, die vom Schaum des Pöbels
gewählt waren um Menschen zu quälen. Gott!
wie tief waren die Menschen in Frankreich von
ihrem Rechte herabgewürdigt, da ihre Sicherheit, Eigenthum, Freyheit, Ehre und Leben
von einem Lettre de cachet abhieng, welcher
oft durch eine Hure, oder von einem Bösewichte aus der Hand eines milden eingeschläferten Despoten ausgefertigt wurde, der selten
wußte, welchen Namen man darin schreiben würde. Wie viel tausend dergleichen Schlachtopfer
rasender Eigenmacht sind nicht nur in den letzten hundert Jahren zwischen diesen mit Thränen
gewaschenen Mauern elend zu Grunde gegangen! Ich will über diesen Wohnsitz der Schmach
und Verzweiflung nicht den Vorhang ziehen.
Nein, ich will in diesen Blättern, wann die
Ge-

Geschichte von Zerstörung der Bastille vorkömmt,
noch manche Greuel bekannt machen, die ich
als Augenzeuge sahe, und die der Welt nicht
verborgen bleiben müssen, um bey dem Anblicke ähnlicher Copien in andern Staaten zurück-
zu schaudern, und Ministerialtyrannen in Zeiten
zu zwingen, daß sie keinen Stein, noch Kalk
zum Baue solcher Werkzeuge Ihrer Grausam-
keit zusammen tragen können, und jeder Staatsbürger nur allein nach denen Landesgesetzen gerichtet, oder verdammet werden könne.

Eben das nun, was Ludwig des 14. Regierung schändet, geschah gleichfalls unter
dem 15ten, viel weniger aber unter dem gegenwärtigen Könige. Es war aber auch schon alles vorbereitet, um eben diese Mordgrube mit
den Patrioten anzufüllen, und den gegenwärtig wirklich guten König zu Modegrausamkei-
ten zu verleiten.

Das größte Uebel, welches Ludwig der 14.
seinem Lande zuzog, und aus welchem fast unheilbare Folgen entsprangen, war eigentlich sein
Aus-

Ausweg, wodurch er Geld für seine ungeheure
Verschwendung zusammenrafte.

Der Bau seines geliebten Versaille war
das sicherste Merkmal des unbändigsten Stolzes,
und eines wirklichen Tyrannen seines Volkes,
deren Nachkommen sein starrer Eigensinn wirklich unglücklich machte.

Elender Mensch! der seine Grösse in prächtigen Steinklumpen verewigen will, die vom
Schweiße schmachtender Unterthanen aufgethürmt
werden. Ludwigens Pracht, Geldversplitterun-
gen und Gastmale übertreffen alles, was die
Geschichte von einem Caravalla und Calligula
erzählen kann. In St. Germain hätte er mit
halben Kosten weit prächtiger bauen können.
Aber nein! es mußte wider die Natur gearbeitet werden, um zu zeigen, daß dem grossen
Ludwig alles auszuführen möglich sey. Um nun
diesen Zweck zu erreichen, wurde die Maschine
von Mamly gebaut. — Und Niemand wird
jemals berechnen können, wie viel hundert Millionen damals durch die grausamsten Mittel zu-
sam-

ſammen geſchaft werden mußten, um das ſchöne Verſaille, und die andern Luſtſchlöſſer des
üppigen Königs und ſeiner Maitreſſen hervor-
zubringen. Alle Kaſſen waren erſchöpft ; man
verfiel alſo auf folgenden verfluchten Gedanken,
der für Frankreich wirklich unheilbare Wunden
ſchlug , und die Finanz in eine Unordnung
brachte, die eine Hauptrevolution hervorbringen
mußte.

Zum Beyſpiele : Des Königs Leibkutſcher
genoß jährlich 6000. Livres. Nun wurde publicirt , der König ſtifte 6. neue Leibkutſcher mit
6000. Livres jährlichen Gehalt , und dieſe
Charge ſey mit 100,000. zu erkaufen.

Der Franzoſe liebt Titeln und Hofchargen.
Sein Capital war zugleich zu 6 Prozent gut
und ſicher angelegt. Alle Capitaliſten wetteiferten
demnach ſolche Stellen einzukaufen ; und die
Väter borgten Gelder um ihren Söhnen Chargen zu verſchaffen.

Die-

Dieses Uebel grif nun weiter : — Alle Hofchargen wurden auf diese Art verkauft, so gar bis auf Secretairs und Leibslaquayen. Man genoß die Vorrechte des Titels ohne mindeste Amtspflicht, und wurde eben so besoldet, wie der, welcher arbeitete. So wurden auch die Parlamenter-Stellen, Advokaten, Notarien, auch Marquefair und Militairstellen bis in das unendliche vermehrt, und mit wirklichen Gehalt verkauft. Hiedurch erhielt Ludwig Geld, aber die Staatskassa wurde mit Lasten beschwert, welche die Einkünfte weit überwogen, und die nicht mehr zu tilgen möglich waren, weil man die neuen Chargen nicht cassiren konnte, ohne den ersten Käufern derselben das Kapital zurückzugeben. Hieraus entstanden nun unübersehliche, landverderbliche Folgen. Ein Marquis, ein Graf, ein Herzog, ein Finanzier, Pachter oder Bürger hatte Geld. Es starb ein Mann, welcher selbst, oder dessen Vorfahren irgend einen solchen feilgebottenen Titel gekauft hatte, oder ein solcher Besitzer brauchte sein Capital, und kündigte in Zeitungen an : Es sey eine Leibkutscher, ein

Hof=

Hoffekretair, eine Leiblaquaye, Präfidenten, oder Parlamentsſtelle zu verkaufen. Der Handel wurde geſchloſſen: folglich hätte der Käufer willkührlich nach ſeiner Wahl, ohne Geſchmack, noch erfoderlicher Fähigkeit das Recht dieſe erkaufte Stelle zu hinterlaſſen, wenn er wollte. Welche ſchreckliche Folgen entſtanden hieraus für den Staat. Groſſe Herren Miniſter kauften um ein Capital zu 6. und 10. Prozent anzulegen auch die Stelle eines Kammerdieners bey der Königin, bey Monſieur oder Comte Artois. Und der Sohn, der ein dummer Lappe war, erbte die Stelle eines Präſidenten im Parlamentle.

Da Graf St. Germain die Marquetair Compagnie reduciren wollte, um dem Staate vergebliche Brodfreſſer zu erſparen, fand ſich, daß er viele Millionen hätte bezahlen müſſen, um die Capitalien zu erſetzen, welche man unter Ludwig des 14. Regierung für dieſe Stellen hatte bezahlen müſſen. Er reducirte ſie demnach, aber man weis auch was dieſer Schritt für Lärmen, Unheil und verdrüßliche Folgen

verursachte. Ich glaube nicht, daß man dieses
in Frankreich eingerissene Uebel anders heben
kann, als wenn den gegenwärtigen Besitzern
dieser erkauften Stellen ihr dafür ausgelegtes
Capital baar bezahlt würde, und diese dürf-
ten wohl mehr als 1000 Millionen betragen.
Früh oder spät muß es dennoch geschehen,
um Mißbräuche zu vertilgen, und endlich eine
ordentliche Grundanlage für die Finanzen zu be-
wirken. Denn ohne Gewalt, und öffentliche
Ungerechtigkeit kann keinem Unterthane das mindeste von seinem Eigenthume genommen werden.
Ein despotischer Fürst allein wäre hiezu fähig
gewesen. Da aber die gegenwärtigen Generalstaaten aus Männern bestehen, die jede Provinz als Vorsprecher und Vertheidiger ihrer
Rechte wählte, so müssen diese nothwendig auf
kluge Mittel sinnen, um den Staat auf solche
Art von dieser Bürde zu befreien, daß jederman zufrieden zu seyn Ursache findet. Und das
ist eben kein Werk, welches durch Rednerkünste,
oder Kunstgriffe, und Menschenverstand geschlich-
tet werden kann. Es fodert Geld, und dieses
konnte kein souverainer König mehr in Frank-

Trencks Schr. IX. B.　　d　　　　reich

reich zur allgemeiner Befriedigung finden , ohne durch einen National-Banquerott die ganze Monarchie über den Haufen zu werfen. Deshalb ist die gegenwärtige Revolution eine Wohlthat für das ganze Reich. Zugleich aber auch für einen König , der edel genug denket , um denen zu danken , die ihn vom Tyrannen zum Landesvater machen , und ihn selbst von Fesseln, Verbündungen und Verwirrungen losreissen ; in denen er als ein ehrlicher Mann Höllen und Gewissensmartern dulden mußte , ohne Aussicht jemals ein Gegenmittel finden zu können.

Zu diesem grossen Uebel , welches so lange Zeit im Eingeweide der französischen Monarchie wütete , durch welches der Landmann gedrückt , und Millionen Menschen verhungerten , oder verzweifelt starben , hat eigentlich der herrschsüchtige hochmüthige Ludwig 14. den Grund gelegt. Seine Luftprojekte , um ganz Europa unter das Joch zu bringen , verursachten die eigentliche französische Politik , welche unsägliche Millionen anwenden mußte , um im römischen Reiche und in allen Ländern Kundschafter zu

eterkaufen, fremde Unterthanen zu bestechen, Verräthereyen aufzuwiegeln, und ganze Nationen in Verwirrung zu bringen.

Frankreich siegte seit vielen Jahren in allen seinen Entwürfen mehr durch seine Luisb'ors, als durch die Tapferkeit seiner Soldaten. Es sichtete auf allen Seiten Zwietracht aus, und fischte im Trüben. Deutschland sollte sich mit Recht seiner Thorheiten schämen. Das Haus Oesterreich besaß ehedem über alle Länder, die es itzt beherrscht, noch ganz Spanien, Sicilien, Schlesien, Brabant, und Servien. Und dennoch war es zu ohnmächtig, um dem verworrenen ohnmächtigen Frankreich die Wage zu halten. Woher entstand das Uebel? Aus der Blödsinnigkeit seiner Regenten, und denen Bestechungen unserer Sachwalter und Befehlshaber.

Unsere Jugend reisete ungehindert in das wollüstige Paris. Lernte dort Leichtsinn, Ueppigkeit, Verschwendung und Müssiggang nach Grundsätzen einer Nation, die unsere Sit-

ten

ten verderben, und unsere Nationaltapferkeit ohne Schwerdstreich zernichten wollte. Unsere Bürger und Professionisten reiseten dahin, um etwas zu lernen, und Geld zu verdienen. Die Dummköpfe mußten bald den Rückweg suchen, die Geschickten und Arbeitsamen hingegen fanden Brod, Belohnung und Wohlleben, bevölkerten Frankreich, erhoben ihre Manufacturen, und rissen das deutsche Geld nach Paris. So verlohren wir unsere tüchtigsten Bürger, die in der Folge für die Produkten ihrer Kunst das vaterländische Geld nach Paris lokten. Weil man nun daselbst mit Geschmack und besondern Fleiße arbeitete, so trat auf einmal der Modekitzel auf die deutsche Bühne, und wir wurden die niederträchtigsten Affen eines Volkes, dessen Obergewichts wir uns schämen sollten.

Bald wurde es auch Mode, daß unsere jungen Ritter auf Paris reisen mußten. Das väterliche Erbtheil wurde daselbst verschwendet, der sieche, ausgemergelte, und verarmte Jüngling kam als ein verlumpter Hanswurst nach Hau-

Hause, und schund seine Unterthanen um Geld
für eine neue pariser Caravane aufzutreiben.

Hieraus entstand ein Geldmangel, den
man lange im thörichten Deutschlande empfun-
den hat. Auf die Nachahmung der Moden
folgten die Sitten, diese wurden leichtsinnig,
unedel umgestaltet, nach den neuesten Geschmack
der Pariser. Und endlich folgte unser Herz,
welches vaterländische Pflichten vergas, und einer fremden Nation ohngefühlt sklavisch diente,
deren Sprache so gar unsere Kinder vor allen
nützlichen Wissenschaften vorzüglich lernen mußten,
um französisch tanzen, voltigiren, und endlich
gar denken zu lernen.

Auf diese Art und durch so lobenswürdige
Kunstgriffe gewannen die Franzosen zwar dop-
pelt soviel zurück, als Ihnen die Bestechungen
deutscher Landesverräther kösteten. Die pariser
Künstler und Kupler wurden aber allein dadurch
reicher, ohne daß der Staat-Fundus Kräfte erhielt, um dem Hofaufwande das Gleichgewicht
zu halten. Die Schulden wuchsen immer heran,
und immer wurden neue Arten von Steuern

und

und Gaben erdacht, wodurch alle Provinzen
ausgemergelt, und zuletzt gar erschöpft wurden.
Lächerlich aber bleibt es gewis den hochmüthi-
gen Ludwig in Versailles als donnernder Ju-
piter, und auf dem Platze Victoire mit Lorbern
gekrönt, bey seinen Füssen die 4. gefesselten Nationen zu erblicken, wobey der Deutsche die
schwersten Fesseln zu tragen scheint. Unter Ludwig 15. Regierung gieng es nicht besser. Sein
Hang zur Ausschweifung und Verschwendung
war ohne Gränzen.

Er kannte die traurige Lage seiner gepreß-
ten Unterthanen nicht; man ließ ihm nur sehen
was er sehen sollte. Er lebte wie ein Sultan
seinem Volke unbekannt, und verborgen, und be-
urtheilte die Wohlfarth seiner Provinzen nach
dem schwelgenden Ueberfluße der Residenz, welche nur von prangenden Wollüstlingen oder dar-
benden Gunstbettlern angefüllt war. Pracht war
seine Lieblingsneigung, und ich glaube, daß
er nicht einmal wußte, ob Vorrath oder Schulden in der Staatskassa waren.

Da

Da er einst mit seinem Minister wegen einen entworfenen Krieg gegen Engelland sprach; sagte dieser:

Euer Majestät finden grosse Hindernisse zu übersteigen. Und welche, erwiederte der Monarch?

Wir haben keine brauchbare Flotten,
kein Holz zum Schifbau,
keine guten abgerichtete Soldaten,
keine Generale, auf die man sich verlassen kann,
keine Magazine, noch Munition, — —
kein Geld — —

Genug, genug! sagte der König. Ich habe so viel auf einmal nicht wissen wollen. Nun weis ich erst, daß mir etwas fehle. Ich will also Frieden, und ein neues Lustschloß für meine Pompadour in Trianon bauen. Hiezu werden meine Unterthanen das Geld leicht herschiessen können.

So

So lebte der 15 Ludwig. Weltkundig ist es, daß die Pachter und Minister unter seiner Regierung sich gut gemästet haben. Das Land wurde aber immer mehr gepreßt, ausgesogen, und ärmer, die Staatschulden hingegen stiegen immer höher heran.

Madame Pompadour und du Bary, sein ganzes Serail überhaupt verschwendeten die Einkünfte ganzer Provinzen : wählten Minister, auch Generale die Armeen zu kommandiren, und die Toilette entschied in Versaille über Krieg und Frieden. Ehre, und Schmach, Wohlfahrt und Jammer der Unterthanen über Verdienste und Fähigkeit, Gerechtigkeit und Lohn schwebten in der schönen Hand einer feilen Dirne. Die Bastille war den besten Patrioten Schindanger, und der Monarch, der sich Souverain dünkte, hüpfte wie ein Tanzbär am Ringe seiner Maitressen, und Hofgünstlinge. Diese verschlangen die Schätze des Staats in ihrem Familien Strudel. Die reichen Pachter schlugen sich zu denen mächtigen Aristokraten, die über Gut, und Ehre, Leben, und Freyheit der Bürger und

Bau-

Bauernstandes willkührlich herrschten; und nunmehr war kein Mittel mehr da, um nur die Interessen der alten Staatsschulden zu bezahlen. Unter tausend landdrückenden Erfindungen wurden täglich neue Darlehn, neue Bürden ausgedacht, die nur ein Linderungs, aber gar kein Heilungspflaster gegen die schmerzhaftesten und unheilbarsten Wunden waren; welche unzeitige Nachsicht, tiefer Gewissens-Schlumer, die das Hofgetümmel betäubten, dem unschuldigsten und besten Theil der Nation einsetzten. Kurz gesagt: die Verwirrung wurde allgemein, die Bedrängten seufzten hilflos und vergebens, die ehrlichen Leute verkrochen sich vor dem Inquisitionsgerichte der fürchterlichen Bastille. Niemand durfte sprechen, noch laut klagen. Die Polizey wachte, weil man Rebellen zu fürchten Ursache hatte — — Und das Uebel stieg bis zum höchstmöglichsten Grade, so daß der Staatsthermometer den nahen Sturm vorzudeuten anfieng.

Ich will hier eine Geschichte erzählen, wobey ich Augen = und Ohrenzeuge war.

Der

Der berüchtigte grosse Lotterbube du Barry, Schwager der königlichen Maitresse, die er seinem Monarchen so heldenmüthig zugekuppelt hatte, war in Spa, um daselbst die Wässer zu gebrauchen. Man sprach in einer grossen Gesellschaft von Engelländern und Deutschen zufällig von der Bastille und denen Lettres de cachet. Hier trat nun du Barry in die Mitte und erzählte mit aufgeblasenen Backen, und mit einer, eben nicht affektirten Prahlsucht folgende Geschichte, welche der damaligen Regierung wenig Ehre macht.

Ich, sagte Er; Ich ließ vor ein paar Jahren einem jungen Menschen von Familie in die Bastille setzen, weil er von meiner Maitresse übel raisonirt hatte. Einige Wochen nach seiner Arretirung kamen seine Freunde auf Knieen bittend zu mir, um seine Befreiung zu erhalten. — — Ich frug nach unserm damaligen Hofmodegebrauch der Allmächtigen meiner Gattung.

Wie viel hat er Geld?

Die Antwort war: — Höchstens 80000 Livres.

Also bringt mir morgen 60000, so soll er los seyn, und kann mit den übrigen 20000 über die Gränze reisen.

Dieß geschah; man brachte mir das Geld, und ich ließ ihn frey.

Einige Tage nach dieser Begebenheit mach-te mir der Herzog de la Brillere Vorwürfe bey Hofe, warum ich den jungen Menschen für 60000 Livres losgelassen hätte, dessen Familie gern das Doppelte bezahlt hätte. — Derglei-chen unzeitige Freigebigkeit mache ja unsere Actien mit denen Lettres de cachet fallen. Ich gab ihm aber zur Antwort: Wenn ich für 60000 Livres diesmal großmüthig war, so thun Sie es bey einer andern Gelegenheit meinetwegen noch wohlfeiler. Ein jeder nach seinem Geschma-cke, und meine Chatoulle brauchte Geld, weil
ich

ich gegen den Marquis de la Vaapallere 10000. Luisd'or im Krabs verloren habe.

So sprach damals ein so nichtswürdiger Schurke, ein du Bart, in öffentlicher Gesellschaft; und prahlte mit seiner Gewalt, die besten Staatsbürger willkührlich in die Bastille zu sperren. — — So hieng damals Freyheit und Leben von der Laune eines Bösewichts ab, der mit einer Hure und andern Bösewichtern vereinigt, dem Könige die Nase drehte, und mit Lettres de cachet einen öffentlichen Handel trieb. Kann wohl ein Staat tiefer fallen? kann ein Dey in Algier seinen Sklaven wohl ärger mißhandeln, als damals diese großsprecherische Nation wirklich herabgesunken war, da das verächtlichste Geschlecht du Barry von einer öffentlichen lüderlichen Dirne geschützt, über Frankreichs Schätze, über Gut und Blut seiner Unterthanen zu gebiethen hatte.

Ludwig der 15. vermehrte also noch die Staatsschulden während seiner Regierung: Starb wie ein Sardanapal, und hinterließ
sei-

seinen Enkel ein verworrenes Reich, bereits mit der Verzweiflung ringender Unterthanen, prächtige Palläste zu unterhalten, und einem gänzlich corrumpirter National-Charakter, schwache Hilfsmittel zur Verbesserung und wenig ehrliche Leute bey Hofe. Maurepar, der Patriot, wurde mit Gift in die bessere Welt expedirt, und Vergennes nicht glücklicher. Er mußte ungeheure Geldsummen auftreiben, welches in der damaligen traurigen Lage der Staatscassen ihre Verwirrung befördern mußte: Und er selbst war das Opfer der Hofkabale.

Ludwig der 16. bestieg den Thron, und war weder von seinen Beichtvätern noch Lehrern jemals dazu gebildet worden. Er kannte gar nichts von der Zerrüttung seiner Finanzen, ließ sich ohngefüllt lenken, wohin man wollte, und hatte mehr vom Cathechismus als von der Regierungskunst gelernt. Gewiß aber nie gehört, noch gelesen, was Monarchen Pflicht fodert.

Er

Er war aber doch König in Frankreich,
und zum größten Glücke dieses Reichs ein guter König, ein guter Mann; der von der ewigen Vorsehung bestimmt zu seyn schien, um
die unter seiner Regierung ausgebrochene, und
so lange in der Asche glimmende Revolution
zum glücklichsten Ausgange zu lenken.

Ein kriegerischer, stolzer, oder rachgierig
und herrschsüchtiger Fürst hätte die Liebe seiner
Soldaten zu gewinnen gesucht, sich an die
Spitze gestellt, und Menschen = und Bürgerblut
in Strömen fließen gemacht. Der Bürger-
krieg war unfehlbar, die Aristokraten hätten
sich zur Hofparthey geschlagen, um hier im
Trüben fischen zu können. Der National-
Banquerott war entschieden, und Frankreich
das verworfenste Reich auf Erden. Die Finanz = Confusionen fiengen bereits an, im An-
fange seiner Regierung sichtbar zu werden. Man
flickte auf allen Seiten, und dem alles verschlingenden Hofstrudel wurden keine Schranken gesetzt.
Die Pracht und Verschwendung in Versaille blieb

un-

Unbegränzt. Die Prinzen vom Geblüte mißbrauchten die königl. Gnaden, und der Finanzminister
mußte Schulden auf Schulden thürmen.

Der Amerikanische Krieg kostete denen Finanzen mehr als 300 Millionen. Und die
holländische Händel mehr als 30 Millionen
vergebens, weil man sich ohne Verstand noch
Vorsicht in dieselbe mischte. Der Minister
hatte den berüchtigten Grafen Mirabeau als
Kundschafter nach Berlin geschickt. Dieser aber
hatte das Kabinet mit lauter falschen Nachrich-
ten hintergangen, und irrig gemeldet, Preussen könnte und würde es nie wagen, sich wegen Holland mit Frankreich in einen Krieg ein-
zulassen. Die ganze preußische Monarchie würde unter der neuen Regierung bald über den
Haufen rollen, und sey ohne Friedrichs Kopf
gar nicht mehr zu achten. Man darf nur die
in Paris erschienenen Correspondence secrette
d'un voyageur á Berlin lesen, welche Mirabeau drucken ließ, und meine merkwürdige Widerlegung derselben, die ich gleichfalls daselbst
heraus gab, um sich einen richtigen Begriff von
der

der thörichten Ursache zu machen, warum damals das pariser Ministerium denen holländischen Patrioten so viel Hilfe, so ohnfehlbare Unterstützung heiligst versprach, und die guten, einmal aufgehetzten, Leute hernach hilflos ihrem Schickfale überließ; wodurch so viel hundert Familien arm, verbannt, und unglücklich wurden; eben so viel Arme hingegen noch gegenwärtig dem französischen Beutel zur Last leben, ohne daß man die mindesten Vortheile wahrscheinlich von Ihnen zu erwarten hat.

Durch diese ausserordentliche Vorfälle stieg aber die Schuldenlast immer höher heran, so, daß man nicht mehr im Stande war die Intressen zu bezahlen, welches denen Familien am schwersten fiel, die den größten Theil ihres Vermögens der Staatscassa a fond perdu vertrauet hatten. Man fieng an, einen Banquerott zu fürchten. Die fremden Darleiher suchten ihr Kapital zu retten, und folglich fiengen die Papiere und der Credit zu fallen an, weil jedermann lieber einen Theil, als das Ganze verlieren wollte. Der Hof und sein ganzer Anhang

häng sparten indessen nichts. Die junge schöne
Königinn Theresens Tochter war nur mit Hof-
schmeichlern umringt, die Ihre Freygebigkeit
mißbrauchten, und Sie dergestalt mit immer
abwechselnden Vergnügungen zu beschäftigen wußten, daß Sie niemals wissen konnte, in welcher traurigen Lage sich der Staat befände.
Feste folgten auf Feste. Und ohnerachtet die
Königinn von Frankreich so viel Lust und Pracht-
schlösser besitzen, daß alle Monarchen Europens in denenselben königlich wohnen konnten,
so ließ doch die Königinn mit Millionen neuen
Kosten das neue Trianon bauen. Und der Minister, als Hofschmeichler, sagte Ihr nie, daß
Geld fehle, und der Unterthan darbe. Von
einer Monarchinn, die noch Ihr feuriges Ju-
gendglück beseelte, war nun wohl nicht zu erwarten, daß sie sich in ernsthafte Staatssachen
mischen würde: besonders, da der König selbst
in eingewiegter Gleichgiltigkeit schlummerte; und
die Kunst, selbst zu sehen, selbst zu forschen,
zu regieren nie gelernt hatte. Das Uebel mußte also nothwendig täglich ärger werden. Böse Neigungen besaß die Königinn nie. Aber

Sie verstand die Kunst nicht ohne Gesellschaft zu wählen, und verfiel in die Hände arglistiger Rathgeber, so, daß Sie dem Volke, welches Sie anbetete, bald von der unrechten Seite geschildert wurde. Sie ist noch dazu eine Deutsche. Der Kaiser ihr Bruder war der Nation verdächtig, und dies war schon genug, den heimlichen Haß allgemach gegen Sie anzu-fächeln. So lange indeß die Hoffeste fortdauerten, gewonnen die Modekrämerinnen von Ihr ungeheure Summen. Der Monarch liebte Sie, und konnte Ihr nichts versagen: besonders, da er ohnedem ein Mann ist, der sich nicht gern mit Denken und Handeln beschäftiget, der alles seinen Ministern überließ, und die wahre Lage seiner Länder und Finanzen gar nicht kannte, noch untersuchen wollte.

Uebrigens war die wahre Lage Frankreichs wirklich bedauernswürdig, und das Cabinet, welches ehedem alle andern in Ehrfurcht erhielt, welches durch seine Ränke alle Höfe zu fesseln, oder zu verwickeln wußte, und Schiedsrichter aller europäischen Vorfälle war, das sich fürch-ten,

.ten, bewundern, und verehren machte, schlummerte in einer unbedeutenden Ohnmacht, und
verlohr einen Einfluß nach dem andern, wurde
endlich in seinem Betragen lächerlich, und von
geringeren Mächten verachtet. So lange noch
Vergenes lebte, erhielt seine Klugheit noch eine sichere Achtung. Da aber ein sicherer Hof
Frankreichs Umsturz zu beschleunigen wünschte,
der eben nicht vorsahe, daß die Art der endlich ausgebrochenen Revolution, just die Größe
dieser Monarchie befördern, und auf neue Pfei-
lern gründen würde; der aber, um seinen Zweck
zu erreichen, alle mögliche Kabalen spielen ließ,
um diesen rechtschaffenen Mann vom Staatsruder zu verdrängen, oder abzusetzen. So mußte
er bis zum Grabe gegen die niederträchtigste
Art von Hofintriguen kämpfen, und starb
seufzend, weil er sein Herz, seine Einsichten,
seinen Patriotismum dem Nachfolger nicht hinterlassen konnte. Nun fiel Frankreichs Achtung
mit Ihm auf einmal. Die Kabale wählte durch
Protection den neuen Minister. Dieser änderte gleich seines Vorfahren System, oder vielmehr, er hatte gar keines, als sich zu berei-

chern,

chern, und um dem Hofe gefällig zu seyn, sein
Vaterland, und seines wichtigen Amtespflich-
ten zu vergessen. Nun wirkten auf einmal
alle Kunstgrife bey Hofe, und da fast jedermann keine andere Absicht hegte, als sich den
Beutel zu spicken, und seine Familie zu erheben, so vertrieb einer den andern. So gar
Marchandes de Mode, und öffentlichen Dirne mischten sich in die Staatsverwaltung;
und kaum hatte sich ein Minister vom Schweiße
des Volkes gemästet, so war schon ein anderer ernannt, um eben die Vortheile für sich
zu geniessen; und man wechselte mit Ministern, wie mit Modehandschuhen; ohne auf
Verdienst und Fähigkeit die mindeste Aufmerksamkeit zu beobachten, wobey der Abgesetz-
te allezeit eine Pension von 36000 - 60000,
Livres erhielt, um andern Platz zu machen,
denen man eben die Vortheile verschaffen wollte. Was konnte anders folgen, als das,
was wirklich geschehen ist. Niemand wachte
für die allgemeine Wohlfahrt. Grosse Männer,
wahre Patrioten verkrochen sich, und schämten
sich Ehrenstellen durch schmutzige Wege zu er-

schle-

schleichen. Der Monarch blieb von ehrlichen Männern verlassen, und der Zeitpunkt zur allgemeinen Gährung eilte endlich mit Riesenschritten heran.

Nun fiengen die Staasschulden an den Minister zu beunruhigen, welches aber der Hofparthey gefiel, die bey einem allgemeinen Banquerot Privatvortheile zu erlauern hofte, und bey welchem überhaupt der niederträchtigste Eigennutz alle Vaterlandsliebe vertilget hatte. Sie schrien alle: vive le Roi, aber niemals vive la Patrie; weil sie des Königs für sie übertriebenen Gnaden allein nach ihren Absichten und Vortheilen zu lenken wußten. Dergleichen irrige Grundsätze waren nunmehr bereits bey denen französischen Magnaten dergestalt eingewurzelt, daß fast Niemand mehr für das allgemeine Beste sorgte, weil gewisse Familienverbündnisse, alle mögliche königliche Gewalt unter sich zu theilen, und alle Wirkungen seiner Freygebigkeit zu verschlingen suchten. Alles war in ihren Augen Pöbel; und der Adel dien-

diente nicht mehr dem Staate , sondern unter=
drückte alle andere Stände ohne Barmherzigkeit.

Die Geistlichkeit schlug sich ihren Grund=
sätzen gemäß allezeit zur herrschenden Parthey
und genoß seine reichen Pfründe lachend, weil
dieser von aller vaterländischen Pflicht in Rom
absolvirte Stand nach Grundsätzen überall nur
für sich allein, für seine angepriesene Unfehlbar=
keit, und Obergewalt über alle andere Stände zu
sorgen , und zu wachen gewohnt ist.

Die in Paris wohnhafte und verbrüderte
Gesellschaft des hohen Adels war im ruhigsten
Besitze aller einträglichen Ehrenämter, und leb=
ten als privilegirte Saugigel aller ihrer Mit=
bürger der untern Klassen. Ihre Verschwen=
dung , ihr Leichtsinn, ihre Gefühllosigkeit bey
allgemeinem Elende übersteigt wirklich alle Grän=
zen der Glaubwürdigkeit. Nicht genug, daß die
Prinzen vom Geblüte alle Verschwender waren,
die ohnedem vielmehr eigenthümliches Vermö=
gen dem Staate entrissen , und sich zugeeig=
net haben , als man hätte gestatten sollen,
sondern sie machten grosse Schulden dazu, wel=

che

che aus der allgemeinen Caſſa bezahlt wurden.
Ob ſie gleich für das allgemeine Beſte gar nichts
thaten , und ſich nur für die Verſchleuderung
öffentlicher Schätze und für die niederträchtigſte
Art des Müſſiggangs geſchaffen glaubten. Auch
ihre Lieblinge drängten ſich in die Geſchäfte,
und raubten allen Verdienſtvollen Gelegenheit
zur Anwendung , und Belohnung.

Der Monarch ſelbſt betrachtete die Contri-
butionskaſſen nicht als Adminiſtrator , ſondern
als ſein Eigenthum , und ſeine Freygebigkeit
war willkührlich. Deßhalb konnte ein Ludwig ſeiner du Barry und ihrem liederlichen nichts-
würdigen Land und Sitten verderblichen Anhan-
ge in einem Jahr 40 Millionen Livres ſchen-
ken, ohne daß das betrogene Volk zu murren
wagte. Die Pollizey in Paris wachte, und die
Baſtille verſchlang ohne weitere Unterſuchung
noch Appellation alle mit Urſach mißvergnügte
Patrioten.

Die bey Hofe accredirten Familien , welche
den König als ihren Gefangenen bewachten,

da-

damit er die Seufzer, des äußerst beleidigten und mißhandelten Volkes nicht hören könne, sammelten nur alle mögliche Schätze für ihre üppige Majoratherrn, die nach adelicher Modegrundsätzen erzogen waren, um von der Schwäche des Monarchen alle mögliche Vortheile für ihren Wanst zu erhaschen. Die jüngern Söhne wurden für die Kirche bestimmt.

Man fieng an sie zu Abbee zu machen, und nothwendig mußte der König einem solchen neuangehenden Kirchenlichte eine Pension auswerfen, damit er standesmäßig leben könne. So war Paris mit dergleichen Aebten und geistlichen Lotterbuben überschwemmt, die als privilegirte Müßiggänger dem Staate jährlich allein über 12 Millionen verschlungen. Buben wurden Bischöfe, und aus diesen solche exemplarische Kirchenhäupter, als der Prinz von Rohann, und andere seines gleichen mit Purpurkappen, wovon mancher eine halbe Million Einkünfte genoß.

Mit

Mit der Armee sah es am ärgsten aus. Diese war bis zum möglichst tiefen Verfall gerathen. Kein Bürgerlicher durfte Offizier werden. Kein Avancement geschah nach dem Range, oder nach Verdienst. Der Adel aus den Provinzen diente bis zum grauen Haare in Leutenant Titel. Kinder der Ministers Söhne, Fermiers und ihre Brüder und Anhänger waren in 12. Jahre Kapitains, in 16. und 20. Obersten. Und der Generale eine so ungeheure Menge, daß ich aus Vorwitz selbst die Rechnung machte, und im Durchschnitte bey der ganzen Armee auf jedem General nur 113 gemeine Soldaten einzutheilen fand. Nun urtheile man, was von einer solchen Armee zu erwarten sey, wo die wenigsten Obristen, und Generale in ihrem ganzen Leben nicht einmal ihr Regiment gesehen haben, und nicht wissen, wie man auf den Exerzierplätzen, vielweniger vor dem Feinde maneveriren soll.

An Tapferkeit, und Ehrbegierde fehlt es der Nation gewiß nicht. Wer aber jemals ein wirklicher Soldat war, dem ist der Sieg

ge-

gegen solche Regimenter gewiß, die von der eigentlich praktischen Tactik gar nichts gelernt haben. Man schickte zwar dann und wann einige Generale nach Poßdam, um zu lernen. Diese glaubten schon alles gesehen zu haben; kamen nach Paris zurück, und verursachten durch neue falsche Systeme nichts, als neue Confusion, wenn sie das preußische Militairgebäude da nachäffen wollen, wo Stein, und Kalk, und Baumeister fehlten.

Die französische Landarmee kostet nun ungeheure Geldsummen, wovon aber der größte Theil für die Besoldungen, und Pensionen der ungeheuren Menge von Generalen und Officieren, Commissarien und Militairs Blutigeln verschwendet wird. Sicher könnte Frankreich für das Geld, welches die Armee kostet 300000 Mann tüchtige Soldaten in das Feld rücken laffen. Es sind aber nicht 160000. wirklich da, und diese sind gegen einen geübten standhaften Feind nicht brauchbar.

So hat sich die schlummernde Gleichgiltigkeit des Hofes in alle Klassen der Völkerschaft eingeschlichen , und alle Stände corrumpirt. Der fressende Krieg nagte an allen seinen Theilen. Die Staaschirurgen hatten aber
den Schnupfen , und wollten , oder konnten die
Gefahr des herannahenden kalten Brandes nicht
riechen. Was folgte? Erschlappung in allen
Gliedern , endlich Faulung , und Corruption ,
die allein durch Amputationen könnte geheilet
werden.

Auch die heilige Justiz litte in allen Gerichtsstellen der Monarchie. Die Geschichte
der Calas und Sirven und tausend anderer
gleicher Art zeigen von der Gerechtigkeit der
Parlamente. Alles gieng nach Gunst und
Protection , oder so , wie es ein arglistiger Advokat durch seine betrügerische Rednerkunst zu
lenken wußte.

Witwen , und Waisen waren schutzlos verlassen. Die Jugend seufzte im bittersten Joche der Unterdrückten ; das Laster , alle möglichen

chen zügellosen Ausschweifungen waren die Lieb-
lingsbeschäftigung der Mächtigen, und Reichen.
Und der Bürger, der Bauer, Nahrung und
Handelsstand war so tief gefallen, daß ihnen
nichts, als Verzweiflung überblieb. Dabey war
durch die pariser Ueppigkeit und Schwelgerey
das gesunde Blut der Väter vergiftet, und
Jünglinge sahen abgelebten Greisen ähnlich. Die
ganze Nation war inficirt, und corrumpirt,
weil der reiche impestirte Adel, die ehrlichen
Bürger nnd Bauernmädchen als Werkzeuge ihrer
viehisch wohllüstigen Mißhandlungen erkauften,
und ihren Gift in die ganze Generation aus-
breiteten.

Kurz gesagt, die Aristokraten, und die
Geistlichkeit betrachteten den Bürger, Bauer,
und Handelsstand als ihre Lastthiere. Und der
größte Haufen der Nation, das ist 23. Millionen, waren seit so vielen Jahren so gut, und
blind, und blöde genug gewesen, um für die
Willkühr einer Million Mitbürger desselben
Staatskörpers das eherne Joch geduldig zu tragen.

Ende.

Endlich war alles im ganzen Lande monopolium. Die Armeen blieben elende, ausgehun-
gerte Tagwerker und dienten den Reichen, um
ihre Schätze zu füllen.

Auch so gar mit denen nothwendigsten Le-
bensmitteln wurde gewuchert. Kein Mensch nahm
sich der Nothleidenden an. Niemand wachte für
Brod. Das Getreid wurde aus dem Lande
ohne Vorsicht geschleppt; und wann der Mangel da war, dann ließen sich die Wucherer den
Werth dreyfach bezahlen.

Nirgends war Rettung, noch Richter,
noch Zuflucht! Eine Hand wusch die andere;
und der Nährungsstand verschmachtete ohne
Barmherzigkeit.

Eben dieses war im Jahr 1789. am meisten vernachläßiget worden. Das Getreide war
über die Grenzen geschickt. Keine Vorraths-
häuser waren angefüllt. Sogar Paris litte Mangel an Brod. Und wenn der Arme so arm ist,
daß er kein Brod mehr bezahlen kann, wenn

bereits das Elend zum höchsten Gipfel gestiegen ist, dann kann nichts anders erfolgen, als das, was in Frankreich geschehen ist.

Nun fieng auf einmal zugleich das Geld in denen Staatskassen zu fehlen an. Der grosse Mann Necker that alles mögliche durch seinen Credit und ächten Patriotismum, um den Ausbruch des Uebels zu steuern, und wenigstens Zeit zu gewinnen, um den öffentlichen Credit zu erhalten.

Die Aristokraten wünschen aber das Gegentheil, um ferner im Trüben fischen zu können.

Man consultirte, und berief bey allgemeiner Noth die Notabeln nach Versaille. Diese erschienen in ihrer ganzen Pracht und Herrlichkeit. Sie selbst wollten aber nichts für das allgemeine Beste von Ihren Privilegien und alten Mißbräuchen aufopfern, disputirten, perorirten, und projectirten viel, aber die Zeit gieng verloren, nichts wurde vermittelt, noch

we-

weniger entschieden. Die Herzen der fühllosen Bischöfe, Marquisen, Dues, und Pairs blieben versteinert für den König, und das Vaterland. Bonmots wurden verschwendet, und schöne patriotische Reden gedruckt. Hiebey blieb's. Endlich griff Necker zum Werke, und drang glücklich durch; weil seine Gegner zu blödsichtig waren, und nicht bemerkten, wohin sein Projeckt abzweckte.

Er trug nämlich vor, der König solle eine allgemeine Versammlung, oder die Generalstaaten nach Versaille berufen, und den Bürger und Bauernstand nicht ausschliessen, weil 23 Millionen wohl diese Achtung verdienten, deren Menge allein fähig wäre die Tilgung der ungeheuern Nationalschuld zu übernehmen.

Die Noth war da, keine Zeit war zu verlieren, und der König entschloß ja.

Gleich wählte jede Stadt, jede Provinz ihre Deputirte aus allen drey Ständen. Einen vom Adel, einen vom Geistlichen undzwey von Nahrungsstande.

Das

Das letzte war ein Hauptkunſtgrif von Herrn
Necker, um ſeinen Zweck zu erreichen, und die
Ariſtokraten zu überſtimmen. Die Biſchöfe
hoften ſicher überall als Repreſentanten ihrer
Diſtricte gewählt zu werden; aber die Ver-
muthung ſchlug fehl. Man wählte nielſtens
die Pfarrer der Gemeinen, und die weiſen
Biſchöfe blieben ausgeſchloſſen, die es ohnfehlbar mit der Hofparthey gehalten hätten.

Der Adel in denen Provinzen denkt und
handelt nicht, wie der Adel in Paris. Man
wählte unter Ihnen meiſtens die Redlichſten,
und Geſchickteſten, welche mit denen Verſailler
Ariſtokraten nicht in ein Horn blieſen: und
im dritten Stande könnte nicht vermieden werden, daß die Städte und Gemeinden ihre beſten Advokaten, Procuratoren, und Clercs als
Repreſentanten wählten, die auch ſchon aus
Ehrgeiz um Mitglieder einer ſo wichtigen Verſammlung zu werden, alle mögliche Ränke
ſpielten, um ſicher gewählt zu werden. Hieraus
entſtand das Uebel daß unter 1200. Deputirten wirklich 322 Advocaten in Verſaill eintra-
ten

fen. Diese wären hinlänglich um über einen
der nichtswürdigsten Gegenstände ein halbes Jahr
hundert zu zanken, zu pledieren, und ganze Ballen
Streitschriften mit Wörterverdrehungen, und
Chikanen zu besudeln, auch alle Völker der Erden in Streit und Verwirrungen zu verwickeln.
Besonders französische Advokaten, welche die
Rednerkunst nach rechtsgelehrten Schulregeln
und Beredsamkeit methodisch studiren, um denen Richtern der Sache, welche sie vorzutragen haben, eine ganz andere Gestalt zu geben,
und sie anders vorzuspiegeln, als sie wirklich
ist. Offenherzigkeit, Redlichkeit, Uneigennützig-
keit sind selten bey einem solchen Manne zu
finden, auch nicht einmal zu erwarten. Seine Absicht ist, Geld gewinnen, und schlechte
Sachen zu verdrehen, damit die Gerechtigkeit
geblendet werde, weil in manchen Ländern ein
ehrlicher Advokat in Gefahr ist, hunger zu sterben. Ich selbst erschrack, da ich in einer Versammlung, die Völker Glück entscheiden, und
uneigennützig handeln soll, 300 Advokaten erblickte. Besonders bey einer Nation, die dergestalt an Comödien und Theatervorspieglungen

f
ge-

gewöhnt war, daß man in allen Gattungen ihrer Gesellschaften nichts anders, als vom gestern gespielten Stücke reden, zanken, und tadeln hörte.

Die merkwürdigsten Personen in Paris waren die Schauspielerinnen, und diese interessirten die Damen, Marquisen, Bürger, und Staatsminister mehr, als ihre häusliche Pflichten, und Lieblingsbeschäftigungen.

Jeder Ausdruck, jede Gebärde wurde anatomirt, gelobt, oder getadelt, bestritten, und gleich wiederholt, um die Unterredung über den kleinsten aller möglichen Gegenstände so weit als möglich auszudehnen. Das Uebel war wirklich so weit eingerissen, daß man bey jedem andern Stoffe, der auf die Bahn gebracht wurde, entweder gähnte, oder gleichgiltig lächelte, und stillschwieg. Es war einmal mode, daß jeder Pariser täglich etliche Stunden in der Comödie oder Oper zubringen mußte, um überall gefällig zu werden. Hier war zugleich die Zusammenkunft aller Freudenmädchen, und die Unterhaltung mit ihnen gab dem Schauspiele den lebhaften Reiz.

Kurz

Kurz gesagt: die Nation war dergestalt an das
Theater gewöhnt, daß alles bey ihnen theatralisch war, auch theatralisch beurtheilt wurde.

Man gieng in das Parlament um Advokaten peroriren zu hören. Man gieng in die
Kirche, um zu urtheilen, ob der Priester seine
Rolle gut spiele. Man ging nach Hofe, um
daselbst denen Petits Maitres und Hanswur-
sten die Kunst abzulernen, wie man durch
Gauklerkünste und verstellte Gebärden seinen
Zweck erreichen könnte. Man ging in Männer-
gesellschaften, um über den Moliere, Schakes-
pear, oder andere Comödienschreiber Streit-
fragen vorzulegen, und seinen Witz über dieses Lieblingsstudium der ganzen Nation zu üben.
Man suchte den Umgang des schönen Geschlechts,
nicht um wirklich das bezaubernde Vergnügen
eines Edelverliebten zu geniessen, sondern um
bey einer jeden Dame ohne Unterschied das anzubringen, was man am vorigen Tage von
der Comödie gelernt hatte. Auch in der Freundschaft spielte der Franzose den Comödianten.

Es

Es war einmal Mode, so und nicht an⸗
ders überall aufzutretten. Folglich war alles
schön, und willkommen, was durch Verstellungs⸗
kunst das persönliche Verdienst bestimmen,
und Aufmerksamkeit und Achtung erwegen konnte.
Wer hatte wohl in dieser Lage mehr zu erwarten,
als ein geübter Redner, der zu beschäftigen,
zu reitzen, und nach der Mode zu gefallen wuß⸗
te. Alles endigte sich auch mit Händeklatschen
und Applaudirung eben so, wie im Schauspiel⸗
hause. Im Parlamente wurde dem drey Stun⸗
den lang ohne Rasten perorirenden Advokaten
zugeklatscht. Auch dem Priester auf der Kan⸗
zel geschah eben diese Ehre; und sogar in der
ehrwürdigsten Versammlung der Generalstaaten
wurde gepfiffen und geklatscht, wenn ein Ad⸗
vokat, ein Target, ein Mirabeau mit der erhab⸗
nesten Beredsamkeit 3 Stunden geplaudert hat⸗
te, ohne etwas für die Sache selbst zu sagen,
die entschieden werden sollte. So verflossen die
Sessionen eine nach der andern, und es schien,
als ob die ganze Monarchie nur bestrebt habe,
alle Gauckler der Beredsamkeit allein deswegen

in

in Versaille zu versammeln, um nur zu sprechen, zu zanken, und nichts Wesentliches für den Staat zu endigen, damit man die Journale in Paris mit prächtigen Wortspecktakel, und mit Beweisen der französischen Beredsamkeit anfüllen könne. Auch, daß noch Demosthene und Cicerone unter denen französischen Gelehrten und Advokaten zu finden sind.

So verflossen die ersten Wochen dieser wichtigen Zusammenkunft in leeren Wortgezänke, ohne daß in der Hauptsache, noch zur Abwendung der drohenden Revolution, noch für die Mittel die Schulden zu befriedigen, noch um die dringende Hungersnoth abzuwenden, noch in den Provinzen Ruhe zu befördern, das allermindeste geschah; wo indeß die Verwirrung immer mehr zu wüthen anfieng.

Ich habe im Zusammenhange dieser Erzählung etwas von der Pracht zu erwähnen vergessen, mit welcher diese 1200 versammelten Deputirten aus der ganzen Monarchie, in deren
ren

ren Händen nunmehr das Wohl und Weh derselben beruhete, in Versaille aufgenommen , ihren Einzug hielten, und in den Ihnen beſtim-
ten ungeheuren Saale introducirt wurden. Wo
nicht nur hinlänglicher Raum für eines jeden
bequemen Platz, ſondern noch ein Amphithea-
ter für 3000 Zuſchauer gebauet war.

Der König ſelbſt , die Königinn, der ganze Hof, in aller Pracht, und Herrlichkeit
nach dem alten Hofceremoniel von allen Garden
und Hofchargen, mit der ganzen Jägeren, Fal-
concrie, und allen möglichen Glanze begleitet,
führten dieſe 1200 Deputirte der dreyen Stände in die Kirche, wo die Geiſtlichkeit alle ihre
Gauckeleyen von Cardinalen, und einem Schwarm
geſchmückter Erzbiſchöfe und Biſchöfe im ge-
wöhnlichen Pompe vollzog. Die Deputirten
waren alle in der altfränkiſchen Tracht, ſo,
wie zu Zeiten Heinrich des 14, gekleidet. Der
Anblick war erſchütternd, blendend, und maje-
ſtätiſch.

S-

So trat man ehrfurchtsvoll in den Ver=
sammlungssaal, der König, und die Königinn
bestiegen den aufgerichteten Thron. Es herrsch=
te eine säuselnde Stille. Herr Necker hielt die
Anrede an den König, und an die Versamm=
lung, worinn er die Absicht derselben zu er=
klären bemühete. Diese Rede war eben kein
Meisterstück; sie dauerte 2 ganze Stunden.
Die Hitze war zum ersticken. Und die Geduld
des Königs und der Zuhörer wirklich bewun=
dernswürdig. Meinem Urtheile gemäß, hätte
der Redner in einer Viertelstunde mehr sagen
können. Necker ist aber ein Finanzier, und kein
Cicero. Der König antwortete, und nach die=
ser wirklich sehenswürdigen Scene, die gewiß
kein Zuschauer bereuen wird, fuhr, oder gieng
ein jeder zufrieden nach Hause.

Nun wieder zum abgebrochenen Zusammen=
hang, wo ich von denen gewählten Mitglie=
dern dieses grossen Senats spreche.

Die Wahl derselben konnte freylich nicht
so glücklich ausfallen, wie sie hätte geschehen
sol=

sollen. Alles hieng von der Mehrheit der Stimmen ab. In den Provinzen, Städten und Gemeinden wählte man nach der Mehrheit der Stimmen. Diese Gewählte wählten unter sich wieder diejenigen, welche eigentlich den Deputirten bestimmen mußte.

Nun gieng endlich das Caballiren an. Ein jeder wollte die Ehre behaupten, um in den Kroniken Frankreichs dereinst unter die Mitglieder eines Senats genannt zu werden, der Frankreichs Wohlfahrt auf ewig gründen, und alle alten Mißbräuche vertilgen sollte. Der ehrliche und aufgeklärte Mann, der seinen Werth fühlte, und dessen Herz im wahren Patriotismo pochte, gab sich wenig Mühe, um gewählt zu werden. Der Dummkopf, der Stolze, der Arglistige machte sich Partheyen im Volke, kaufte sogar Stimmen, überschrie den Bescheidenen, erhitzte die Köpfe, und wurde vorzüglich gewählt.

Da nun in denen Provinzen die Advocaten gewöhnlich die gelehrtesten zu seyn scheinen:

und

und Bürger und Bauer glauben, daß ihre Rechte und Anliegen Niemand besser als ein Rechtsgelehrter vertheidigen könne, so entstand hieraus das große Uebel, das 322 Advokaten in der versailler Versammlung auftraten. Auch Bösewichter fanden Wege, um gewählt zu werden.

Graf Mirabeau, ein Mensch, den ganz Frankreich als dem ruchlosesten und niederträchtigsten Schurken öffentlich kennet, ein schon von der Natur gebrandmarkter schlechter Kerl, den kein ehrlicher Mann in einer Privatgesellschaft dulden sollte, dessen Gesichtszüge schon einen Betrüger und Meuchelmörder im ersten Anblicke entdecken, sah wohl ein, daß der Adel ihn ewig nicht zum Representanten nehmen würde. Er gieng nach Marseille, predigte unter dem Pöbel Aufruhr, und erwies Ihnen durch seine Beredsamkeit, der Zeitpunkt sey da, wo die Reichen arm, und die Armen reich werden müßten. — — Welche herrliche Sturmglocke zum Aufruhr! dieser Vortrag, den er selbst predigte, und durch seine Emissarien in

al-

allen Gesellschaften ausposaunen ließ , wobey
man Ihn , Mirabeau , als den größten Helden für das Vaterland , als den klügsten Kopf
und entschlossensten Mann , schilderte , welcher den
unterdrückten Nahrungsstand mit Herz und
Blut in seinen Rechten allein vertheidigen könnte , hatte nun bereits alles für seine Absicht
gestimmt.

Nun trat er auf einmal in der Versammlung des Bürger und Bauernstandes auf, warf
seinen Degen auf die Erde mit Verachtung,
rief aus : Ich will nicht mehr Graf , nicht
Edelmann in Frankreich seyn; Ich schäme mich
meiner Geburt, meiner Adelsvorzüge, die Arglist über die andern Stände erschlichen hat ;
nein , ich bin von nun an Bürger, Kaufmann,
und euer Bruder, meine Freunde ! der für unser Bürgerrecht zu bluten bereit steht, und un-
wandelbar entschlossen ist. Gleich gieng er unter Vivat Geschrey in die Stadt, hat sich bereits einen Tuchhandlungsladen gekauft, setzte
sich hinein , und verkaufte Tuch nach der Ellen.

Das.

Das Volk wurde berückt, der äußere Schein betrog, und im Augenblicke war Mirabeau, der schlechteste Kerl in Frankreich, einstimmig zum Repräsentanten des Bürgerstandes in der Provinz bey denen Generalstaaten erwählt, auch bevollmächtigt. In dieser Gestalt trat er nun in Versaill bey der ehrwürdigsten Versammlung auf, und keiner hatte das Herz, ihn dieses Platzes unwürdig zu erklären.

Mirabeau ist eigentlich der lasterhafteste, unedelste, treu, und ehrloseste Mensch in der Monarchie. In dieser Gestalt kennt ihn jedermann. Er ist aber verwägen, scham, und sittenlos. Sucht nur Geld zu gewinnen, die ganze Welt zu betrügen, und seiner Prahlsucht und Herrschbegierde genüge zu leisten. Sein Verstand ist durchdringend, und seine Gedanken durchkreuzen sich, wie der Blitz; seine Talenten sind groß; seine Beredsamkeit lenkt jeden, der ihn anhört, dahin, wo er ihn haben will.

Sein

Sein Habichtsblick entdeckt Rach und Raubsucht. Sein Vortrag ist sonorisch, reizend, und gewaltig. Sein Genie bösartig, aber allgemein; und er wäre wirklich ein grosser Mann, wenn er zugleich ein ehrlicher Mann seyn könnte. Dieses will er aber nicht einmal zu seyn scheinen. Er spottet vielmehr alles Tadels, ist unverschämt, und verwägen. Trotzt aller Tugend und Rechtschaffenheit laut, und seine Feder ist beissend, satyrisch, einnehmend, überzeigend, rasch, voller Spitzfindigkeit, und angenehmer Wendungen, die er seinen unerschöpflichen Gedanken zu geben weiß. Kurz; er ist der gefährlichste Mann in der menschlichen Verbrüderung, der alles wagt, um seinen Zweck zu erreichen. Ich widerspreche nicht, daß in einer so grossen Nationalversammlung auch dergleichen Leute nicht unnütz sitzen. Er macht aufmerksam auf seinen Vortrag, weil man weiß, daß sein Verstand durchdringend, und sein forschend Auge hell sieht. Er kann also viel Gutes auf die Bahn bringen, viel neue Entwürfe schmieden; und da man sein Herz, seine Absichten kennt, so ist er im Ganzen ge-

genommen eben nicht gefährlich, sondern das
Gute aus seinen Gedanken bleibt anwendbar.
Er schont nichts. Er spricht, und erregt Aufmerksamkeit. Die bescheiden Mitglieder entscheiden, und suchen Arzeney aus seinem Gifte
und Geifer für die allgemeine Wohlfahrt zu
bereiten.

Man sieht auch wirklich in denen bereits
belebten Folgen und Entschliessungen dieses Senats, daß verschiedene Motionen, welche Mirabeau gemacht, und vorgetragen, einstimmig gut
geheissen worden sind. Andere hingegen sind
verworfen worden, weil man zweydeutige Absicht des in sich selbst gefährlichen Redners bemerkte.

Es ist aber dennoch allezeit eine Schande,
wenn die Väter des Vaterlandes einen schäbig-
ten Mirabeau in ihrer ehrwürdigen Gesellschaft
dulden müssen, weil ihn der hintergangene Pöbel
zum Representanten ernannte. Ich bin wirklich
vorwitzig zu sehen, ob er bis zum Ende in derselben bleiben wird.

Ta-

Talenten und Kunstgriffe besitzt er genug, um alle zu betrügen; um Volksdienste zu gewinnen und sich selbst zum Minister der Nation herauf zu schwingen, dann sich reich zu stellen, und Blutbäder in allen Provinzen der Monarchie anzufächeln. Es giebt auch schon noch einige Beisitzer von Mirabeau = Art in dieser Versammlung, die sich durch Ränke hinein gewunden haben. Man kennt sie aber, und man kann sie schweigen machen.

An verschiedene geheime Parteygeister fehlt es darinnen auch nicht. In denen ersten Sessionen waren sie am besten zu bemerken. Es waren eigentlich die, welche nicht zum Hauptwerk schreiten wollten, die Stunden lang über Ceremoniengauckeley zankten, und nur Zwietracht sichteten, das Hauptwerk aber immer verschoben lassen wollten. Die Nothlage, in der man endlich steckte, hieß die prangende, prahlende Schwätzer, die Target und Advocaten schweigen, und der rechtschaffen denkende Theil gewann die Oberhand. Seit dem folgen ernsthaftere Auftritte.

Ich

Ich will aber hier in der ordentlichen Ver-
bindung meiner Erzählung bleiben, und anmerken, daß in den ersten 6 Wochen wirklich gar
nichts geschahe, noch entschieden wurde. Man
zankte und perorirte 10 Stunden nach einander
über nichts bedeutende Ceremoniele, wobey die
Herrn Advocaten allezeit die erste Rolle spielten,
die, sobald ein solider Patriot zu reden anfangen
wollte, ihm mit Grobheit zuriefen: taifes voas —
Dieser schwieg seufzend: der gelehrte Schwätzer
beschäftigte alle Ohren einige Stunden lang,
denn gieng das Streitgeschrey wie in einer Sy-
nagoge los, und der Tag war verlohren.

Der große Adel oder die Aristocraten von
der Hofparthey forderten absolut, man sollte nicht
nach den Köpfen, sondern nach den Ständen
und Kammern votiren. In diesem Falle hatten
sie den sichern Vortheil über die Gemeinen, weil
sie die Beistimmung der großen Geistlichkeit versichert waren. Necker und die Klugen merkten
aber, wohin man abzweckte, und man bestand
nunmehr decisive darauf, daß die Vota von einem

nem jeden insbesondere aufgenommen werden
sollten. Dieß war der entscheidende Donnerschlag
gegen die Aristocraten. Und von diesen Augen=
blick fing man an, einen Hauptstreich zu projecti=
ren, welcher die ganze Generalstaaten zernichten,
und alles auf den alten Fuß setzen sollte.

Der Zeitpunkt war aber überschnellt, und
die Rechnung ohne Wirth gemacht.

Ich stellte allen meinen Freunden in der
großen Noblesse, die Feuer und Rache schraubten,
so überzeugend als rührend vor, daß sie nachge=
ben, sich in die Zeit schicken, und laviren sollten.
Und hätte man mir gefolgt, sie würden das
nicht verlohren haben, was nunmehro unwieder=
bringlich geschehen ist. Sie hätten sollen den
großen Haufen einstimmig beitreten, und ich
bin gewiß, der Adel wäre nie so tief herabge=
setzt worden. Es fiel ihnen unerträglich, und
sowohl Ehrgeitz als Hab und Herrschsucht waren
gereitzt, sobald sie sehen mußten, daß der Bürger=
stand an den Adelsvorrechten Antheil nehmen
dürf=

dürfte. Bisher gehörten ihnen alle Hofchargen, alle einträgliche Ehrenämter, ausschließlich allein zu. Sie allein besetzten die Ringmauern des Thrones, und entrissen dem dürftigen und verdienstvollen Bürger alle Gelegenheit, empor zu klettern, oder an Hofgnaden Antheil zu nehmen. Der Monarch selbst war es nur dem Namen nach, unter dem Kapzaum ihrer Familien-Absichten. Ihre Kinder erhielten alle Pensionen, reiche Pfründe und Bisthümer allein. Und in der Armee durfte nur ein Edelmann Offizier werden. Die Obristen und Generale waren aber alle Aristokraten-Anhang, und ihre Schwanengeschöpfe. Auch die Gesandten, die Großen des Reichs, wurden allein aus den Versailler Hofkapriolenmachern gewählt — Was Wunder nun, wann sie alles wagten, um diese Vorrechten zu behaupten, und zum Nachtheil der übrigen Stände zu verewigen.

Necker hatte aber bereits der untern Bürgerklasse die Waffen in die Hände gespielt, um ihr Recht standhaft zu revindiziren. Ich lebte

G

zu der Zeit oft 14 Tage lang beständig in Versailles, oder bey dem Herzoge und Marchal de Noailles in der Nachbarschaft zu St. Germain, um mit denen Deputirten der Generalstaaten nähere Bekanntschaft zu machen. Täglich war ich in Gesellschaft mit einigen dieser Herren, die gerne offenherzig mit mir von der Sache sprachen, weil ihnen mein Vortrag gefiel, und um desto vertrauter mit mir umgingen, weil sie durch Lesung meiner schrecklichen Geschichte bey mir einen unversöhnlichen Haß gegen alle Despoten vermutheten. Hier hatte ich nun Gelegenheit, ganz deutlich auf die Folgen zu schließen, und so gar den Tag des Ausbruchs zu bestimmen. Ich fand wirklich unter diesen Deputirten vom Tiérs etat aufgeklärte Männer, die ich bewunderte, und ewig verehren werde. Ich fand sogar Advocaten, die wirklich Patrioten und erleuchtete Staatsmänner waren, die Sache von der rechten Seite betrachteten, auch anzugreifen willens waren. Alles beklagte damals den hartnäckigen Widerstand des Adels, welche die Fortschritte zum heilsamsten Werke hinderten. Andere

dere klagten mir, daß einige große Redner denen rechtschaffenen Männern das Maul halten
hießen, welche nur trockne Wahrheit ohne Wör-
terschminke vorzutragen beeiferten. Und daß
hiedurch das Hauptgeschäfte gehemmt würde,
Man bemerkte auch bald, daß in dieser Versammlung viele bestochene Vaterlandsfeinde das
Wort führten, daß man Factionen, Zerrüttungen,
Zwietracht anzuspinnen bemühete. Und ich selbst
habe verschiedene Engländer in Paris gekannt,
die von mir Abschied nahmen, um noch vor der
Revolution nach London zurück zu kehren, die
aber alle, wie ich positive weiß, sich incognito
in denen Provinzen vertheilten, um das Volk
aufzuwiegeln, und Excesse zu verursachen. Dieses
war nunmehro die Hauptabsicht der Hofpärthey,
und der Feinde Frankreichs. Und da das Nach-
geben zu spät war, und man kein anders Mittel sah, um die alte Anarchie zu erhalten, wurde
der Plan, der schreckliche Plan bey Hofe geschmiedet, dessen Ausführung die ganze Monarchie ohnfehlbar über den Haufen geworfen hätte.
Der schlaue und gerechte Necker, that indessen

alles

alles mögliche, um den Nationalcredit zu erhalten, und den Generalbanquerott zu verhindern. Die Hofparthey hingegen beschloß, daß man Paris verheeren, die Nationalbank zum Falliment bringen, und den Necker aufhenken, oder wenigsten aus dem Lande jagen sollte. Graf Artois des Königs Bruder war an der Spitze, und seine Absicht war, sich selbst und seine Kinder auf den königlichen Thron zu schwingen. Er mißhandelte sogar den redlichen Necker in des Königs Gegenwart, und trug ihm Stockprügel an.

Die Königinn, eine Dame, die leicht zu überreden ist, wurde bald für die schrecklichste Absichten gelenkt. Man schilderte ihr die Sache in einer solchen Gestalt, daß des Königs Sicherheit und Leben, die Succession ihrer Kinder, das Heil des ganzen Staats allein davon abhinge, daß man die rebellischen Köpfe der Nationalversammlung in die Bastille, die andern aber nach Hause schicken, daß der König seine despotische Auctorität behaupten müsse. Alles, was bisher geschehen war, kassire, und den

Herrn

Herrn Necker nach Hause schicke, wenn er vor=
hero Rechnung in den Händen der Aristokraten
würde abgelegt haben. Hier wäre der redliche
Mann in solchen Händen gewiß verlohren gewe=
sen, und vielleicht noch gar als ein Bösewicht
unter Büttelshänden gestorben. Gott lenkte
aber den Ausschlag gegen diese Rathgeber, und
jeder vernünftige Mann konnte die Folgen leicht
vorsehen, die ein so fürchterlicher und unbeson=
nener Entwurf hervorgebracht hätte. Ich we=
nigstens sahe ohne Widerspruch, daß die Hof=
parthey in allen Fällen unterliegen mußte. Und
ich kann meinen Leser versichern, daß kein schlech=
ter Plan jemals von Dumköpfen entworfen, kei=
ner unbedachtsamer veranstaltet, noch schlechter
ausgeführt wurde.

Ich könnte alle Hauptakteurs bey dieser
Scene mit Namen nennen. Es ist aber eben
nicht meine Sache. Aber den Grafen Breteuil
muß ich nennen, weil ich in der Halsbands Ge=
schichte mehr von ihm reden muß, und weil er
als ein ausgeschreiener kluger alter Minister, der

an der Spitze des Anschlags stand, sich so
schwach, so unvorsichtig, so lächerlich erwiesen
hat, daß man ihm billig die Schande des ganzen
fehlgeschlagenen Unternehmens beymessen kann.

Indessen hatten die Generalstaaten bereits
beschlossen, und publicirt, daß jedermann frey
sprechen und schreiben dürfte. Bis dahin wachte
die Polizey in allen Winkeln, und wer nur ein
freyes Wort gegen den Despotismus oder gegen die Aristokraten gesprochen hatte, der saß
sicher in der Bastille, oder verschwand vor den
Augen seiner Mitbürger. Dieses Staatsinqui-
sitionsgericht hatte ehmals alle Patrioten schüch-
tern gemacht. Nunmehro stand aber das Feld
für alle redliche Vaterlandsfreunde offen. Bald
war ganz Paris mit Broschuren überschwemt,
die Jedermann seinen Zustand erblicken ließen,
die Aristokraten entlarvten, das Feuer zur Revolution anbließen, den Despotismus in schreck-
lichster Gestalt schilderten, und alles zur Freyheit und Sache aufmunterten.

Das

Das berühmte Palais Royal in Paris, war nun der Sammelplatz aller Patrioten und Mißvergnügten, und genießt ohnedem das Vorrecht, daß sich keine Polizey in derselben darf blicken lassen, ohne vorhero vom Herzoge von Orleans, dem Eigenthümer desselben die Erlaubniß erhalten zu haben. Dieser Herzog hat nun wahrscheinlich den Plan für sich entworfen, daß er Volksliebe gewinnen, und bey der drohenden Revolution als Regent von Frankreich proclamiret werden wollte, wenn zuvor der König als unfähig der Regierung erkläret worden wäre. Er gestatete also allen möglichen Muthwillen, alle Ausschweifungen in seinem Pallast, der beständig mit vielen tausend tobenden Menschen angefüllt war. Ich muß hier denen, welche Paris nicht kennen, einen kleinen Begrif von diesem Gebäude machen.

Dieses Palais liegt am Mittelpunkt der Stadt. Seine Länge des innern Hofes beträgt über 300, die Breite bey 150 Schritte. Das Gebäude um denselben ist 4 Etagen hoch, und mit allen möglichen Gattungen von Menschen be-

bewohnt. Man zählt allein gegen 400 Freudenmädchen der ersten Classe in diesen Wohnungen. Viele Gasthöfe, wo Fremde einkehren.
Etliche große Repaurateurs oder Küchen, wo
man stündlich mit fürstlichen Tafeln zu allerhand Preisen bedient werden kann. 3 große
Caffeehäuser treiben ihr Handwerk darin mit
allen möglichen Annehmlichkeiten und Betrug.
Und mehr als tausend Stühle stehen unter denen 4 fachen Linden und Kastanienalleen allein
zur Ruhe für die Zuschauer. In diesem Gebäude befinden sich nun auch verschiedne Sä-
le, die an Gesellschaften vermiethet sind, und
wo Klubs oder tägliche Zusammenkünfte gehalten werden. Auch die geflüchteten holländischen und brabantischen Patrioten besuchen hier
einen solchen, welcher aus 6 großen Zimmern
nebst 3 Billards und aller möglichen Bequemlichkeit zur Lektüre und Unterredung besteht,
und wo ich selbst viele Stunden zuzubringen
die Erlaubniß und Zutritt hatte. Diese Leute
führen nun die beste Corespondence durch die
ganze Welt, sind reich, zahlen ihre Emissarien
und machen Entwürfe, die verlohrne Freyheit
wie-

wieder zu erlangen. Hier war also der Sammelplatz aller Tagsneuigkeiten.

In der Mitte dieses schönen Platzes ist nun
ein prächtiges Gebäude in chinesischen Geschmack
angebracht ; dessen Saal 140 Schritte lang
ist. Das Dach ist flach , wird mit Orangerie
und fremden Gewächse , wie ein Garten besetzt. Mehr als tausend Lichter und Fackeln
beleuchten dieses irrdische Paradieß. Um den
Platz herum, sind 20 Fuß breite , mit brei-
ten Steinen gepflasterte Spatziergänge , mit einem eisernen Gitter eingefaßt , woselbst man
bey Regenwetter trocken unter einer Reihe von
Collonaden spatzieren geht. Um und um aber
sind mehr als 400 Boutiquen, wo Gold, Silber , Modengeschmack das Auge blenden. Hier
um spatzieren den ganzen Tag und halbe Nacht
die aufgeputzten Buhldirnen von der ersten Claß-
se im fürstlichen Aufzuge herum, und suchen Eroberung. Alle Alleen sind aber von beyden
Seiten mit sitzenden Zuschauern besetzt, welches
eine herrliche Augenweide verursacht. Stündlich kommen Neuigkeiten. Alles wird neu hie-
her-

hergetragen, und ist auch jeden Tag in verschiedenen Brochuren zu lesen, weil 10 Buchläden in diesem Bezirk ihre Waaren ausbieten, und die Colporteurs in allen Winkeln Neuigkeiten ausschreien.

Ich selbst schrieb in diesem stürmischen Zeitpunkt einige Blätter, die grossen Beyfall fanden, weil sie nach den damaligen Lieblingsgeschmack für erhitzte Köpfe geschrieben waren.

Ich ließ auch 3 Monate vor der ausgebrochenen Revolution mein Bild in Kupfer stechen. Unter welches folgende Juschrift zu lesen war.

Du Fanatisme affreur, du pouvoir arbi-
traire
Personne plus que moi a supporté les
coups
Voieij le tems de la L'umiere:
Peuple née pour l' honneur. Francois
eveille vous.

Oder

Oder Deutsch:

Dieß ist das Bild, von dem der Fürsten
Eigenmacht,
Und schlauer Pfaffenlist zum Martyrer
gemacht.
Nun bricht der Tag heran, es blinkt der
Freyheit Licht:
Gelegenheit ist da! Franzose schlummert
nicht.

Dieses Bild und meine von mir selbst Fran-
zösisch übersetzte Lebensbeschreibung wurde nun
mit Censur gedruckt, und öffentlich verkauft.
Dieses vermehrte Liebe und Zutrauen des Volks
für mich. Man hatte schon, noch ehe ich nach
Frankreich kam, zwey Theaterstücke aus meiner
Geschichte gemacht, die den Titel führten: Le
Baron Trenck. Diese fanden so viel Beyfall und
Zulauf, das jedes, mehr als 80 mal auf den
Theatern aufgeführt werden mußte, wobey die
Applaudirung ohne Beyspiel war. Beyde ma-
chen mir viel Ehre. Sind aber nur zu einer
Zeit auf Theatern zu erlauben, wenn man
das Volk wider fürstliche Eigenmacht auf-
bringen und eine Empörung befördern will.
Hiedurch ist aber mein Name und meine

Gr.

Geſchichte in Frankreich ſo bekannt auch beliebt worden, daß ich mitten unter der allgemeinen Gährung, wie unter Brüdern und
Freunden mit lautem Beyfallzuklatſchen, umher
gehen konnte, und daß zu einer Zeit, wo ich gewiß keinem öſterreichiſchen Offizier hätte rathen
wollen, ſich auf der Straſſen, viel weniger in
Geſellſchaften ſehen zu laſſen. Das iſt der Lohn
des ehrlichen Mannes in allen Staaten, und ich
kam diesmal nach Paris in einem Zeitpunkt, wo
alle Moden à la Trenck, Tabatieren à la Trenck,
Haarbuß à la Trenck, und mein Bild von
den größten und ſchönſten Damen en Braſelets
getragen wurde. Da ich nun der Sprache
vollkommen mächtig bin, und denen Damen
ſchöne Sachen zu ſchwätzen, nach den Modegeſchmack die Inpromtu im Stegreife zu-
ſagen mußte, ſo iſt gewiß noch nie ein Deut-
ſcher mit ſo viel Leutſeligkeit, Vertrauen, Beyfall und Achtung in Paris aufgenommen worden, als ich, wogegen ich dieſe Nation auch
gegenwärtig ſchätze, und bey ihr zu ſterben
wünſche, weil ſie frey und glücklich zu ſeyn
verdient.

Ich

Ich kehre nach diesem nothwendigen Seitenschritte zum Palais Royal zurück. Dort wurde nun alles ausgebreitet, und entworfen, was bald nachhero in hellen Flammen ausbrach.

Man sahe täglich Leute von der niedrigsten Classe auf einen Stuhl treten, und dem Volke stundenlang aufrührische Reden halten, die oft mit vielem Nachdruck, und Geschicklichkeit, allzeit aber mit Gefühl und Applaudirung aufgenommen wurden. Laut sprach nun jederman gegen den Hof und seinen Anhang, und die sonst von der Polizey so streng gefesselte Franzosen durften nunmehr frey sprechen, denken, und handeln. Alles war aufgeklärt, und die sogleich zum Vorschein kommende Schriften wurden auch vom Pöbel gelesen, und ihnen überzeugt, daß das Volk ohne König, dieser aber nicht ohne Volk seyn könne.

Ich muß auch zur Ehre der Nation öffentlich bekennen, daß ich dieselbe in ihrem ganzen Charakter umgeändert fand. Der ehemalige Leichtsinn war verraucht und verbannet.
Man

Man beschäftigte sich mit wahrer Aufklärung , und anstatt des ehemaligen vive le Roi
hörte man nichts als vive la Nation rufen. Man
betrachtete mich als einen Freund der Freyheit,
und ich wurde in allen Gesellschaften um Rath
gefragt : Man entdeckte sich mir ohne Rückhalt , und umarmte mich als einen Mitbruder.
Both mir auch eine ansehnliche Pension, Tit-
tel und Dienste an , falls ich mich in Frankreich bey einem freyen Volke etabliren wollte.

Nun fing man ernstlich an, den Hof in
Versailles zu beobachten. Die Aristokraten hingegen schritten zum Werke.

Der Plan war gemacht, daß auf einmal
40,000 Mann in der Plaine von Sablon cam-
piren sollten. Alle deutsche Regimenter hatten
den heimlichen Befehl erhalten , still aufzubre-
chen , und an den bestimmten Platz so zu marschiren , daß sie alle an einem Tage von allen
Seiten eintreffen. Dann sollte sogleich Paris
mit Gewalt angegriffen werden , und um die
Soldaten zu gewinnen, wollte man ihnen die

Plün-

Plünderung der Stadt erlauben. Der Gouverneur in der Bastille solle aber die Stadt mit
glühenden Kugeln beschiessen.

Da nun keine Munition aus Paris, ohne
groß Aufsehen, zu haben war, so ließ man
aus Metz ein mit Pulver und scharfen Patronen beladenes Schif, das aber mit Stroh
bedeckt war, nach Versailles kommen. Die
Bürger in Chalon entdeckten aber dies Geheimniß, das Schif wurde visitirt, angehalten,
und nun fehlte es an Munition. Die Anstalten waren überhaupt so schlecht überlegt, daß
nur 4000 Mann in der Plaine de Sablon nahe
bey Paris eintrafen, und daselbst ihr Lager auf-
schlugen. Die andern Regimenter waren noch
8 und 16 Tage zurück.

Was sollten die Pariser hievon urtheilen,
besonders da man alle Brücken, die nach Versailles führen, mit Batterien besetzte. Und inzwi-
schen wurde der König bewegen, folgenden un-
bedachtsamen Schritt zu machen, ehe er Unterstützung versichert war:

Er

Er gieng nämlich in der Generalversam=
lung , und caſſirte im gebieteriſchen Tone der
unumſchränkten Majeſtät alles, was die General-
ſtaaten bishero beſchloſſen hatten. Und dieſe
hatten juſt Tags zuvor ein ewig Geſetz gemacht
auch beſchworen , daß jede einzelne Perſon dieſer Verſammlung, welche die ganze vereinigte Nation repräſentirte, als geheiligt angeſehen werden
ſollte , und daß alle Beleidigung, die nur einem
einzeln auch von Seiten des Monarchen geſchehen möchte , eben ſo angeſehen werden ſollte,
als beleidigte man die ganze Nation ; auch daß
ſie während dieſer Congregation keinem höhern
Befehl zu gehorſamen habe.

Es war alſo eine Thorheit, dieſen Schritt
nicht ehe gemacht zu haben. Nunmehro war
es zu ſpät, und der König wurde ausgelacht.
Er befahl hierauf, die Verſammlung ſollte ſogleich auseinander gehen. Abermals Gelächter. Und man antwortete ihm trocken, dieſes würde nicht geſchehen. Sie repräſentirten
die Nation, und ohne dieſe ſey der König nichts.

Sie

Sie aber wollten in geheiligten Sammel-
platze der Nation alle Extremität als Patrioten
und Väter des Vaterlandes abwarten. Der
König gieng heraus. Niemand folgte — —
Er schickte den Guarde de Sceau zurück und
ließ Ihnen befehlen, sie sollten sogleich auseinander gehen. Sie thaten es nicht, und spot-
teten der Befehle. Da nun derselbe dem König die unangenehme Entschleßung brachte,
antwortete derselbe mit großen Phlegma — —
Eh bien! foutre qu'ile ii restant. Oder Sie
mögen da bleiben, wenn sie nicht gehen wollen.

An eben dem Tage fodette Herr Necker seinen
Abschied. Dieses war schon der Glockenschlag zur
Revolution. — Das Volk drang mit Gewalt nach
Versailles. — Die garde francoise verließ den
König, und hätte dieser nicht eilfertig den Herrn
Necker rufen lassen, sich mit ihm und der Königinn auf den öffentlichen Balcon freundschaftlich
gezeigt, und Necker selbst herab gerufen: Ich
bleibe; so wäre an eben diesem Tage eine wun-
dervolle Tragödie in Versailles erfolgt. Nun
aber wurde die Gährung immer reifer zum Aus-

bru-

bruche. Ich muß aber noch vorläufig diese
wichtige Anmerkung erzählen, die sonnenklar
erweiset, wie groß damals die Verwirrung unter
den Haufen der Aristokraten war, und was für
grobe Fehler geschahen, die alle ihre Anschläge
zernichten mußten. Ich war eben in St. Germain, wo 240 Mann garde du corps im Quartier lagen. Nachmittags um 4 Uhr erhielten sie
Befehl aus Versailles, daß sie früh um 5 Uhr
zu Pferde in Versailles eintreffen, und sich mit
scharfen Patronen versehen sollten. Nun liefen
alle diese junge Edelleute bey ihren Maitressen
in der Stadt herum, und erzählten die schreck-
bare geheime Ordre, kauften auch einzeln in
allen Boutiquen Pulver und Bley.

Ist wohl jemals eine einfältigere Procedur
begangen worden? und dennoch glaubte man in
Versailles, die Bürger wären alle so blind und
dumm, daß sie nichts argwohnen könnten.

Abends war ich in einer Gesellschaft, wo
etliche dieser garde du corps soupirten, die alle
sehr

sehr unruhig schienen, und wohl geneigt waren,
tu Versailles zu paradiren, aber eben nicht um
scharfe Patronen zu brauchen. Die Gesellschaft
bestand aus Patrioten, und die jungen Leute
wurden aufgemuntert, daß sie nie auf Mitbür=
ger Feuer geben sollten, wozu sie alle einstimm=
ten, und die Procedur des Hofes mißbilligten.
In ganz St. Germain verbreitete aber die
Nachricht, daß die Garde Pulver und Kugeln
kaufen, eine besondere Fühlung, und man gab
ihnen keins, sondern behielt es für eigne Ver=
theidigung in allen Fällen. Jeder Hauswirth
suchte nun schon sein Gewehr hervor. Und die
Garde des Königs konnte den Befehl nicht voll=
ziehen, mit geladenem Gewehr zu marschiren.
Zeugt dieses nicht von der unüberlegten Blind=
heit eines Marschals Braglio, eines alten Mi=
nister Breteuil, die das Ruder der aristokrati=
schen Anschläge führten.

Um 1 Uhr nach Mitternacht kam ein Cou=
rir aus Versailles mit dem Befehl: die garde
du corps sollten in St. Germain bleiben und
nicht marschiren. Alles war froh zum Entzü=

cken

eken! Um 7 Uhr frühe kam aber wieder ein anderer Courir angesprengt, mit den Befehl, die Garde sollte mit verhängtem Zügel nach Versailles eilen.

Welcher Contrast! welche sichtbare Zeichen schwacher Befehlshaber. Innerhalb 18 Stunden dreyerley Ordre zu geben. Nun befahl der König, an diesem Tage den Saal der Generalstaaten zu verschliessen und mit Wache zu besetzen lassen. Sie kamen heran, und wurden abgewiesen. Giengen aber alle in eine Kirche, und hielten daselbst ihre Versammlung ohne Scheu.

Hier war nun wohl der Anschlag der Hofparthey sie alle arretiren zu lassen, und in die Bastille zu schicken. Deßhalb man vermuthlich die Garde du Corps beordert hatte anzurücken. Da aber indessen schon der größte Theil der französischen Garde in Paris ihre Fahnen verlassen hatten, und den Volk zugefallen war, da man besorgte, die in Versailles stehende Compagnien dieses Corps würde-

eben

eben das thun, und die Schweizer gleichfalls
folgen, die zu viel Ehrfurcht für die General=
staaten hatten, so unterblieb diesmal alle Ge=
walt, und man mußte beschämt zusehen, wie
die meisten Bürger an den Ort der Versamm=
lung herbeyeilten, um ihren Landesväter in
Fall einer Beleidigung zu schützen, und mit
ihnen zu bluten.

Indessen kampirten die 4000 Mann in der
Plaine von Sablon, verschanzten ihr Lager, und
duldeten, daß die Pariser Bürger, auch viel deser=
tirte garde francoises in das Lager heraus
kamen, und sich mit ihren Cammeraden unterre=
deten. Diese erzählten ihnen, wie wohl es ihnen
in Palais Royal erginge, und daß es besser sey, mit
dem Volk, als mit dem Könige zu halten. Auch
dieses zu gestatten, war schon ein großer Fehler
der Aristokraten.

Da nun keine Zeit mehr zu verlieren war,
und man die Ankunft der übrigen Truppen nicht
mehr abwarten konnte; auch zu fürchten war,
die Pariser möchten einen Generalsturm auf das
klei=

kleine Lager machen, und alles vereiteln, so rückte Abends den 13ten July gegen 7 Uhr der Prinz Lambese mit seinen Truppen in die Tuillerien nach Paris, dort versammelte sich nun eine große Menge unbewafneter Pöbel, um zu sehen, was vorgehen sollte. In eben dem Augenblick ritt aber Lambese herum, und massacrirte eine spatzierengehende Frau, drohte, lärmte und machte Gasconaden. Das Volk fing an, auf die Soldaten anzubringen. Lambese commandirte Feuer! aber auch nur ein Zug von dem Regiment Royal allemand gehorchte, und feuerte scharf unter das Volk. Die andern weigerten auf Bürger zu schießen, kehrten um, und ritten davon. Im Augenblick fiel man auf die, welche geschossen hatten, und 9 Mann und Pferde wurden in Stücken zerrissen. Lambese floh nach der Plaine von Sablon, und das ganze Windprojekt der Aristokraten war unter einer so schlechten Anführung und Disposition vereitelt. Man wollte, und wollte nicht, und die Unentschlossenheit der Anführer rettete Paris. Es war aber noch dümmer, mit 4000 Mann eine solche Unternehmung gegen ein Million Menschen zu wagen, zu welcher bereits 8000 Deserteurs, gegen 2000 Mann der garde francoise, und viel Schweitzer übergegangen waren. Nun war auf einmal der Ausbruch da. Alle Sturmglocken der Stadt wurden zugleich angezogen. Der Pöbel lief in allen Straßen mit dem fürchterlichen Geschrey — zum Gewehr! und man hörte überall laufende Schaaren zusammen gerotteten Volks mit Allarm-Trommeln begleitet. Im Augenblick war die ganze Stadt mit Millionen Lichtern und Fackeln beleuchtet, so, daß man überall wie am hellen Tage sehen konnte. Jeder Bürger stand an seiner Thür, und gab sein Gewehr dem stürmenden Volke, welches auch zugleich die Schwertfeger und Büchsenmachergewölbe ausräumte. Die Barrieren und Zollhäuser, die Theile der Stadtmauer, welche noch nicht fertig, und nur mit Holz und Brettern verwahrt waren, wurde in Flammen gesetzt. Und nun sahe man bey dem schrecklichsten Getöße Feuer auf allen Seiten der ungeheuren Stadt, die ich aus meiner Wohnung auf den Baaleward ganz übersehen konnte. Man hörte auch überall schleßen, und ein Geschrey, welches allgemeine

Ma-

Masakre und Plünderung vermuthen machte,
Indessen war das ganze Palais Royal mit
Menschen gefüllt, welche den Anbruch des Ta-
ges erwarteten.

Früh um 9 Uhr kam nun die Nachricht,
daß Necker vom König verabschiedet, und sogleich
aus Frankreich vertrieben sey. — Hier folgte
im Palais Royal eine allgemeine Stille. —
Schrecken, Gram und Verzweiflung konnte man
in allen Gesichtern lesen — und alles schien so
finster, so drohend, wie das schwangere Gewölke
vor dem Ausbruche eines schweren Gewitters.
Auf einmal brach die Wuth loß, alles rief —
aux armes. Alle Stühle waren im Augenblick
zerschlagen, jeder ohne Ausnahme bewafnete sich
wie er konnte, und lief rasend herum, ohne zu
wissen wohin. — Gegen Mittag aber war alles
schon in Ordnung, und in Schaaren getheilt,
welche so, wie die regulärste Miliz dergestalt
die Patroulle in der ganzen Stadt hielte, daß in
jeder Viertelstunde eine die andere in allen
Straßen begegnete, und ein jeder schon bewafnet

net war,, ohne daß die mindeste Exceſſe noch
Plünderung begangen wurde.

Der Pöbel ſelbſt hielt bey allgemeiner Verwirrung noch Ordnung. Solche Ordnung, daß
ein junger Burſche, der im Gedränge ein Schnupf-
tuch ſtahl und auf der That ertapt wurde , auch
in eben dem Augenblick von den Umſtehenden
erhaſcht , an einen Laternenpfahl gehenkt ſterben mußte.

Nun lief ein Schwarm dieſes bewafneten Pöbels nach Bicetre , um dort alle Cri-
minalsgefangene los zu laſſen , deren Zahl
über 600 Köpfe belief. So bald man aber daſelbſt eintraf, trat ein Handwerksburſche auf —
rief ſilence! — — nach den damaligen Pariſer Brauche , und hielt eine kurze Anrede folgenden Inhalts :

Er ſagte : „ Wir braven Vertheidiger der
„ Freyheit haben das Gewehr ergrifen , um un-
„ ſer Vaterland vom Joche der Tiranen zu
„ retten. Die Unternehmung iſt edel. Wollen
„ wir

„ wir denn nun wohl unsere Ehre unsern Nach-
„ ruhm besudeln, wenn wir Bösewichte, Die-
„ be und Mörder aus verdienten Gefängnissen
„ befreyen, und sie als Mitgehülfen einer edlen
„ Handlung brauchen, welche wir ohne ihre
„ Mitwirkung rühmlich vollziehen, und mit
„ redlich französischen Blut besiegeln wollen.

Gleich herrschte eine allgemeine Stille —
einer sahe den andern an — — und kehrten
beschämt zurück, nachdem man zuvor eine Wache an die Thür gestellt, um sie desto sicher
zu bewahren. Ist dieses nicht ein schöner Zug
des Nationalkarakters, der Ihnen Ehre macht?
Man ließ hingegen an eben dem Tage alle wegen Schulden verhaftete in Freyheit.

Ich selbst hatte für mich folgende Vorsicht
gebraucht. Da ich das Vertrauen beyder Parthey-
en genoß, war ich in einer großen Gesellschaft
der Aristokraten, und sprach mit einem der Ersten ganz vertraulich. Da er nun an mir erfuhr, daß ich den 1ten Juli von Paris nach
Hause reisen wolle, sagte er mir mit Hände-
drü-

drücken: lieber Trenck! bleiben sie bey uns bis
zum 20, dann sollen sie unsere Avantgarde
commandiren. Wohnen sie sodann unter uns.
Sie sollen sogleich Marschal de Camp mit 8000
Liver Pension seyn — — und ihrer Kinder
Glück wird sicher folgen. Reisen sie nicht weg.
Bald werden sie den günstigen Ausbruch unserer Hofparthey erleben, und Paris und die
stolze Nationalversammlung gedemüthiget sehen.

Ich antwortete auf solche Art, daß ich
nichts ablehnte, nichts annahm. Sagte aber
dabey nach einigen Wortwechsel, worinn ich
am glücklichen Ausgange seines Entwurfs sehr
zweifelte.

„Ich will unabhängig als Weltweiser le-
„ben und sterben. Für Beförderung der Ei-
„genmacht trage ich kein Haar auf meinem grauen
„Kopf. Aber für Völker Freyheit wallt noch
„feurigs Blut in meinen Adern. Uebrigens bin
„ich Philosoph, sehe alles gern gründlich für
„mich allein, und mische mich in nichts —

Da

Da ich nun die Anstalten sahe, und das Ge=
heimniß wußte, konnte ich auch sogar den Tag
des Ausbruchs vorsehen; um nun nicht in eine
oder andere Parthey verwickelt zu werden, nahm ich
von allen meinen Freunden Abschied, bestellte die
Postpferde, besorgte meinen Paß, und fuhr
dem Scheine nach davon — — kehrte aber heim=
lich zurück, und nahm meine Wohnung in ei=
nem Privathause bey dem berühmten Hofjouve=
lier Böhmer, welcher wegen der Halsbandge=
schichte bekannt ist. Hier lebte ich incognito,
sahe alles zu, und schlich Abends in das Pa=
lais Royal zu einem sichern Baron Heyden,
meinen Freunde, der daselbst logirte. Dieser
Heyden war ein ganz besonderer rechtschafner
Mann, welcher den amerikanischen Krieg mit
den Engländern rühmlich mitgemacht, tausend
Fata erlebt, dann aber unter denen Patrio=
ten in Amsterdam eine große Rolle gespielt
hatte. Er lebte in Paris, von diesem unter=
stützt, und besaß das unbegränzte Vertrauen
aller bedrängten Holländer, und mißvergnügten
Brabanter, die bey ihm ihren Sammel=
platz zum deliberiren hatten. Dabey war er der
ver=

vertrauteſte Freund des Marquis de la Fayette,
und arbeitete in Stillen für ſeine Freunde.

Bey dieſem Manne, den ich ewig verehren
werde, erfuhr ich nun alles, was von Seiten
der Pariſer Patrioten vorging, und wir ſpra=
chen unter uns ohne Rückhalt. Ein Glück
war es für mich, daß ich am Tage der Re=
volution nicht mehr in meiner alten Wohnung
zu finden war. Einige Scharren des wüten=
den Volks hatten mich wirklich daſelbſt geſucht,
um mich an ihrer Spitze zur Eroberung der Ba=
ſtille zu wählen. Wäre ich zu Hauſe geweſen,
ſo mußte ich ohnfehlbar dem Zwange folgen.
Und dieſes war eben nicht ehrwürdig für mich.
Indeſſen bleibt es allezeit merkwürdig, daß ſo
gar der Pöbel einer fremden Nation mir
mehr Ehre zu erzeigen bereit war, als die
gewiß nicht thun würden, für die ich 40 Le=
bensjahre aufgeopfert habe.

Ich war an dieſem merkwürdigen Tage
heimlich in Palais Royal, mitten unter eini=
gen Häuptern der Patrioten, bey meinem Freun=

de

de Heyden. Und munterte sie auf, schleunigst
eine Motion zur Eroberung und Zerstörung der
Bastille zu machen. Die Emissarien gingen unter den großen Haufen. — Auf einmal brach
der Lärm los — — Aux armes — a la Bastille
— — und innerhalb zwey Stunden war alles
vollbracht.

Die Sache verhielt sich auf folgende Art:

Man schickte 4 Deputirte an den Gouverneur dieses schreckbaren Steinklumpens, und
ließ von ihm Gewehr und Munition zur Be-
wafnung der Bürgerschaft fodern, um sich gegen alle Angriffe der Aristokraten, auch gegen
den stürmenden Pöbel zu bewahren.

Mit diesen Deputirten folgt ein ungeheurer
Schwarm theils bewafnet theils unbewafneten
Volks, unter welchen sich auch gegen 100 Mann
von der Garde Francoise mischten. Dieser Schwarm
drang zu erst in das Invalidenhaus, und be-
mächtigte sich daselbst der Artillerie und un-
gefehr 18000 Flinten und Säbeln.

Die

Die Deputirten eilten zur Bastille durch die
Seite des Gartens und der Lindenallee, die
dahin führte. Die Zugbrücke war am Hause
des Gouverneurs aufgezogen. Man meldet sich,
auch die Absicht warum man da wär. Der
Commandant sprach mit ihnen von der Mauer,
erklärte, daß er ihnen willfahren würde, sie
sollten nur herein kommen. Gleich wurde die
Zugbrücke herunter gelassen, die Deputirten
giengen hinein, und daß um Ihnen sich drän-
gende Volk folgte wider Willen, weil die hin-
tersten sie vorwärts drückten. Kaum waren
50 Menschen hinein getreten, so wurde die Zugbrücke aufgezogen. Man hörte feuern, und
Hilfe schreien. Und der Gouverneur hatte
treulos gehandelt. Zugleich donnerten die Ca-
nonen, von der Höhe des Schloßes auf das
Volk. Hier brach nun Wuth und Rache los.
Der alte Canonier Invalide, welcher par ordre
die Zugbrücke aufzog, konnte sie nicht so geschwind in die Höhe bringen. Ein Garde Francois schoß ihm den Arm entzwey und er ließ
sie fallen. Nun drang alles mit Gewalt hinein. Gleich stand das Haus des Gouverneus in

lich-

lichten Flammen. Die Mauern an den Graben wurden auf unglaubliche Art im Augenblick erklettert: In denen Nebenhäusern liefen die Bürger auf das Dach, und schoßen ein par Canonier auf den Oberbatterien tod. Diese hatten bishero aus Volksliebe nur blind gefeuert. Nun aber ergrif sie die Rachsucht, und sie feuerten etliche Schuß mit Cartetschen, die aber nicht viel wirkten, weil sie nicht perpendiculár herabschießen konnten, wo das Volk schon im Vorhofe, und unter den Kanonen die Mauern erstiegen hatten.

Nun war es bald geschehen. Die Besatzung bestand in etwa 60 Mann Invaliden. Und es war ein Hauptfehler der Aristokraten, daß die Bastille nicht besser besetzt war. Man erfuhr aber später, daß an eben dem Tage eine starke Besatzung hätte hereinrücken sollen, welches zum Glück der Pariser von ihnen in Zeiten gehindert wurde.

Nun ergrif man sogleich den Gouverneur Herrn de Launai und seinen Platzmajor. Einige alte Canonier starben in Handgemenge, die

an

andern, welche Kanonen losgebrannt hatten, wurden im Triumph nach dem Platz de Greve geschlept, um dort gehenkt zu werden. Dieß Spektakel war gräßlich anzusehen. Die 70 und 80 jährigen Greise der Wuth des Pöbels überlassen, deswegen zum Richtplatz geschlept wurden, weil sie Soldatenpflicht aus ihrer Obrigkeit Befehl vollzogen hatten.

Der Gouverneur und Platzmajor kamen aber nicht bis zur bestimmten Richtstätte. Der erste fiel vor dem erbitterten Volk auf die Knie, und bat um Gnade, wie ein niederträchtiger Bösewicht zu bitten pflegt. Beyde wurden so mit Schläge und Stößen mißhandelt, daß sie halb entseelt zur Erde fielen, dann schnitt man ihnen die Köpfe ab, und trug sie zum Schau in der ganzen Stadt im Triumphe herum so wie es alle Schurken verdienen, die eine so verfluchte Stelle sollicitiren und übernehmen, bey welcher man kein ehrlicher Mann bleiben kann, und ein Tyrann und Menschenschinder seyn muß, um tyrannische Befehle gegen unschuldige Mitbürger zu vollziehen, die will-

küh-

i

lührlich, und nicht nach Ordnung der Ge-
säße verurtheilt werden.

Ich sahe deshalb wirklich mit Vergnügen
den blutig triefenden Kopf des Launai herumtra-
gen, weil ich lange vorher wußte, daß er ein
Menschenschinder war; und wünsche vom Herzen
allen denen, welche sich zu einem solchen Amte
gebrauchen lassen, nebst allen Capidgi Bassen
der Sultane ein gleiches Schicksal. Das Amt
eines Gouverneurs der Bastille war ehemals eines der ehrwürdigsten in Frankreich. Sie mußten nothwendig Lieblinge des Hofes, und Sklaven der Minister seyn, um das Vertrauen zu
verdienen, die ihnen zugeschickte Schlachtopfer
laut dem beykommenden Lettre de cachet auf
das strengste und genaueste zu martern, oder in
die andere Welt zu expediren. Dabey wurde man
zugleich bald reich. Denn einerseits gab es
Gelegenheit, wo Erbarmen oder Vorsprache mit
baarem Gelde konnte erkauft werden. Zu gewissen Zeiten schloß der Gouverneur den Contract
mit dem Gefangenen für seine Lösung, welches
sodann mit einer Familie du Bary, mit einer
                                    Pom-

Pompadour, einem habsichtigen Minister, einer
Hure, oder einer Hofdame getheilt wurde, die einen Lettre de cachet vom Duc de la Vrillere,
von einem Richelieu, für baare 50 Louisd'or gekauft hatte, um einen ehrlichen Mann ohne Verbrechen in die Bastille zu sperren. Ueber dem
war noch eine sichere Gelegenheit da, wo der
Gouverneur sich bereichern konnte. Für manchen
Arrestanten zahlte der Hof einen Louis, für andere 1/2, und für die letzte Klassen 6 Livres täglich Kostgeld. Manche Gouverneurs liessen ihren Arrestanten keinen Mangel leiden. Andere
gaben ihnen hingegen die elendeste Kost, liessen
sie hungern und darben, und zogen noch immer
ihr Kostgeld, wenn der Pensionirte bereits im
Grabe vermodert war. Manigmal war dem
Minister viel daran gelegen, daß der Gefange-
ne nie wieder das Taglicht erblicke. — Und der
Herr Gouverneur meldete, sein Arrestant sey bereits gestorben, wann der Befehl zu seiner Befreyung einlief. Oder man expedirte ihn nach
Belieben durch Hunger oder Marter in die andere Welt. Ueberhaupt ist es schade, daß bey
der Eroberung dieser Mördergrube das Volk die

Archive plünderte, und die wichtigsten Schriften
zerstreute, oder wegnahm. Meine Bediente brachten mir selbst ein Paquet nach Hause, welches
sie auf der Straße weggeworfen gefunden hatten. Und ich habe selbst grosse Ballen von
Lettres de cachet gesehen, die man auf das
Rathhaus trug, wo jedes Blatt ein Urtheil eines Staatsbürgers war.

Mancher Uriasbrief dieser Gattung lautet:
    Ich schicke euch diesen Arrestanten. Nie-
    mand soll wissen, wo er hingekommen ist,
    und binnen 14 Tagen muß er nicht mehr
    seyn.
                       Louis
      an meinen Gouverneur
          der Bastille.
oder es hieß:
    Ich schicke euch diesen Mann; der binnen
    9 Tagen mit der grossen Marter expedirt,
    oder der Hunger sterben soll.
                     Louis.

Auf diese Art sind seit 200 Jahren unzäh
lige Menschen in diesem Höllenschlunde aufge-
                      opfert

opfert worden, und es wäre zu wünschen, daß
die Nationalversammlung gegenwärtig die ganze
Geschichte der Bastille öffentlich drucken ließe,
so würde man überzeugt werden, was die Menschen sich selbst schuldig sind, um dergleichen
Martergruben, die allein von der Willkühr des
Hofes, und seiner Lieblinge abhiengen, mit eben
der Wuth zu zerstören, als es in Paris endlich
mit vollem Rechte, und löblicher Gewalt geschehen ist. Denen wenigen Männern, welche bey
der Zernichtung derselben ihr Leben einbüßten,
sollte man Ehrensäulen bauen, denen hingegen
einen Strick um den Hals winden, und sie im
Meer ersäufen, wo es am tiefsten ist, welche
einem Monarchen rathen, Stein und Kalk zur
Aufführung eines solchen Gebäudes herbey fahren
zu lassen, welches der Schindanger rechtschaffener Patrioten, und tugendsamer Vertheidiger
der Menschenrechte werden kann. Einige Tage
nach dieser herrlichen Scene sahe ich dem Men-
schenschwarme zu, welche mit brennenden Eifer
beschäftigt waren, diesen Steinklumpen zu demo-
liren, in welchem so viele tausend edle Franzosen, auch Deutsche, so unschuldig verschmachtet
sind,

sind; Und machte meine Betrachtungen, da ich
ein Beyspiel vor mir sahe, was wohl eigentlich
Monarchenmacht ist, wann der Unterthan seinen
Werth und sein Recht zu fühlen anfängt. In
Asien, in Rußland sollte sich niemand wundern,
dergleichen Gebäude zu finden. In Madrid, in
Rom noch weniger. Aber daß die aufgeklärten
Franzosen, ein ehrgeizig Volk, welches allen
europäischen Völkern zum Muster, zur Nachäf-
fung diente, wo die Wissenschaften blühten,
und der Mensch denken, auch lesen durfte: In
einem Reiche, wo der verfeinerte Geschmack herrschte, wo die Liebe zu ihren Königen bis zur Raserey gestiegen war — bis zum Jahre 1789
die Existenz der Bastille duldete, dieses wird
der Nachwelt ohnbegreiflich scheinen. — Nun
liegt das stolze Babel im Staube da. Nun
schämt sich erst der stolze Franzose seines vorigen Daseyns, und wird das Andenken solcher
Männer segnen, die den Urstof zubereiteten,
aus welchem diese glückliche Revolution für ihr
Vaterland erfolgt ist. Gesegnet, ewig belohnt
sey der edle Necker, welcher ohne Ehrgeiz noch
Privatabsichten Frankreich gerettet hat. Denn
hätte

hätte er nicht Mittel erdacht, um den National-Banquerot zu hindern, so behielt der Despotismus die Oberhand, und die Bastille hätte noch viel tausend ehrliche Männer in ihrem Strudel verschlungen. Wonne, gefühlvolle Freude überströmte mein Herz bey jedem Hammerschlage, da ich diese von Menschenthränen so oft benetzte Steine zerschmettern sahe. Und ich betrachte meine letzte Reise nach Paris als einen Wink der wohlthätigen Gottheit, die mir bey grauen Haaren noch dieses erquickende Schauspiel wollte erleben lassen. Es waren bey der Zerstörung dieses Kerkers nur noch 9 Unglückliche darinnen verwahrt. Ich habe sie alle gesehen im Triumph im Palais Royal herumführen. Einer unter ihnen war ein alter Edelmann, welcher 39 Jahre mit wenig Taglicht in diesem Kerker geschmachtet hatte. Und was war des Mannes Verbrechen? er hatte als ein witziger Jüngling ohne Welterfahrung eine kleine Satyre gegen die Madame Pompadour gemacht.

Monsieur la Tude, den ganz Paris kennt, hat 40 Jahre eben das Schicksal, wegen eben der Hure erdulden müssen.

So gieng es in Frankreich zu.

Dieser Schreckensort, der eigentlich nur 21 Kerker zählte, hatte aber viele unterirdische Löcher, wohin die gesperrt wurden, die todt hungern mußten. Und andere, wo die verschmachteten, welche denen zu viel ankommenden neuen Gästen Platz machen mußten, weil doch keine das Tagslicht mehr erblicken durften. Ein unterirrdischer Gang führte aber nach einem andern Gefängniß, wo die minder Verdammten hingeschleppt wurden, an denen weniger gelegen war.

Man weiß die Cabalen, welche beständig in Versaille gespielt wurden, um die Ministerstelle zu erklettern. Jeder, der starb, oder abgesetzt wurde, hatte seine Feinde in der Bastille verwacht. Und der neu-installirte füllte wieder andere Löcher mit denen, die ihm widerstanden hatten, ohne die Schlachtopfer des erstern zu retten. Dieses glaubte ein Minister für die Ehre des andern reciproc schuldig zu seyn. Und sicher ist es, daß unter der Regierung der Madame du Barn die Lettres de cachet um

50 Louisd'or bey ihr, bey ihrem Schwager, bey denen Ducs de Richelleu und la Vrillere öffentlich zu verkaufen waren.

Man konnte demnach einen Feind für 50 Louisd'or los werden, den besten Staatsbürger auf ewig unglücklich machen, auch der Sohn den Vater einsperren lassen, um früher zu erben.

Kann wohl ein Staat tiefer fallen? und doch geschah dieses ohngeahndet, ohngefühlt, in dem erleuchteten, und mit seiner gelinden Regierungsform prangenden Frankreich, welches andern zum Muster dienen wollte.

Man kann sich in solcher Lage wohl vorstellen, was für ein wichtiger Mann ein Gouverneur der Bastille war, dem jedermann huldigen mußte. Und wie grausam, wie böse die Seele eines Mannes seyn mußte, welcher sich als ein solches Werkzeug brauchen ließ. Launai war der letzte. Starb er wohl bedauernswürdig? und sollte man nicht eben ein solches Ende allen denen wünschen, die ein solches Amt suchen, oder über-

übernehmen, wo man seine Mitbürger par ordre
kränken muß, und dann krieg glaubt, man habe seine Pflicht erfüllt. Der Büttel thut eben
das, aber mit weit mehr Ehre, weil er nur
die nach öffentlichen Gesetzen verurtheilte Bösewichter abschlachten.

Auch dem Kerkermeister der Bastille wider-
fuhr sein Recht. Das Volk hieb ihm die Hand
ab, da er saumselig schien, die Kerker aufzu-
schliessen, und seinen Raub entrissen zu sehen.
Dann wurde er erst in Stücken zerrissen. So
endigte sich das schönste Schauspiel der zur Empörung gezwungenen Pariser. Man fand noch
halb in Ketten verfaulte Leichen einiger Unglücklichen in ihrem Kerker, obgleich unter dieses
guten Königs Regierung weit weniger Schlachtopfer dahin geschleppt worden; und weil sein
Menschenherz nichts von Lettre de cachet wissen wollte. Aber man fand dennoch in der Taschen des Gouverneurs eine Liste von 61 Personen, für die das Quartier bestellt war. Und
dieses waren Mitglieder der in Versaille versammelten Generalstaaten, welche denen Aristokra-

sen am gefährlichsten schienen. Diese hätte man
alle heimlich gemartert, und hingerichtet, und
die andern alle nach Hause geschickt.

Ich bitte hier meine Leser, ein wenig stille
zu stehen, und den schrecklich, auch lächerlichen
Plan des damaligen Hofcomplots zu durchdenken.

Die zurückgekommenen Deputirten ihrer Provinzen hatten ja alle Rache geschrien, und die
Zurückgehaltenen wären von ihren Freunden wieder gefodert worden. Eine Generalrevolte war
also die ohnfehlbare Folge gewesen. Und der
König würde mit dem Theile der Armee, die
man für ihn zu lenken gewußt hätte, eine jede
Provinz mit Feuer und Schwerdt wieder haben
erobern müssen.

Dieses war ja ohnmöglich, besonders in
Frankreich, wo der Soldat Bürger ist, und
weiß, daß er dem Staate und nicht dem Eigen-
sinne eines Königs dient, der seine Unterthanen
will todt schießen lassen, um sie zu zwingen,

daß

daß sie bey schlechter Staatsverwaltung Hungers sterben sollen.

Paris wäre in einen Steinhaufen verwandelt worden, und durch den Banquerott der Staatskassen von 5000 Millionen geriethen alle wohlhabende Leute an den Bettelstab, die alle das Gewehr ergriffen hätten, um ihre Büttel zu züchtigen.

Es war demnach die glücklich ausgeschlagene Revolution eine Wohlthat für das königliche Haus, und das einige Rettungsmittel für den Staat. Verdienen nun nicht die, welche sie beförderten, Ruhm, Segen, und ewigen Dank!

Die ehrlichen Männer wären aber alle auf den Schaffot gestorben, wann ihre Gegner mehr Mäßigung gebraucht, und klüger gewesen wären.

Nun muß ich doch auch etwas von der französischen Garde sagen; diese besteht aus 3000 Mann, wovon allezeit 4 Compagnien in Versaille

le Hofdienste verrichten. Etwa 14 Tage vor
Ausbruch der Revolution giengen sie paarweise
im Palais Royal spazieren. Das Volk tractir-
te sie herrlich. Die Nimphen schlugen sich dazu.
Sie blieben über Nacht wonnetrunken in ihren
Armen; durften nicht mehr nach Hause gehen,
und blieben im Palais Royal. Bald lernte man
sie als Ueberläufer kennen: die andern folgten,
um frey und gut zu leben, und allgemach deser-
tirten ganze Compagnien. Lächerlich waren die
ersten anzusehen. Die Nimphen gaben ihnen
Federbuschen von ihren Hüten, und es standen
Kerl da, welche einen Straußvogel ähnlich sahen.

Der Obriste ließ etliche, als Deserteur arretiren, aber gleich eilte das Volk zum Gefängniß,
befreyte sie, und trugen sie im Triumphe auf
den Schultern in Palais Royal herum. Bald
kamen auch Schweizer, und Deserteurs von denen Regimentern, die bey Sablon kampirten,
steckten Siegesfedern auf die Hüte, und para-
dirten in Zügen mit Militärmusik auf dem Platze herum, wo das Volk ihnen Vivat zurief,
und sie mit Geld beschenkte. In Versaille gė-
rie-

riethen sie in Händel mit denen Hussaren vom
Pertalozischen Regimente, die ihnen ihre Un-
treue vorwarfen, und vor des Königs Fenster
wurde gemordet.

Indessen kann ich versichern, und als Augenzeuge bestätigen, daß das erste Scharmützel
in der Tuillerie, und die Eroberung der Basti-
le sammt denen Gehenkten nicht mehr als 80
Menschen von beyden Seiten gekostet hat. Und
dieß ist bey einer solchen Revolution in einer
Stadt, wo 1 Million Menschen wohnen, sehr
glücklich und ohnbedeutend. Man begrub
sie mit Wehmuth, und es wurde ihnen ein
Seelenamt gehalten, wobey der Priester in einer schönen Rede aus der heiligen Schrift dem
Volke erwies, daß sie sich mit Recht empört,
und die Todten den Himmel verdient hätten.
Er sprach viel von Tyrannen, und that, was
jeder Priester thut, wenn er sich in die Zeiten
zu schicken weiß, und dem Volke gefallen will.

Sobald nun die Nachricht von Eroberung
der Bastille nach Versaille kam, und man die

Pari-

Pariser Anstalten zur Vertheidigung hörte, wo
alle Straßen, Zugänge, Hauptplätze, und Brücken baricadirt, mit Wagenburg geschloſſen, und
mit Kanonen beſetzt waren, wurde die Beſtür-
zung allgemein, und nichts blieb den Ariſtokraten übrig als die Flucht.

Jedermann packte ein, und die Königinn
blieb in 24 Stunden von allen Freunden ver-
laſſen, die ſich vor der Wuth des Pöbels zu
retten ſuchten. In Paris lauerte man bey allen Barrieren auf heimliche Geldtransporte,
und erhaſchte viele 1000 Louis, die in Milch-
töpfen, in Holzwägen und Krautkörben hinaus
transportirt wurden.

Necker hatte indeſſen einen Brief vom Könige erhalten, daß er ſogleich, ſo ſchleunig als
möglich, aus dem Reiche fliehen ſolle. Das
Schickſal dieſes Lieblings und Retter der Nation
entbrannte nun die Wuth des Volkes bis zur
Raſerey.

Ne-

Necker erhielt den Brief bey Tische, laß ihn, und Niemand, auch seine geliebte Frau konnte nichts an ihn bemerken. Nach dem Essen sagte er ihr. Mein Kind, ich habe heute nichts zu thun, wir wollen auf unser Landgut fahren. Er nahm von seiner einzigen Tochter Abschied, und fuhr mit ihr dahin. Dort entdeckte er ihr das Geheimniß, und gleich waren die Postpferde da, welche ihn über Brüssel glücklich über die Gränze brachten. Man sagte damals: seine Feinde hätten ihm unterwegs aufgelauert. Die Vorsehung half ihn aber durch, bis in die Schweiz, wo er aber sogleich die ehrwürdigsten Rappellbriefe erhielt. Er fuhr allein mit seiner Frau und einen Bedienten, der hinten vom Tag - und Nachtreisen schlief. Da er ohnweit Hellbrunn auf der Post abstieg, war der Bediente nicht da, und vom Wagen herunter gefallen. Bekümmert gab er dem Postmeister Ordre, ihn, es koste was es wolle, aufzusuchen, und ihm nachzuschicken. Er gab ihm 10 Louisd'or, und eine goldne Tabatiere zum Unterpfande im Falle es mehr kosten solle, und reisete ganz allein weiter. Der Postmeister hat

hat ihn gefunden, und nachgeschickt. Bey der
Retour dankte ihm der ehrwürdige Greis, und
schenkte ihm die Tabatiere. Es ist also ein Zei=
chen, daß der fliehende reiche Mann nicht ein=
mal Vorrath in Geld bey sich hatte. Mehr
als undankbar wäre die französische Nation,
wenn sie einem Manne, der so viel für sie that,
jemals Verdrießlichkeit verursachen könnte. Er
hat gesorgt, daß sogar währender Revolution
in Paris die Caisse d'escompte beständig bezahlt
hat. Nur brauchte man die Politik, daß das Geld
nicht mehr gewogen, sondern an 3 Tischen ge=
zählt wurde. Da nun bey allgemeiner Verwir=
rung alles herbey lief, gewann man Zeit, um
indessen wieder Cassavorrath anzuschaffen; und
die Nationalkassa erhielt allein durch Necker ih=
ren Credit. Es ist zwar die Schuld derselben
ungeheuer, es sind aber darunter bey 1500 Mil=
lionen, die a fond perdu angelegt sind, und
die folglich in 30 Jahren ganz getilgt sind,
wenn man nur die laufenden Procente bestrei=
ten kann. Dieses mindert die Last gewaltig,
und da just die geistlichen Güter dazu kommen,

so ist die Aussicht günstig, daß die Franzosen alle ihre Schulden bezahlen, und ein reiches und glückliches Volk seyn werden.

An eben den Tage, da die Bastille genommen wurde, fuhr Nachmittag der Herzog von Orlean, damaliger Liebling des Volks und Hauptgegner der Königinn, nach Versaille; und sagte dem Könige: Es sey nunmehr kein Rettungsmittel für ihn und seine Gemahlinn übrig, als daß er sogleich in Person nach Paris auf das Rathhaus kommen, und die Bürgerkokarde empfienge. Er müße aber allein ohne alle Guarde noch Pracht von der Nationalgarde begleitet kommen, und garantirte ihm in diesem Falle mit seinem Kopfe, daß er nichts zu besorgen, und Volksliebe und Ehrfurcht zu erwarten habe. Der Monarch war in einer solchen Lage, daß er absolute ja sagen mußte; weil ihn nunmehr die Armee und sogar seine adeliche Garde du Corps verlaßen hatte. Abends 9 Uhr kam der Herzog von Orlean mit der Nachricht unter dem Donner der Kanonen an.

Die=

Die ganze Nacht war Jubel, und Millionen
Schwärmer ſtiegen in allen Winkeln in die
Luft. Ueberhaupt war 6 Tage hindurch,
vom erſten Scharmützel in der Tuillerie gerech-
net, die ganze Stadt und alle Häuſer illuminirt.

Früh um 10 Uhr ſtanden 120 tauſend bewaffnete Bürger im Gewehr und machten eine
Spalier vom Rathhauſe bis zur Barriere. Der
König kam in einer ordinaire Kutſche ganz allein
von Verſaille, ohne aller Bedeckung und ganz
in der Gewalt ſeines Volkes. Etliche tauſend
bewaffnete Bürger von Verſaille begleiteten Ihn
zu Fuße, auch zu Pferde. Und da der Wagen ihrentwegen durchaus im Schritt fahren
mußte, ſo traf der König erſt um 2 Uhr auf
dem Rathhauſe ein; an der Barriere empfien-
gen Ihn die Pariſer Bürgerwachen zu Pferde
und führten Ihm auf das Rathhaus. Er ſaß
im Wagen ganz beſtürzt, und ſahe unruhig
hin und her, weil wider Gewohnheit Niemand
vive le Roi rief; ſondern die Luft von vive la
Nation erſchall. Ohnweit dem Rathhauſe gieng
neben dem Wagen des Königs ein Gewehr

aus

aus Unvorsichtigkeit los , und tödtete eine Frau,
die aus dem Fenster zusah. Der König erschrack
und zeigte große Unruhe.

Nun trat er in das Rathhaus , wurde
vom Maire Bailli bewillkommt, man versicherte Ihn aller Ehrfurcht , und er bezeigte , daß
er nichts anders wünsche , als seines Volkes
Glück — — Sogleich steckte Ihm ein Fischer-
weib die neue Bürgerkokarde auf den Hut ,
und der unabsehliche Menschenhaufen schrie ,
vive le Roi.

Entzückt über diese Veränderung schwang
er seinen Hut in die Luft , und rief, vive la
Nation. Sein Auge funkelte vor Freuden ,
und nun bestieg er den Wagen , und fuhr fröh-
lich, und unter dem Lärm der Kanonen und
des jauchzenden Volkes nach Versaille zurück.
Bey dem Eintritte in Versaille theilte er Ohr-
feigen und Fußtritte in den Hindern aus, und
warf seinen Liebling , und Kammerdiener zur
Thüre hinaus. Canaillen, sagte er. Ihr alle

habt

habt mir bösen Rath gegen mein Volk gegeben, und mein Volk liebt, und ehrt mich. — — Sie mögen euch alle aufhenken.

Hier zeigte nun der Franzose sichtbar, wie sehr der Titel König bey Ihm beliebt ist. Und ich bin der Meinung, daß, wenn der König am ersten Ausbruche der Revolution, anstatt den Prinzen Lambese zu schicken, sich selbst an die Spitze der 4000 Mann aus der Sabloner Plaine gestellt, und nach Paris geritten wäre, so hätte Ihm ganz Paris gehuldigt. Alles wäre ihm nun muthig zu Füssen gefallen, und er hätte allen Mitgliedern der Generalstaaten die Köpfe können vor die Füsse legen lassen, ohne den mindesten Widerstand zu fürchten. Dieses hatte auch Breteul und Broglie, ja gar die Königinn selbst von Ihm gefodert. Er war aber zu furchtsam für eine entschloßne Unternehmung, trop lache wie die Franzosen sagten, und hierdurch schlug alles fehl.

Wer

Wer aber den blinden Enthusiasmus der Franzosen für das Wesen kennt, welches Roi de France heißt, der würde es ohne Gefahr wagen mit ihrem Könige durch eine Million Rebellen zu gehen, und sie ohnfehlbar alle gekrümt bey seinen Füßen sehen. Der grosse Haß aber, welchen das Volk bey diesem Vorfalle gegen die Königinn öffentlich zeigte, war eine Folge böser Menschen, welche sie als die einzige Urheberinn und Beschützerinn der aristokratischen Parthey gegen des Volkes Glück ausgeschrien hatten.

Man sagte öffentlich, sie hätte auf Anleitung ihres Bruders, des Kaisers den Entwurf gemacht, den Nationalbanquerott zu befördern. Sie habe Ihm viel Millionen baares Geld geschickt, und ich selbst war in einer grossen Gesellschaft kluger Männer und Herzoge, wo einer derselben, der aus Deutschland kam, auf Ehre versicherte: Er habe bey Frankfurt am Main gegen 500 beladene Wägen begegnet, welche Korn aus Frankreich transportirten;

und

und ein Geschenk der Königinn für den Kaiser sey. Solch Zeug wurde in Paris geschwätzt
Und Staatsmänner und alle alte Weiber zwei-
felten nicht an der Wahrheit der Erzählung,
weil der Franzose ausser seinen Grenzen gar
nichts kennet, noch zu verbinden weiß. Ich
nahm nun das Wort, und bewies Ihnen,
daß das Korn in Ungarn weit wohlfeiler sey,
als dermalen in Frankreich, und daß ein jeder Metzen im Transporte auf der Achse bis
an die Donau, und von da bis nach Semlin,
wenigstens einen Luisd'or kosten würde.

Man fiel bey, wurde beschämt. Aber der
Erzähler versicherte auf Ehre, daß er die Fuhr-
leute befragt, und aus ihrem Munde die Wahrheit erfahren habe.

Die Russen hatten in Marseille Getreid
kaufen lassen, welches man unvorsichtig aus
dem Lande gelassen. In Paris sagte man
aber auch, die Königinn hätte dieses gekauft,
und per Triest nach Ungarn geschickt. Ich über-
rech-

rechnete es, und bewies, daß in diesem Falle
der Metzen Getreid bis nach Ungarn 21 Liv.
gekostet hatte; und daß man es in Triest für
6 Livres kaufen könne.

So dumm raisonirt der Franzose, und
solche offenbare Lügen wurden im Volke aus-
gesprengt, um Erbitterung zu verursachen. Endlich erzählte man in Paris: die Königinn sey
in der Nacht am 13. Juli begleitet vom Comte Artois und dem Erzbischofe von Paris in
Pontifiealibus mit dem Kruzifix in der Hand
an des Königs Bette getretten. Sie sey mit
fliehenden Haaren, mit offener Brust, mit allen
Reitzen einer verzweifelten Frauen erschienen,
habe Ihn geweckt, und den Dauphin in seine
Arme geworfen, mit dem weinenden Ausdrucke:
Nihm ihn hin — — die Krone ist durch deine Gleichgiltigkeit verlohren, — — Weiber-
arme können ihn nicht schützen — — Kurz
gesagt, Sie hatte ihrer Mutter, der grossen
Theresia, nachgeahmt, da Sie im preßburger
Rittersaal Rettung für ihre Krone suchte.

Nun

Nun sollte der Graf Artois dem Könige auch die bittersten Vorwürfe gemacht haben; das Uebrige habe der Erzbischof durch das aufgehobene Crucifix in Priesterlarve vollbracht, den König verdammt, die Religion durch ihn verlohren erklärt, Ihn vor Gottes Gericht citirt, und den ketzerischen Necker alle Schuld des Verderbens beygemessen. Der schwache überrumpelte König habe in diesem Taumel geweint, und alles unterschrieben, was man Ihm vorlegte. Dies war:

1 Die Cassation des Neckers, und ihn aus dem Lande zu jagen.
2. Der Nationalbanquerott.
3. Die Plünderung Paris, und
4. Die Arretirung und Aufhebung der Nationalversammlung,

Dieses war genug, um alles in Harnisch zu bringen, und ich war selbst in Palais Royal gegenwärtig, da jemand im Klub rief — — Allons á Versaille, der Königinn Kopf holen.

Wel-

Welches aber der von mir bereits genannte Baron Heyden am nachdrücklichsten widersprach, und verhinderte.

An der Wahrheit dieser ganzen Geschichte zweifle ich sehr, ob sie gleich sehr wahrscheinlich ist, weil der König auf einmal ganz umgesattelt war, und den thörichten Auftritt in der Nationalversammlung machte, wo er alles cassiren wollte, ohne mindesten Anschein, daß er seine Macht jemals behaupten, und seine Befehle gehorchen machen könne.

Neckers plötzliche Cassation läßt gleichfalls eine solche Geschichte vermuthen.

Der Erzbischof, welcher noch etliche Tage vor der Revolution mit dem größten Stolze und Enthusiasmus in der Nationalversammlung gesprochen hatte, und sich absolute in allen widersetzte, trat auf einmal in heuchlerischer Demuth, wie ein geweihter Tartuf, in den Saal ein, und machte amende generale in optima forma, und bekannte, daß Ihn der Teufel verführt

führt habe , um alle heilsame Rathschläge die=
ser erleuchteten Versammlung zum größten Nach=
theile des Vaterlandes zu zernichten. Daß aber
in der vorigen Nacht der Geist Gottes ihn re=
giert hätte , um sich nunmehr in gebückter De=
muth zu Füssen zu werfen , und zu bitten, daß
man ihn als ein treues Mitglied in diese
Gesellschaft aufzutretten gestatte. Er machte
Reu und Leid, und versprach als ein kriechen=
der Betrüger Besserung. Man spottete , und
nahm ihn grosmüthig auf. Ich hingegen hätte
den Gleißner des Galgens weit würdiger ,
als den Toulon erkannt. Man schrieb dieses
zwar auch in Brochuren , man rief im Palais
Royal — — Allons pendre l'archeveque
le Tartuffe. Es geschach aber nicht, weil das
Volk selten wagt die Hand an die sogenannten
Gesalbten des Herrn zu legen.

Ein niedlicher Abbee hatte unbedachtsam
mitten im Palais Royal gegen Herrn Necker rai=
sonirt. Er war lächerlich anzusehen , da ihn
das Volk zwang, auf einem Baum zu klettern
und in der Spitze desselben zwischen zwey Ae=
                                              sten

sten kniend Gott , das Volk , und Herrn Ne-
cher um Verzeihung zu bitten. Seine ängstli-
che Gebärde , wo er den gewissen Tod erwartete , und seine komische Figur, bewog alle Zuschauer zum Gelächter. Endlich , nachdem man
ihn genug gequält hatte , ließ jemand aus dem
Fenster der dritten Etage eine Leiter auf dem
dem Baum herab, auf welche der Elende in
Eil hinaufkletterte , und unsichtbar wurde.
Zwischen Erde und Himmel schwebend begnügte
sich das Volk ihn bey Hohngelächter mit Hüten zu bombardiren. Wär es eben kein Pfaff gewesen , so hätte er sicher am Laternenpfahl hän-
gen müssen. Dies war einmal in diesem kri-
tischen Zeitpunkte Mode , und wer einen Feind
zu fürchten hatte, der that am besten, zu Hause zu bleiben.

So gieng es dem armen Prevot des Marchands Flesselle, einem reichen und redlichen Manne. — Ein Schwarm vom Pöbel wurde gegen
ihn aufgehetzt, und auf der Stiege des Rath-
hauses schoß ihm ein junger Bösewicht, der einen alten Groll gegen ihn hatte, eine Kugel
durch

durch den Kopf, den man auch auf einem Spieße herum trug.

Merkwürdig ist hier noch dieses zu melden, welches dem Nationalkarakter Ehre macht. Am ersten Ausbruche der Revolution hatte nur eigentlich der Pöbel das Gewehr ergriffen, und den Angriff in der Tuillerie abgehalten, auch die Bastille erobert, die ordentlichsten Anstalten, und Patrollen gehalten, auch nicht die mindeste Plünderung noch Excessen gemacht. Ihre bewaffnete Zahl belief sich schon auf 40000 Mann.

Nun aber traten die bescheidnen Bürger der Stadt zusammen, wählten die Kirchen für ihre Sammelplätze, und entschieden, daß sie selbst das Gewehr zur Vertheidigung ergreifen wollten. Man bewaffnete sich, und fieng an, die Patrolle zu halten, hätten aber so leicht nicht gewagt, dem Pöbel zu befehlen, daß er das Gewehr ablege. Was geschah aber? Ueberall, wo eine Bürgerpatrolle einen Volkshaufen begegnete, legten diese freywillig ihr Gewehr ab, oder schlossen sich unter die Befehle des Commandeurs

deurs der Bürger ohne Raisonniren an. In﹣
nerhalb wenig Tagen, nachdem der Rath die﹣
sen Pöbel ersuchte, ihr Gewehr, das sie so
rühmlich für die Freyheit geführt, nunmehr bey
eingeführter Ordnung auf das Rathhaus zu
bringen, und wieder ruhig an ihre Arbeit zu ge﹣
hen ; fand sich wirklich, daß nicht 200 Gewehre
fehlten, welche sie in der ersten Wuth aus den
Häusern genommen, oder von denen Einwohnern
freywillig erhalten hatten. Jeder holte also sein
Gewehr selbst auf den Rathhause zurück, und
sogar silberne Degen wurden richtig restituirt,
das Abgehende zahlte der Magistrat.

Wo findet man nun wohl ein solches Volk
auf Erden, wo der Pöbel so edel denkt, und
seine Gewalt zum Plündern nicht mißbraucht?
Der Franzose allein ist meines Erachtens hierzu
fähig. Deshalb allein konnte auch nur in Pa﹣
ris eine so erschreckliche Revolution glücklich aus﹣
schlagen. Wenn irgendwo Aufruhr angesponnen
wird, dann wird, wo nur 10 Personen ein Ge﹣
heimniß berathschlagen, sicher einer davon Ver﹣
räther seyn, weil ein jeder den Kopf zu verlie﹣

ren

ren fürchtet. In Frankreich hingegen waren schon alle Herzen einstimmig der erlittenen Bedrückungen müde. Die Gemüther waren aufgebracht, und aufgeklärt. Niemand durfte sich an die Spitze stellen, die Sache für die Freyheit sprach von sich selbst. — Kluge Köpfe sichteten nur im Verborgenen den Saamen aus, woraus allgemeines Mißvergnügen entspringen mußte. Der Stolz der Grossen und Reichen war bis zum höchstmöglichsten Grad der Verachtung und Gleichgiltigkeit gegen die mindern Stände herangewachsen. Diese waren alle beleidigt gereizt, und warteten schon lange auf Gelegenheit zum Ausbruche. Niemand hatte vor Lebensbedürfnisse gesorgt: die Theurung riß ein, und nichts vergrösserte die Nothwehr, als daß zum Unglück in diesen Jahren wegen der kalten Witterung die Erndte um 3 Wochen später ausfiel. Folglich war in Eil weder Rath noch Hilfe zu finden, um die Becker mit Mehl zu versehen. Pohlen ist der Barometer vieler Länder Europens für das Brod. Die Holländer sind die klügsten, und zugleich mächtigsten Kaufleute im Speculationshandel. Sie wußten, daß in Pohlen und

Preus-

Preuſſen die Erndte gefehlt hatte. Gaben alſo
gleich Ordre, alles mögliche in Frankreich auf-
zukaufen. Hier wachte niemand für die allgemeinen Bedürfniſſe. Das Getreid war alſo aus
dem Lande geführt. Der nordiſche Krieg hatte
viel dazu beygetragen; auf einmal erblickte man
den Mangel, da nichts mehr zu vermitteln war.
Die Monopoliſten hatten ſich ſchon bereichert,
und die Holländer und Engländer verkauften denen Franzoſen ihr eigen Getreid, das ſie etliche
Monath vorher um 4 Livres von ihnen gekauft
hatten, um den 4fachen Werth zurück. Hatte
nun das Volk nicht Urſache, wider ſeine Landesväter zu murren, die nur in Paris ſorgenlos
ſchwelgeten, ihre Amtspflichten und des Landes Wohlfahrt lüderlich verſäumten, oder wohl
gar für Eigennutz verkauften?

Was Wunder nun, daß alles einmüthig
zurief, ſo bald die erſte Stimme im Palais
Royal erſcholl — aux armes, zum Gewehr!
Dieſer Ort war der Sammelplatz aller Mißvergnügten, auch ächten Patrioten. Hier wurde
ſeit etlichen Monathen das Feuer angefächelt;

und

und durch tägliche Aufmunterungen und verhaß=
ten Spöttereyen ernährt, welches auf einmal in
helle Flammen ausbrach, und so glücklich! ge=
brannt hat, daß aus der Asche aristokratischer
Eigenmacht ohnfehlbar die fruchtbaren Gefilde
der bürgerlichen Wohlfahrt hervorblühen werden.

So, und nicht anders habe ich als wach=
samer Zuschauer die französische Revolution käu=
men, entstehen und reifen gesehen, die aber auch
nur von Franzosen allein bewerkstelligt werden
konnte.

Kaum war der erste Ausbruch vollbracht,
so schrieb ich meine Gedanken auf 2 Bogen nie=
der, und gab sie einem grossen Freunde in der
Nationalversammlung. Ich sagte summarisch: —
Daß die alles bestürzende Nachricht von Neckers
Verbannung und die gedrohte Gefahr für die
Generalstaaten in allen Provinzen eine General=
empörung verursachen würde, welche in wenig
Tagen mehr Unheil vollziehen könnte, als man
Jahre lang mit Blut und Verstand nicht zu
repariren vermögend seyn würde. — Ich rieth

demnach als ein dankbarer Verehrer einer Nation, die mir mit so vieler Leutseligkeit und
Vertrauen begegnete, daß nunmehr die Generalstaaten sogleich in jede Provinz und Gemeine z
ihrer Deputirten zurückschicke, die allein fähig
wären, Ordnung und Ruhe herzustellen. Weil
man ihren Worten mehr als denen verschiedenen
Pariser Briefen glauben würde, wovon der
größte Theil von den Feinden der Nation geschrieben sind, die nur Zwietracht auszusichten
suchten, um in Trüben fischen zu können.

Indessen sollte die in Versaille zurückbleiben-
de Zahl der Deputirten nur laviren, und für
Besänftigung und Stillung der Gährung in der
Hauptstadt arbeiten, bis die andern aus denen
Provinzen zurückkämen, und dann das Hauptwerk mit Ernst angegriffen werden könne. Mein
Freund hatte meinen treuen Rath vorgetragen.
Mirabeau und Target, die beyden grossen Redner,
hatten aber dawider mit aller Advokatenkunst pe-
rorirt, ohnfehlbar allein deshalb, weil diese Motion nicht aus ihrem Gehirne stammete. — Man
entschloß also nichts: Die Stimmen redlicher
Pa-

Patrioten, die so wie ich dachten, und die Fol=
gen einsahen, wurden überschrieen; und die Fol=
ge hat die traurigsten und blutigsten Zufälle in
denen Provinzen und Städten erwiesen.

Jetzt schrieb mir ohnlängst ein wichtiger
Freund aus Paris:

„Sie haben uns in ihrem Privatumgange
„viel Licht gegeben, das wir zum Theil
„benützen. Man erkennt nunmehr hier,
„was sie für unser allgemeines Beste
„thaten. Man bedauert, daß wir Dero
„Rath nicht folgten, den sie mir den
„24. Juny schriftlich zuschickten. Jetzt
„haben wir, Gottlob! gesiegt. Nun kom=
„men Sie nebst ihrer Familie in den
„Schoos einer Nation, die ihren Werth
„kennt, auch zu schätzen weiß, und be=
„schliessen sie ihre letzten Tage mit Lor=
„beern gekrönt im gefühlvollen freyen
„Frankreich ꝛc.

L 2 　　　Ich

Ich läugne eben nicht, daß eben dieses der
Zweck sey, den ich noch bestrebe; und versichere
meine Leser, daß ich binnen 24 Jahren einen er=
staunlichen Unterschied in Nationalkarakter ge=
funden habe. Ich hatte Frankreich vorher ge=
kannt. Sobald aber ein Volk sein Sklavenjoch
abgeschüttelt hat, welches keine andere Beschäf=
tigung ehemals studirte, als die Kunst dem Ho=
fe und seinen Lieblingen zu gefallen, die ganze
Welt für seinen Eigennuß durch Verstellung und
Esprit du bon ton zu berücken, und anders zu
scheinen, als man denkt und handelt; so bald,
sag ich, der Mensch seinen Werth fühlt; so bald
seine Wohlfahrt von persönlichen Verdiensten,
und nicht von der Willkühr eines Mächtigen ab=
hängt, ändern sich seine Sitten, auch der gan=
ze Karakter, und er muß da ein ehrlicher Mann
werden, wo Niederträchtigkeit verspottet, und
ein edles Bürgerherz dem hochgebornen Adel vor=
gezogen wird, der sich am Fußschämel des Throns
krümet, und dessen Wohlstand von der Ver=
dauung eines Fürsten abhängt, welcher entweder
mit sehenden Augen will betrogen seyn, oder der

kei=

keine Fähigkeit besitzt, um das wahre vom Ge-
schminkten zu unterscheiden.

Frankreich wird demnach durch diese Revolution meinem Urtheile gemäß ein glückliches Land
werden. Dort lernten wir Deutsche ehemals
Leichtsinn, sittenverderbliche Moden, und nie-
drige Hofränke, auch die Könige durch unsre
sclavische Demuth hoffärthig zu seyn, und der
willkührlichen Gewalt unseres Volks und Menschenrechte aufzuopfern. Jetzt hingegen werden
unsere deutschen Ritter nach Paris reisen, um
ihres geglaubten Adels Nichtigkeit zu erkennen,
auch Bürgertugenden nachahmen, und verehren
zu lernen. Wer hätte vor 20 Jahren eine solche Veränderung vermuthet? Wem schien es
wahrscheinlich, daß dereinst der Deutsche in Paris lerne, wie man ein rühmlicher Staatsbürger seyn könne, ohne Hoftittel noch Ordensbän-
der zu tragen? Ich bin auch gewiß, daß in Paris der Orden des ehrlichen Mannes bald ehr-
würdiger seyn wird, als der Orden des heiligen
Ludwigs, und vom heiligen Geiste, der ehemals
auch von Schurken und bösen Geistern auf der
Brust

Brust eines Staatsſaugigels getragen wurde.
Nur bey einer republikaniſchen Regierungsform
entſteht der wahre Patriotismus, und findet Gelegenheit, ſich empor zu ſchwingen. Dann kehrt
die verſcheuchte Tugend auch nach Paris zurück,
und lehrt ihren Zöglingen vor dem deſpotiſchen
Mißbrauche zittern.

Nach dieſem Seitenſchritte ergreif ich das
Geleiſe meiner abgebrochenen Erzählung, und
bemerke, daß, nachdem der König auf dem Rathhauſe die Bürgerkokarde geholt hatte: nachdem
alle Truppen aus Sablon und Verſaille zurück-
geſchickt waren, auch Paris keinen weitern Ue-
berfall zu befürchten hatte: nachdem jedermann
in der Hauptſtadt mit dem Betragen des Königs
und mit der Flucht aller derer zufrieden war,
die kein gutes Gewiſſen hatten, hätte man Ruhe erwarten ſollen. Es waren auch nichts als
Freudenfeſte, Feuerwerke und Illuminationen in
Paris. Aber der Bienenſchwarm des empörten
Volkes von denen liederlichen Guardes de France angeführt, die durch ihre zügelloſe Freyheit
übermüthig ſich dem Schwelgen und Saufen
über-

überliessen , durchschwärmten noch immer die
Strassen, und zwangen die Bürger, aus Vorsicht eben das zu thun, Tag und Nacht mit
20000 bewaffneten Männern zu patrouilliren,
starke Wachen auf allen Seiten zu halten , und
überall auf der Hut zu seyn.

Lächerlich waren wirklich diese Patrouillen
anzusehen, wo jeder petit maitre den Soldaten
spielte. Hier waren die ansehnlichsten Männer,
Banquiers und Marquisen, mit Ueberläufern
aus den Regimentern, auch von der französischen
Garde mit Handwerksburschen, Livree-Bedien-
ten, Comödianten und allerhand Arten von
Menschengestalten durcheinander vermischt. Ein
Tanzmeister in weissen Strümpfen kommandirte
Soldaten in Uniform, ein anderer Luftspringer
durchrannte unter Trommelgetöse die ganze Stadt,
um sich denen Schönen als Bürgersoldat sehen
zu lassen. In den ersten Tagen drängte sich ein
jeder herbey. — Sobald aber ein Muß daraus
wurde, auf die Wache zu ziehen, da es aber ein
paar Tage regnete, wo die Stutzer nicht paradiren konnten, gieng das Murren an, und man
rai-

raisonirte schon gegen die beschwerliche Bürger-
patroulle. Das größte Uebel war, daß alle
Handwerksbursche patroulliren liefen, dann die
Zeit mit Fressen und Saufen zubrachten, wobey
alle Fabriken und Werkstätte geschlossen blieben.
Ein jeder glaubte der Held zu seyn, welcher die
Bastille erobert hatte; und doch versichere ich
meine Leser, daß in dem damals schlechten Ver-
theidigungsstande der Bastille, die nur mit 60
grauen Invaliden besetzt war, eben keine Gefahr
dieselbe zu bestürmen drohte, sobald die Zugbrücke herunter gefallen, der Eingang offen war,
und die Besatzung nur blind feuerte.

Alle Beschreibungen, welche ich hievon gelesen habe, sind erlogen. Es geschahen nicht 10
Kanonenschüsse in allen, und nur das Volksge-
töse, das gräßliche Geschrey, und der allgemeine Auflauf waren fürchterlich. Besonders,
da der Gouverneur seine Feinde bis an das Thor
anrücken ließ, ehe er Feuer gab, da man nicht
anders als perpendiculär hinunter auf sie schies-
sen konnte und die Stürmenden bereits unter der
Schußlinie gedeckt standen.

Eben

Eben nun da alles für allgemeine Sicherheit pa-
troullirte, da auch sogar im Palais Royal alles im
stillen friedlichen Säuseln vorgieng, ereignete sich
der schreckliche Zufall mit den Grafen Foulon. Am
Tage, da der König den Herrn Necker aus dem
Lande verwiesen, ernannte er den Grafen Foulon
an seine Stelle zum Finanzminister. Dieser Mann
hatte nun lange Jahre hindurch eine Charge begleitet, in welcher er für die Verproviantirung
der Stadt Paris sorgen sollte. Nun war jedermann mißvergnügt mit seinem Betragen. Er
war grob und unbarmherzig mit denen Nothleidenden und Tyrann ohne Menschengefühl gegen
die Unterthanen seiner Landgüter. Er selbst machte ein Monopolium mit den nothwendigsten Le-
bensmitteln, hielt eigene Magazine und verkaufte mit Eigennutz in Nothzeiten theuer, was er
selbst arglistig zu verursachen wußte. Das war
der Karakter, die Beschäftigung des harten 73
jährigen Mannes, der sich durch Nachsicht des
Hofes und der Gesetze ein Vermögen von 9 Millionen erspart hatte.

Kaum

, Kaum erfuhr er den Ausbruch der Revolu=
tion, so sah er sein Schickfal im voraus. Er
bediente sich aber folgender List, um dem rach=
gierigen Volke auszuweichen. Es hieß am Mor=
gen in der ganzen Stadt, Foulon sey plötzlich
am Schlagflusse gestorben, und man sahe auch
sogleich seine Bediente in Trauer, die Kinder an
dem Fenster in Trauer, und das Haus geschlos=
sen. Indessen hatte er sich aus dem Staube ge=
macht, und suchte auf seinem Gute Anstalt, um
weiter zu fliehen. Ein Bauer erkannte ihn in
Bettlerkleidung, und hies ihn nunmehr willkom=
men in seiner Gewalt. Foulon bat um Gottes=
willen um Verschwiegenheit, und both ihm 1000
Louisd'or. — Der Bauer hingegen führte ihn in
das Dorf — wo er die Unterthanen lange ge=
quält und ausgemergelt hatte. Man band ihm
also die Hände, und führte ihn auf einen Kar=
ren nach Paris. Auf den Rücken befestigte man
ihm einen Bund Heu, weil er ehemals in sei=
nem Wohlstande soll gesagt haben: Er würde
den Parisern schon noch lernen Heu fressen, weil
sie so viel über Brodmangel klagten. — So
brachte man ihn unter einem Schwarm lästern=

der

der Bauern und Bürgern auf das Rathhaus.
Hier übernahm ihn Herr Mair Bailli, und Herr
von Fayette. Sie führten ihn in das Inquisitions-
zimmer, wo er über einige Fragen Antwort gab.

Das Volk drang aber herbey, verlohr alle
Geduld, brach durch alle Wachen, und rissen
ihn aus den Händen seiner Richter, schleppten
ihn mit Stössen und Schlägen vor die Thüre
auf den Place de Greve oder Richtplatz, dessen
starke Bürgerwache ohnbeweglich zusah. Und ein
junger Bursche aus dem Pöbel kletterte auf einen eisernen Laternpfahl, man warf ihm einen
Strick zu, hob Foulon in die Höhe, und knüpf-
te ihn daran. Dann schupfte und drehte man
den 6 Fuß grossen und schweren Greis herum,
und ließ ihn in der Luft tanzen. Der Strick
riß, er fiel hinunter, lebte noch, und bath, man
sollte ihm den Kopf abschneiden. Nichts! —
Keine Barmherzigkeit: Er wurde geschlagen,
und mit Füssen getreten, bis jemand einen andern Strick brachte. Nun wurde er wieder auf-
geknüpft, gewürgt, dann noch halb lebendig ihm
der Kopf mit Taschenmessern abgeschnitten. Diesen

fen durchſpieße eine Guarde Francai, und ein
Bube trug ihn vor ſich her, dem das Blut über
den ganzen Leib und Geſicht träufelte. Der
Anblick war ſchrecklich. Der nackte Schedel war
voller Wunden ; ein Auge hieng heraus; in den
Mund hatte man ein Büſchel Heu geſteckt, und
die Fetzen Fleiſch am abgeſchnittenen Kopfe hien=
gen herunter.

Ich wußte von nichts, was vorgefallen war;
gieng auf den Boulevard ſpatzieren , und ſah
einen Swarm Menſchen aus einer Seitenſtraſ=
ſe mit einer Trommel begleitet daher lau=
fen ; blieb am Ecke ſtehen , und im Augen=
blicke ſtand Foulons geſpleßter Kopf auf 3
Schritte vor meiner Naſen , mit dem ich 6
Tage zuvor an ſeiner Seiten zu Mittag geges=
ſen hatte.

So leicht ſchreckt mich nichts. Aber die=
ſer Anblick erſchütterte mich. Das mitlaufen=
de Volk hatte Rache und Wuth auf der Stir=
ne geſchrieben. So durchliefen ſie alle Straſ=
ſen und hauptſächlich den Platz im Palais Royal

drey=

dreymal mit Jubelgeschrey herum , als ob die herrlichste That geschehen wäre. Bald darauf gieng ich auch in den Palais , und sahe ein neues Spektakel. Mehr als 50 Menschen mit Stricken angespannt schleppten den halb nackt und zerstümmelten Körper dieses Ministers auf diesem Spazierplatze herum, auf den sie mit Füssen sprangen, und die abscheulichsten Schauspiele machten. Bald nach dieser Scene, sahe man wieder die schöngeputzten Nimphen und Damen , die mit Menschenblut besudelte Alleen mit ihre schönen Füsseln gleichgiltig im Spazieren-gehen betreten. Nun erscholl der Lerm in der ganzen Stadt, daß Herr von Bertier, Schwiegersohn des Foulon gleichfalls etliche Stunden vor Paris auf der Flucht arretirt nach der Stadt im Anzuge wäre.

Die Stadt hatte ihm 300 berittene und 1000 zu Fuß bewaffnete Bürger entgegen geschickt, um ihn vor der Wuth des Pöbels zu schützen. Mehr als 100000 Menschen warteten bey der Barriere und auf den Strassen seine Ankunft etliche Stundenlang. Er kam an.

Und

Und obgleich der Deputirte des Magistrats neben ihm im Wagen saß, so schnitt und hieb
das Volk dennoch sogleich den obern Theil des
Wagens weg, damit er zur Augenweide überall
frey gesehen werden könne.

Berrier unter tausend Flüchen begleitet,
saß im Wagen, wie ein Mann mit einem guten Gewissen, der unter einer so starken Bedeckung nichts zu fürchten hatte, und nach den
Gesetzen gehört zu werden hofte.

Unterwegs kam ihm der rasende Pöbel mit
dem Kopfe seines Schwiegervaters entgegen.
Ließen, ohne Respekt vor der Bedeckung noch des
nebensitzenden Deputirten, die alle keine Bewegung um etwas zu verhindern machten, dem
unglücklichen Manne 3 mal den blutigen Schedel Foulons seines Schwiegervaters küssen.

Dann fuhr man mit ihm auf das Rathhaus. Hier schlossen bey 4000 bewaffnete Soldaten und Bürger den Kreiß, um ihn zu decken, und man führte ihn in das Rathhaus.

Kaum

Kaum war er 10 Minuten darinnen, so führte ihn der General la Fayette, und der Maire Bailli heraus, um ihn, wie es hieß, in das Stadtsgefängniß zu gesetzmäßiger Inquisition zu führen.

Aber in eben dem Augenblicke drangen etwa 100 kleine Buben, und ehrlose Handwerksbursche von letzten Pöbel, zwischen allen bewafneten Bürgern durch, und fielen den Bertier auf dem Leib. Alle bewaffnete Bedecker, sahen gleichgiltig zu. La Fayette und Pailli, anstatt ihn mit dem Degen in der Faust bei so versicherten Unterstützung ihrer starken Wachen in ihren Schutz zu nehmen, fielen beide vor diesem Pöbel auf die Knie, und baten um Gnade. — — Man grief aber zu. — — Bertier wehrte sich als ein Verzweifelter, und fiel kämpfend als ein braver Kerl, sonst wär er wie sein Schwiegervater am Laternpfahl gemartert worden.

Er war aber im Augenblicke so zerschnitten, und zerschmettert, daß man nichts als Stücke von seinem Körper herumschleppen konnte.

te. Sein Herz wurde aus dem Leibe geriſſen, und in Palais Royal herumgetragen, wo ra=ſende Menſchen in daſſelbe biſſen, ·daß das Blut den Mund beſudelte.

Abends gegen 10 Uhr war ich im Palais Royal. Alles war ſo ruhig und gleichgiltig, als ob nichts geſchehen wäre. Mehr als tau=ſend Freudenmädchen und Damen giengen bey ſchönſter Illumination ſpaßieren. Nun kam auf einmal ein Pöbelſchwarm mit majeſtäti=ſchen Schritten und mit vielen Fackeln heran. Jeder ſuchte einen neuen Kopf auf dem Spieſ=ſe. Aber leider für die Vorwitzigen! es war abermals nur Foulons Kopf. Man ſahe ihn mit der größten Gleichgiltigkeit, ohne Eckel noch Abſcheu, an. Und da er ſchon von der alten Mode war, konnte er keine Neugierde erre=gen. Man applaudirte die Träger, und das war alles. Inzwiſchen war alles in der Stadt im Schrecken, was Volksrache zu fürch=ten hatte. Es geſchah aber weiter nichts, als die Infamität, daß man mit Foulons Kopf

ſo

so lange an seine Hausthüre anklopfte, bis der Pförtner öfnete.

Foulon hatte 7 Kinder, und man zwang die, welche noch zu Hause waren, daß sie herunterkamen, und ihres Vaters Kopf küssen mußten. Gesittete Franzosen thaten also hier, was wilde Cannibalen verabscheuen würden. Und dieser Vorfall wird in denen Jahrbüchern dieser Revolution allezeit einen Schandfleck hinterlassen. Wer aber einen wütenden Pöbel sahe, der einmal die Oberhand gewonnen hat, der verwundert sich über dergleichen einzelne Vorfälle nicht. Wenn man in Gesellschaften von der Todesart des unglücklichen Bertier sprach, daß man ihn mitten unter so viel tausend bewafneten Bürgern, die zu seiner Sicherheit entgegengeschickt waren, dennoch von etlichen Lotterbuben zerreissen ließ; so war die Antwort:

Eigentlich ergrief der Pöbel, und nicht die Bürgerschaft das Gewehr. — Sie allein haben Paris von der Gefahr gerettet; man muß ihnen also auch aus Dankbarkeit kleine Ausschweifungen durch die Finger sehen, damit sie nicht in grös-

M   se-

sere verfallen. Es sind in Paris 80000 dergleichen Leute, die nichts zu verlieren haben, und wann sich die Guarde Francoise und die Deserteurs aus den Regimentern dazu schlügen, so wäre Paris geplündert. Die Aristokraten bliesen das Feuer an, und wünschten nichts als einen solchen Vorfall, um sich zu rächen.

Ich frug aber 8 Tage hernach den Generale la Fayette, wie er als Soldat einen solchen Mord vor seinen Augen gestatten konnte, da er offene Gewalt in Händen hatte, ihn zu verhindern? — Die erste Antwort war: er sey überrascht, und decontenancirt worden. Da er aber aus meinen Blicken meine Gedanken bemerkte, so sagte er mir im Vertrauen: Foulon und Bertier haben im kurzen Verhaft so viel von denen erschrecklichen Anschlägen der Hofparthey ausgesagt, daß man sie ohnmöglich ordentlich verhören, und nach denen Gesetzen richten konnte, sonst wäre es nicht möglich gewesen, grosse Personen zu retten. Damit nun die Sache in ewiger Vergessenheit bleibe, hat man sie freywillig der Volkswuth überlassen.

Man

Man sagte auch in der Stadt; daß die Hofparthey viel Geld heimlich unter dem Pöbel ausgetheilt hätte, um diese beyde Männer zu ermorden, damit ihnen die Folter nicht die Wahrheit abzwingen könne.

So viel ist gewiß: Bertier starb unschuldig, und hatte nichts gethan, als die Befehle vollgezogen, die ihm im Namen des Königs in seinem Amte zu erfüllen zugeschickt waren. Des Pöbels Grimm gegen ihn wurde eigentlich dadurch aufgebracht, daß er Foulons, des allgemein verhaßten Mannes, Schwiegersohn war. Und weil man in der Taschen des Gouverneurs der Bastille ein Avisobillet gefunden hatte, in welchem er ihm versprach, daß er an eben dem Tage, da die Bastille genommen wurde, ihm ein Bataillon und alles Erforderliche um Mitternacht schicken würde, wo er sogleich die Stadt zu beschließen anfangen sollte. Vielleicht hatte Lambere schon den Anschlag, Truppen hinein zu werfen. — Wahrscheinlichkeit ist da. Aber in allen Fällen, waren die Anstalten der Aristokraten schlecht überdacht, und noch schlechter aus-

ge-

geführt. Wer konnte aber wohl vermuthen, daß
die versprochene Plünderung der ungeheuern Pariser Schäße den Soldaten, welcher für 6 Sols
lebenslang dient, nicht reißen würde: besonders
da bis dahin der französische Soldat eben so,
wie der Deutsche, immer fest glaubt, daß er dem
Könige, und nicht dem Staate diene. Er hatte auch ihm und nicht dem Staate geschworen,
folglich mußte er auf Hofbefehl Feuer auf Vater und Bruder geben, weil der Soldat nur blind
gehorchen, und nie fragen muß, warum seine
Obrigkeit dieses oder jenes befiehlt. Die französische Guarde hatte aber bereits das Exempel
gegeben, und da der Franzose auch im Solda-
tenrock ein Mensch bleibt, der sich das Recht
zu urtheilen nicht will nehmen lassen, weil auch
im mindesten Franzosen Witz und Willen, sich zu
unterrichten, verborgen liegt; weil sie schon alle
das tiefe Elend ihres von der Hofparthey ge-
drückten Vaterlandes aus dem Umgange mit aufgeklärten Bürgern kannten; so behielt der König,
da es zum Ausbruche kam, auch nicht ein Regiment für seine Befehle, ja sogar die adeliche
Guarde du Corps verließ Ihn. Allgemeine Volks-
stim-

ſtimme vollzog die Revolution, und zum Volke
gehört ja in Frankreich der Soldat gleichfalls.

Ehemals hieß alles Verrätherey, was de=
nen Hof = und Miniſterial = Befehlen den miñdr=
ſten Widerſtand zeigte.

Ein franzöſiſcher Miniſter hat eben ſo viel
Gewalt, als ein Großvezier in Conſtantinopel.
Man hat in Verſaille viel ſolche Herren gekannt,
welche alle Jahre viele Millionen verſchleuderten,
noch dazu Millionen in ihre Kiſten legten, Pal=
läſte baueten, Maitreſſen unterhielten, und den=
noch reich ſturben. Es iſt aber keiner jemals
vom Hofe zur Rechenſchaft über den allgemeinen
Schatz gefordert worden. Der Hof wollte es
nicht wiſſen, und das bedrängte Volk durfte nicht
fragen, wozu die Staatscaſſa verwendet wurde.

Necker hinterließ 8,000000 im Schatze, da
er aus Frankreich vertrieben wurde. Foulon
war nur 3 Tage ſein Nachfolger, und man ſagt,
daß ſchon 4 Millionen weggekapert waren, von
welchen man nicht weiß, wer ſie empfangen hat.

Ver=

Vermuthlich die Polignacs und einige Familien
der Hofparthey, die sich zur Flucht bereit hielten. Den größten Schaden hat aber Frankreich
dadurch erlitten, daß man nach Vergennes Tode so oft die Minister änderte. Nun ist bekannt, was zu einem solchen wichtigen Amte für
anhaltende Kenntniße und Arbeit erfordert werde. Man muß grau werden, um sich dazu fähig
zu bilden. Und Hofkabalen wählten Leute dazu,
die in diesem Fache ganz ohngeübt und unwissend
waren.

Kein Minister durfte der Nation Rechenschaft von seinem Haushalten ablegen. Hierdurch
mußte Frankreich eine politische Ohrfeige ohnge-
rächt dulden, nach welcher ihm noch lange die Ohren klingen werden. Hieraus entsprang, was in
denen letzten Jahren geschehen ist: Frankreich verlohr alles Gewicht in der Europäischen Staats-
wage, da seine Blöße in der so schlecht geführten
Holländischen Sache sichtbar in die Augen fiel, Minister Calonne hatte sich von einem elenden Mi-
rebeau falsch berichten lassen, und blind geglaubt.
Die Finanzen waren durch Nachsicht und unnü-

ße

ße Verschwendung zu Grunde gerichtet. — Und
die itzige Revolution allein konnte dieses mächtige aber in den tiefsten Verfall gerathene Reich
nur regeneriren. Wäre aber der Anschlag der
Aristokraten gelungen, so strömten Blutbäder
vom Bürgerkriege. Die Monarchie wurde zer-
gliedert, und der Raub ihrer Nachbarn. Der
König selbst hingegen hätte sich erst einige Provinzen erobern müssen, um eine Krone zu behalten, welcher ehemals mit dem einzigen Worte Tel est notre bon plaisir 24 Millionen Menschen zittern machte; welches Wort im eigentlichen Verstande in Rußland Ukase: in Preussen
Ordre, und in Wien allerhöchste Hofresolution
heißt.

Das Glück für Frankreich war, daß ihr
König wirklich ein guter Mann und Menschenfreund ist; der seine Schwäche selbst kennt, der
sich überzeugen ließ, daß er in arglistiger, ei-
gennütziger Menschen Hände steckte, daß man
ihm schlecht gerathen hatte, und der wirklich
nach Herzensneigung sein Volk glücklich wissen
wollte. Ein eigensinnig stolzer oder stürmischer

Kö-

König hätte den Kopf verlohren, und Graf Artois seine Absicht auch nicht erreicht, König zu werden, weil er durch seine Verschwendung und Aufführung dem Volke verhaßt war. Der Herzog von Orleans aber hätte 8 Tage vor der Revolution, auch mitten in derselben, seinen Zweck erreichen können: Regent und Curator des Königs zu werden. Er versäumte aber die gute Gelegenheit. Man hat seine Absichten entdeckt, und itzt ist nichts mehr für ihn zu hoffen.

Auch der kluge Minister und beste Patriot konnte in den letzten Jahren keine Hauptfehler remediren. Der ehemalige Kriegsminister Graf St. Germain wollte wirthschaften, und reducirte 200 Musquetairs, die Lieutenante waren. Durch Interposition der Königinn aber, die von einer gewissen Weibsperson von niederer Klasse hintergangen wurde, und die gar keinen Begrif von der Sache hatte, warum sie den König zur Unterschrift bewog, erhielt er für 500 Guarde du Corps in einem Tage das Officierpatent, worüber auch St. Germain quittiren wollte, der als ein Ausländer alle seine gute Entwürfe vereiteln sahe.

Er

Er wollte das Avancement nach dem Range einführen, und die Obristen zwingen, Paris zu verlassen, um ihre Pflichten bey ihren Regimentern
zu erfüllen. Hiedurch machte er sich alle Hofleute und mächtige Familien zu Feinde, und sein
Andenken ist noch überall beschimpft. Auf der
andern Seite mußte das Land der Minister Fehler büssen, weil seit langer Zeit Frankreichs Monarchen in Versaille, so wie der Sultan in seinem Serail, lebten, und gar nicht wußten, noch
wissen wollten, was in denen Provinzen des
weitläuftigen Reiches vorgieng. Der itzige König liebt Bequemlichkeit und sorgenlose Tage,
und ließ folglich einem jeden thun, was er
wollte; und an der Erziehung der französischen
Prinzen wurde allezeit wenig gedacht. Zum Erstaunen ists, was ein Comte Artois, ein Monsieur und Bruder des Königs, ein Herzog von
Orleans, ein Conde und Conti und alle Prinzen
von Geblüt, alle Bastarten der vorigen Könige,
und alle Erben der ehemaligen Maitressen und
Minister für Einkünfte geniessen, die doch alle
dem Staate entrissen wurden, und eigentlich dem
Volke als Eigenthum gehören. Ich bin gewiß,

daß

daß jährlich 250 Millionen hiezu allein nicht
hinlänglich sind. Und die andern Pensionen meistens an solche Leute, die dem Lande nichts nutzen, noch nutzen wollen und können, betragen
auch jährlich über 30 Millionen, die arglistigen Brobdiebe durch Protection und Schleich-
wege vom freygebigen Monarchen zu erhaschen
wußten.

Despotische Staaten erhalten sich allein durch
ihr colossalisch Gewicht, durch Furcht und Strafen und durch die verfluchte Lehre, daß ein Unterthan kein Eigenthum besitze, und sein Recht,
sein Wohlstand, sein Leben und Ehre allein von
der Willkühr des Despoten abhange. Wer dieses in christlichen Monarchien lehrt, oder ver-
theidigt, den sollten alle redliche Patrioten vereinigt mit Nasenstübern langsam zu Tode martern. In Monarchien vertritt die Ehre die
Stelle des Geldes; folglich ist der Adel die
Mittelstuffe zwischen dem Throne und denen andern Volksklassen. So lange diese ihre Gewalt
nicht mißbrauchen, kann der Staat so lange
glücklich seyn, als das Schicksal ihn vor einem

ruhm-

ruhmsüchtigen Eroberer behütet. Republiken hingegen erhalten sich durch Tugend, Handel und Patriotismus, so lange sie sich vor dem Luxus zu hüten, und kluge Allianzen für alle mögliche Fälle zu finden wissen. Republiken müssen aber nicht groß seyn, deshalb ist Frankreich niemals in diese Form zu bringen. Denn 24 Millionen Menschen fordern schleunige Entschliessungen, die da verzögert werden, wo viele Köpfe zu vereinigen sind.

Ein Beyspiel davon hat man bereits in Frankreich gesehen.

Der Pöbel in Paris verbrannte alle Barrieren, und wollte keine Zölle entrichten. Gleich geschahen am folgenden Tage von klugen Köpfen und Volkskennern vernünftige und überzeugende Vorstellungen, daß der Staat diese, um glücklich und mächtig zu seyn, nicht entbehren könne. Und in 24 Stunden war alles ohne Murren wieder in Ordnung. Da aber eben dieses in denen entfernten Provinzen geschah, zankte man in Versaille so lange wegen der Hilfsmittel herum,

bis

bis alle Barrieren zerstört, und viele tausend
unschuldige Menschen ermordet waren, das Uebel aber bereits so weit eingerissen, daß der
Staat Millionen verloren hat, und noch lange
an Ausflickungen arbeiten muß. Das sind die
Folgen der Volksgewalt, wo der Gehorsam nicht
so geschwind als unter monarchischen Scepter zu
bewerkstelligen ist.

Ueberhaupt, da es denen ehemaligen Aristokraten und dem itzt so tief herabgesetzten Adel
viel zu weh thut, um Wunden zu verschmerzen,
die so bitter bluten, und unheilbar scheinen, so
wenden sie gewiß alles mögliche an, um durch
angezettelte Verwirrungen in denen Provinzen
eines so weitläuftigen Reiches, neue Auftritte
anzuspinnen: Suchen und finden auch zugleich
Freunde unter 1200 Deputirten in denen Generalstaaten, welche das, was in einer Stunde
entschieden werden könnte und sollte, ganze Monathe zu verzögern wissen. Und hierzu ist ein
einziger Advokat ein vertrefliches Werkzeug,
welcher stundenlang schwatzen, Schwierigkeiten

hervorspinnen, und Partheygeiſt in verſchiedenen
Meinungen ausbreiten kann. Der unterliegenden Geſellſchaft bleibt nichts übrig, als zu ver-
urſachen, daß die Hauptarbeit der Staatsrefor-
mation ſo lange als möglich verzögert werde,
um indeſſen vielleicht einen Zeitpunkt für Wi-
derſpenſtigkeit in entfernten Grenzen abzuwar-
ten, und ſo wie bisher zu benützen, wo bereits
mehr als 50000 Menſchen geblutet haben. Die
große Geiſtlichkeit ſpielt indeſſen den Tartüff,
fomentirt Zwietracht im Verborgenen, lauert,
trägt auf beyden Achſeln, und erklärt ſich zuletzt für den mächtigſten. Das war, und wird
allezeit der Prieſterkarakter bleiben; zugleich un-
verſöhnlich und rachgierig, weil er Gott in ſeiner Perſon beleidigt glaubt; und ſich als das
nothwendigſte Uebel im Staate erkennt. Dies
iſt und war er nach ſtudirten Grundſätzen in
allen möglichen Religionen, die ſich je in der
Welt durchkreuzten, und noch entſtehen werden.
Jeſuit, wo Schwierigkeiten zu überſteigen ſind;
und Bernard, wo Kreuzzüge entſcheiden müſſen.
Clemente und Ravaillacs hingegen, wo ein Mo-

narch

narch für den Sieg der Kirche zu bluten be=
stimmt ist.

Nachdem ich nunmehr den Ursprung,
die Fortschritte, und den Ausschlag dieser wich=
tigen Revolution so treu erzählte, wie ich
sie selbst beobachtet und mit Augen gesehen
habe, so will ich in diesen Blättern von
alle dem nichts sagen, was nach meiner Ab=
reise aus Frankreich geschehen ist. Die Vor=
fälle in denen Generalstaaten selbst, in de=
nen Städten und Provinzen; der schändliche
Auftritt im October, wo die Fischerweiber von
Paris so gar das Schloß in Versaille bestürm=
ten, wo der Königin Leben in Gefahr war;
wo man die Leibgarden des Königs vor seiner
Thüre ermordete, und beyde Monarchen gewalt=
sam nach Paris führte, vor deren Wagen die
blutigen Köpfe deren Männer im Triumphe ge=
tragen wurden, die in Beschützung der Majestät
ihr Leben verlohren hatten. Alle diese Schand=
thaten, welche der Nation eine unauslösch=
liche Schmach ewig seyn werden, und an wel=

che

che der ehrliche Mann nur mit Schauder und
Abscheu denken kann; von alle dem sag ich in
diesen Blättern gar nichts; weil ich den 6ten
August aus Paris wegreisete, nachdem ich alles
gesehen hatte, was ich sehen wollte.

Ich gieng also auf das Rathhaus, um vom
General la Fayette und von dem Maire Bailli
einen Paß zu fodern, weil damals wegen der
vielen aus dem Lande flüchtenden kein Paß zu
erhalten war, und sowohl die inn= als auslän=
dischen Minister keine geben durften.

Fayette bat mich, ich sollte noch bleiben,
und mich keiner Gefahr blos stellen, die bey
denen Zerrüttungen im Lande unausbleiblich
wären. Er könne mir auch nicht gut stehen,
daß sein, noch des Magistrats, Paß mir nützen
würde. — Ich bestand auf mein Begehren.
Man ließ mich warten, und brachte ihn mir
selbst heraus.

Weil

Weil aber darinnen stand, daß ich gar kein Gewehr bey mir haben solle: — Gab ich im drohenden Tone zur Antwort: — Daß ich ohne Gewehr nicht reise; und daß mein Degen, den ich für meinen Monarchen und für meine Uniform und Geburt trage, mir allein zur Vertheidigung zugehöre. Wer ihn mir abforbre, den schöße ich die Kugel durch den Kopf.

Fayette antwortete: — Der Befehl ist ohne Ausnahme in gegenwärtigen Umständen allgemein. Und wann tausend armirte Bürger, oder Bauern Ihnen ihr Gewehr abfordern, was wäre wider Gewalt zu thun? — — Der, welcher es von mir foderte, würde ohnfehlbar von meiner Faust sterben, war meine Antwort.

Nun sahe sich einer den andern mit Erstaunen an. Man lächelte, drückte mir freundschäftlich die Hand, gieng in das Rathszimmer, und brachte mir einen andern Paß mit den Ausdrücken. — — Daß man mich mit mei-

meinen Leuten und Gewehre solle ohngehindert
paßiren lassen. Man umarmte mich, wünschte mir Glück, bat mich, bald wieder zu kommen. Und so reisete ich mit Ehre, Segen, und
allgemeinen Beyfall aus Frankreich. Unterwegs
ward ich freylich an mehr als 20 Orten von
allerhand bewafneten Haufen angehalten, weil
man überall auf die Flüchtigen lauerte. Sobald ich aber nur meinen Namen nannte, be-
sahe man nicht einmal den Paß, klatschte mir
lauten Beyfall zu, und rief: vive notre ami
le Baron Trenck. So gar die Bauern kannten meinen Namen, weil meine Geschichte
von jederman gelesen war. In Metz paßirte
ich just, da die Barrieren verbrannt wurden,
und der Aufruhr in voller Bewegung war.
Meine Equipage war deutsch — — Man um-
ringte den Wagen, und forderte den Paß. In
eben dem Augenblicke rief einer im Haufen: —
Es ist unser lieber Baron Trenck! — — thut
ihm kein Leid, — — laßt ihn paßiren. Im
Augenblicke erscholl die Luft von vive le Baron
Trenck. Das Posthaus, wo ich Pferde wechselte, wurde fast gestürmt. — — Und ein Schwarm

von

vom Volk begleitete mich jauchzend zum Thore
hinaus. Viele wollten mich aufhalten, um mit
Ihnen gemeinschaftliche Sache zu machen. Auf
dem Platze war die Garnison aufmarschirt. Alle Officier kamen an meinen Wagen, und um-
armten mich. Solche Ehre ist noch keinem
Fremden in Frankreich wiederfahren. Mein
Herz ist voll warmen Dankgefühle : versichert
mich aber auch bey innerer Prüfung, daß mein
Betragen dieses Vertraun , diese Belohnung
rechtschafener Handlungen , verdient habe.

Schluß.

Schluß.

Nun will ich diesen Blättern noch meine Gedanken und Beobachtungen für jetzt, für die Zukunft beyfügen, welche mit dieser Revolution zusammenhängen, aus derselben entspringen, und für die Zukunft zu bemerken sind.

Die jetzige Lage von Paris kann nicht anders als traurig seyn; denn

Viele tausend reiche Leute, Häuser, die ungeheuren Aufwand machten, haben sich aus dem Lande geflüchtet, und ihre Capitalien heimlich herausgeschaft. Hieraus ist nicht nur ein allgemeiner Mangel am baaren Gelde erwachsen, sondern alle Lifranten, Fabrikanten, Marchands de Mode und andere Handwerksleute verlieren einen grossen Theil ihres Verdienstes; und dieser Schaden ist unersetzlich.

Auch

Auch die Bevölkerung hat vielleicht mehr ge
litten, als da die Hugonoten vertrieben wurden.

* Man rechnet bereits gegen 40000 Männer,
die in denen Provincialtumulten, und bey Zer=
stöhrung aller Zollbediente das Leben eingebüßt
haben.

Gegen 30000 Mann sind von der Armee
desertirt, und über die Grenzen entwichen.

Viele tausend deutsche Handwerksbursche
sind ausgewandert, und eben so viel leiden noch
wegen Mangel an Arbeit Hunger, oder sind
bereits Diebe geworden.

Die Fabriken haben wenig zu thun, weil
der Luxus einen tödlichen Streich erlitten hat;
da alle Grosse des Reichs zum Bürgerstande
herabgesetzt sind; ihre prächtige Livree, ih=
ren Tisch = und Hausaufwand reducirt haben,
und sich nach Proportion ihrer geminderten Ein=
künfte einrichten müssen; der ganze Anhang der
ge=

geflüchteten Prinzen vom Geblüte und großer Familien leidet Mangel.

Ungeheure Banquerotte, welche diese Revolution nothwendig verursachen mußten, haben allen öffentlichen Credit unterbrochen. Pinet allein fallirte mit 51 Millionen, und hat über 800 Familien in Paris an den Bettelstab gebracht.

Die Pariser Wechsler haben allen Credit verlohren, und wenig zu thun. Und wer noch Geld hat, versteckt es heimlich für noch mögliche Vorfälle, ehe die neue Constitution eine wirkliche Solidität erreicht hat. Die meisten Buchhändler müssen auch falliren. Wer kauft Bücher? Adel und Clerisey. Diese haben einen großen Theil ihrer Einkünfte verlohren, und lesen und kaufen itzt nichts mehr.

Auch der Taglöhner und Handwerksmann hat weniger Verdienst, weil Niemand Arbeit giebt. Man rechnet in Paris gegen eine Million Menschen. Nun kann man sicher kalku-

liren , daß in denen erſten 6 Wochen der allgemeinen Gährung gewis mehr als 200,000
Menſchen gar nichts gearbeitet haben. Welcher
ungeheure Verluſt im groſſen Ganzen des ar-
beitenden Standes ! Auch die Meiſter verlohren
dadurch ihren Gewinſt , zogen ſelbſt auf die
Wache zum patroulliren , und verſoffen und ver-
zehrten bey allgemeinen Jubel mehr in einem
Tage , als bey gewöhnter Ordnung in 14.

Eben das geſchah auf dem Lande und in
denen meiſten Provinzen. Alles lief mit den
Waffen in der Hand herum , und Niemand
dachte an Arbeit.

Die Regimenter marſchierten hin und her
nach verſchiedenen einander entgegengeſetzten Befehlen , und machten vergebliche Unkoſten.

Die meiſten Zollhäuſer wurden auf den
Grenzen geplündert , und ihre Beamten mißhandelt , erwürgt , und von Weib und Kindern
vertrieben. Dagegen kam die Contrebande ohne

Zoll

Zoll nach Millionen in die Städte, und folglich können die Pächter dieser Zölle ohnmöglich zahlen, und Millionen gehen hiedurch verlohren. Es wird auch noch viel Zeit verstreichen, und mancher Kopf bluten müssen, ehe die Nationalversammlung alles wieder in Ordnung bringt, besonders, da der Bauer nunmehr glaubt, er sey frey, und dürfe folglich nichts bezahlen, noch verzollen.

Auch die Industrie hat bereits sehr viel gelitten, weil die Käufer fehlen, und Paris von allen Fremden verlassen ist. Nun kömmt noch dazu, daß der ausbrechende Patriotismus sich ruhmwürdig zeigen, und seine Lieblingsneugung den Luxus aufopfern will.

Man wird also wohl ohnfehlbar die kostsplitterliche Mode = Raserey abschaffen, und eine einfache Nationaltracht einführen. Wir Deutsche, und andere Völker werden sodann den Nachäffungsgeschmack verlieren, und unsere Millionen zu Hause behalten, welche uns der fran-

französische für Kleinigkeiten unerschöpfliche Erfindungsgeist so künstlich als reitzend aus dem Beutel zu locken wußte.

Wenn ehemals ein pariser Goldarbeiter eine neue Erfindung ersann, und hiezu einen Zentner Gold in den Schmelztiegel warf, so gewann er für das Facon schon einen andern Zentner Gold , den man dafür bezahlte. So haben die Künstler durch ihre wohlbelohnte Arbeitsamkeit viele Jahre hindurch die Lücken auszufüllen gewußt, welche die ehemalige mangelhafte Regierungsform und die Verschwendung seiner Grossen verursachten; sonst wäre der erst jetzt bemerkte Geldmangel schon vor 50 Jahren ausgebrochen. Nun werden aber wohl schwerlich so viel junge Ritter und polnische Polacken nach Paris reisen, um dort ihr ganzes Vermögen , wovon sie zu Hause bis zum Grabe hätten ruhig und rühmlich leben können, in einem Jahre zu verprassen, und gegen französischen Leichtsinn zu vertauschen.

Man hat mich versichert, daß die Erfindung mit den grossen Schuhschnallen denen

pa-

parifer Goldschmieden allein bey 4000 Zentner Silber in einem Jahre in Umlauf gebracht haben ; wobey sie die Hälfte für Facon verdienten.

Auch die Zahl der Freudenmädchen wird sich in Paris mindern , welche bisher eine ungeheure Geldsumme unter Modekrämerinnen, Schuster , Kaufleute, Goldschmiede und allen Professionisten in Umlauf brachten.

Das größte Uebel ist das gegenwärtig aus dem Lande geschleppte baare Geld.

Alles dieses ist aber gegen die Vortheile nicht zu rechnen, welche eine ordentliche Wirthschaft bey der Staatscassa wieder einbringen kann , so bald alle Minister , Präsidenten, und Commissarien der Nation von ihrem Haushalten Rechenschaft ablegen müssen , und der, welcher sich selbst bereichert, und andere betrügt , auch ohne Standesunterschied barbarisch gestraft wird, um das , was eigentlich Ehre

und

und Bürgerpflicht ist, dem verderbten Franzosen wieder einzuprägen.

Was gewinnt man nicht gegenwärtig durch
Einziehung der ungeheuern Pensionen, die
jährlich bey 40 Millionen meistens für unwür-
dige betragen, die durch erschlichene Protection
oder erbettelte Gnade des Königs, der Königinn,
ihrer Lieblinge und Minister, den Mark des
Landes gesogen haben.

Die Künstler werden noch allezeit Brod
verdienen. Wenn aber auch 20000 Modehänd-
lerinnen, wegen Arbeitmangel gezwungen werden, bey Bauern zu dienen, und Kühe zu mel-
ken; und eben so viel Perückenmacher drüschen
lernen, wenn viele tausend unnütze Hausofficier,
Livreebediente und sittenverderbende Kuppler
die Muskette oder den Pflug ergreifen müssen,
dann wird das Land besser cultivirt, und folglich das Brod sicher wohlfeiler werden.

Bisher giengen viele Millionen für fremdes Getreide aus dem fruchtbaren Lande; wird
nun

nun der Bauer bey gegenwärtiger neuen Einrichtung frey, darf ihn Pfaf, Grundherr, Edelmann, Pachter, und Hofblutsauger nicht mehr schinden, und fängt er einmal an, den Werth seines nunmehr gesicherten Eigenthumes zu erkennen: dann wird das schöne im glücklichsten Clima liegende Frankreich sicher so bearbeitet, und benützt werden, daß Niemand der Hände und Kopf hat, darben darf. Dann unter guter Verwaltung kann Frankreich ohne auswärtige Hilfe noch 10 Millionen Menschen mehr im Ueberflusse ernähren. Man rechne nun, was auf etliche Meilen um Paris herum die Lustgärten, die Lustschlösser des Hofes, der Prinzen, der Fermiers generaux und der Grossen des Landes allein für das Voluptuarium, für Raum wegnehmen. Gewiß auf allen diesen itzt ungebauten Lustplätzen könnte Getreide genug wachsen, um Paris ganz zu füttern. Wogegen diese Stadt das aus entfernten Provinzen hergebrachte Getreide im doppelten Preise bezahlen mußte; welches durch Kornwucherey, Ministerial-Monopolien, Volksschinder, Li-

fran-

franten, Bäcker, Müller schon immer wieder auf das doppelte gesteigert, dem Dürftigen verkauft wurde.

Sicher ist es, daß 1200 Menschen, welche von 24 Millionen ausgesucht sind, um für die Wohlfahrt des Landes zu arbeiten, weit mehr sehen, auch richtiger abwägen, und überlegen können, als ein in seinem Lustschlosse alt gewordene König, und sein Minister, der nichts als Paris und Versaille gesehen hat, und seinen Leidenschaften lebt.

Freylich gehen dergleichen Berathschlagungen den Schneckengang, freylich ist eine republikanische Regierungsform im grossen Frankreich fast nicht zu rathen, wegen der Langsamkeit der Operationen, und der oft zankenden ausübenden Macht. Wann aber in diesem Reiche einmal gute anpassende Grundgesetze gemacht sind, und diese standhaft durchgesetzt werden; wenn man dem Wesen, das man Monarch heißt, keine Gewalt läßt zu schaden

und

und unterdrücken, und ihn nur als den gütig-
sten besten Gott betrachtet, der von der Nation bevollmächtigt ist, allen Menschen, die
es verdienen, Gutes zu thun; wobey er aber
keine Lieblinge über seine Mitbürger erheben,
noch willkührlich über des Volkes Eigenthum
und ihre allgemeine Staatscassa herrschen kann:
Wenn, sag ich, hierinnen die klügste Mäßigung beobachtet wird, die aber wirklich mehr
als Menschenkraft fodert, dann kann und wird
Frankreich künftig eine der glücklichsten Monarchien werden. Ihr gegenwärtiger König
ist gut. Der Glanz seiner Krone, und seine
Bedürfniße dafür, wird er im vollem Gewichte erhalten. Er weiß nunmehr, wie tief
seine Länder durch übertriebene Eigenmacht,
Nachläßigkeit, und Verschwendung herabgesunken waren. Er hat die Folgen gesehen, und
will den Monarchenstolz gerne der Wohlfahrt
von 24 Millionen guter Geschöpfe aufopfern,
die ihn auf den Throne mit Ehrfurcht und
Dank anbeten, und eben so mächtig als glücklich machen werde.

Ab-

Alles beruht gegenwärtig auf die ernsthaft-patriotische Beschäftigung der Generalstaaten. Ich kenne Männer darunter, von denen man alles erwarten kann. Freylich sind auch räudige Schafe, Dumköpfe, und erkaufte Verräther unter denselben eingeschlichen. Dieses war nicht zu hindern. Aber alles, was sie bisher geschlossen haben, erweiset, daß man bedachtsam zu Werke gehe, und die Hindernisse aus dem Wege zu räumen wisse. Wenn sie nun ihre Einrichtung aus der englischen und amerikanischen Verfassung zusammenschmieden, und kein D und Den unter den Aristokraten entstehen kann, so wird man Wunder in Frankreich erleben.

Das größte Meisterstück menschlicher Vernunft in der gegenwärtigen Lage, und welches allein den Nationalcredit erhalten konnte, war dieses; daß man bey der Wahl der Deputirten aus den Provinzen vom geistlichen Stande nicht die allmächtigen Bischöfe, sondern die armen und ehrlichen Pfarrer gewählt

hat,

hat, unter denen sich wirklich zwey lutherische befinden. (Eine Seltsamkeit, die man in Frankreich kaum möglich erwarten konnte.) Nun muß man wissen, daß daselbst die Pfarrer sehr elend und kümmerlich leben müssen. Es giebt sehr viele, die nur 2, andere 3, meistens bis 600 Livres Einkünfte besitzen. Hingegen genießen die grosse Menge der Bischöfe, und Erzbischöfe zu 2. 6. bis 8 mal hundert tausend Livres. Es giebt Aebte, die 100,000 zu verzehren haben, und die Klostergeistlichkeit, Kanonikaten und gestiftete Klerisey besitzt über 2,000 Millionen in liegenden Gütern und Kapitalien. Die Messen allein r ⎓ ⎓ ⎓ nan auf 80 Millionen Erträgniß. Wären nun die mächtigen Geistliche vereinigt im grossen Rathe gesessen, dann hätte die Motion alle geistliche Güter für Befriedigung der Staatsschulden einzuziehen, niemals durchgreifen können. Man war aber so listig, und bewilligte sogleich dem mindesten Pfarrer einen Unterhalt von 1200, denen grössern aber 2, bis 3000 Livres. Hiedurch gewann man sogleich alle ihre Stimmen zum Nachtheil der grossen, mächtigen, und reichen

Geist=

Geistlichkeit, die alle schweigen mußten, weil die Pfarrer eigentlich das Volk regieren ; da diese bisher gedrückte, und gedemüthigte Männer endlich Gelegenheit fanden, sich an ihren Feinden zu rächen. Eigentlich gebührt auch einem Pfarrer dreymal mehr, als einem Abbee, oder Klostergeistlichen.

Das Gesetz, welches demnach in diesem so wichtigen Falle die Generalstaaten sanctionirt haben, schlägt auf einmal alle Obergewalt der Bischöfe und Mönche zu Boden: befreyet den Staat   alles verschlingenden Ungeziefer ; bän   schsucht über den Thron selbst, un   rößten Feinde des Staats, die Befö.   aller Zwietracht, aus denen sie mit lachender Gefühllosigkeit ihre eigene Absichten und Vortheile zu ziehen nach Grundregeln der komischen Hierarchie gelernt, und in allen Staaten Europens thätig erwiesen haben ; wo sie wie Vipern in ihren Höhlen zischen, bis sie Gelegenheit finden, ihren Widersacher in die Fersen zu beissen. Gottlob ! diese vielköpfigte Schlange ist in Frankreich von Helden überwunden wor

worden, die für das Vaterland mit Eifer und
Ehre kämpften; und wenn auch diese Revolution
keinen andern Vortheil als diesen zu Wege brin-
get, so ist sie schon deswegen allein Ruhm und
ewigen Dankes der Nachwelt würdig.

Nun hat Necker gesiegt. Die Staatsschulden sind gedeckt, und sein edler Zweck ist erreicht. Die Exkommunikation fürchtet er nicht.
Aber Gift, Dolch, und alle mögliche Priester-
rache droht seiner patriotischen Tugend. Es
wird auch nicht an Gelehrten fehlen, die entweder auf Anstiften der Unterliegenden, oder von
Fanatismus gereizt, ihn in S ̇ ̇ ̇ ̇ten
dem Volke verhaßt zu machen, sich bem ̇ ̇ ̇ rden.
Das Licht der Wahrheit ist aber einmal über
Frankreichs Gesichtskreis im vollen Glanze auf-
gegangen, vor welchem sich die Fledermäuse der
Litteratur gegenwärtig mit Verachtung verkrie-
chen müssen. Und es wird dem römischen Stuh-
le vergebliche Mühe kosten, um eine aufgeklärte Nation neuerdings in die Finsterniß der ehemaligen Unwissenheit zurückzuschleudern.

Ein

Ein Volk, welches einmal seinen Werth, so wie der aus seinem Sklavenschlummer erwachte Franzose, kennt, und den Staub verdienter Verachtung einmal von seinem Kopfe gewaschen hat, wird sich künftig gewiß gegen Priesterränke zu verwahren wissen, und vorläufig dafür sorgen, daß die Schullehrer ihrer Kinder künftig nicht mehr aus der Klerisey gewählt werden. Dieses ist ein Hauptgrundsatz für die Nation. Und wenn auch noch jemals ein verborgener Jesuit als Beichtvater das Herz seines Königs zu verderben bestreben könnte, so wird doch eine kluge Nationalversammlung allezeit gegen die üblen Wirkungen solcher Menschen und Vaterlandsfeinde zu kämpfen, und Roms gefährliche Anschläge gegen alle katholische Staaten standhaft zu zernichten wissen. Frankreichs Geschichte diene denen zur Bewunderung, welche den izigen Zeitpunkt gegen den zu betrachten wissen, wo die rasende Mönchswuth Brüderblut in Strömen fließen machte; Frankreich von seinen besten Mitbürgern entvölkerte, und die sogenanten Hugonotten verrätherisch ermordete. Es lasse sich aber zugleich kein anderes Volk träumen,

die

die itzige französische Mode nachzuäffen. Nur
Franzosen allein konnten eine solche Rolle bey
Händeklatschen spielen. Ihre Nachahmer hätten hingegen gewiß Foulons Schiksal am Latern-
phal zu erwarten. Ich habe dieser merkwürdigen Scene mit kaltem Blute zusehen können,
weil ich ihren glücklichen Ausgang positive vorsehen konnte. Deshalb allein dürfte ich auch
ohne Gefahr wagen, mich darinnen zu mischen,
weil ich ein Fremder in diesem Lande war, und
der Ausschlag mir gleichgiltig seyn konnte.
Dort hatte ich keine Pflichten, ex officio einen
Verräther abzugeben. Hätte ich aber jemals in
einem Lande, wo ich Mitbürger bin, dergleichen
Vorkehrungen bemerkt, ich würde nicht, wie in
Paris, gleichgiltig zugesehen, vielweniger mich
damit gemischt haben, sondern hätte Weib und
Kinder eingepackt und wäre nach Amerika geflo-
hen, wo es einem jeden ehrlichen Manne erlaubt
ist, über fremdes Unglück zu seufzen, und über
solche Menschen zu lachen, die mit sehenden Augen wollen betrogen seyn, oder die mit Eselsstolz
unter ihrer Sklavenbürde noch Capriolen machen
wollen.

O 3 Wenn

Wenn ich aber an die erſchreckliche Folter-
inſtrumente, die alles Glaubwürdige überwägen,
denke, die ich in der eroberten Baſtille geſehen
habe: — wann ich von den eiſernen Ringen in
den Wänden, am Fußboden und an der Decke,
träume, wovon ſo viele tauſend unſchuldige Menſchen ein ſchmähliges Opfer der ſogenannten
Staatsklugheit, und Miniſterial - oder Hofkabale
waren, die nicht nach denen Geſetzen, ſondern
nach Willkühr gerichtet wurden: — Dann ſeg-
ne ich im Herzen die vaterländiſchen Helden,
welche die Baſtille verſtörten, und fluche denen,
welche niederträchtig genug ſeyn werden, um die
Grundſteine einer neuen zu legen. Noch ſchmach-
würdiger iſt aber der Mann, welcher die Sou-
verneursſtelle in einer ſolchen Mördergrube der
Menſchenrechte annimmt, und für Eigennutz ein
geehrter Büttel wird.

Wie es auch unter dieſer Regierung herging,
will ich nur durch ein Exempel bekannt machen:

In

In der berühmten Halsbandgeschichte, die ich in diesem Buche gleichfalls erzähle, geschah folgendes.

Graf Breteul, der Minister, ließ den Juwelier Böhmer zu sich rufen, welcher den Halsband an den Kardinal Prinz Rohan verkauft hatte. Er sagte ihm:

Herr! heute laß ich den Kardinal arretiren: wenn er wegen des Halsbandes verhört wird, so befehl ich ihm, just das, was ich ihm hiemit vorlege, zu antworten. Thut ers meinem Willen gemäß, so versprech ich ihm auf mein Wort, der Kardinal soll ihm sein Geld bezahlen; spricht er aber anders, — dann ist alle Zahlung für ihn verloren, und er wird in der Bastille krepieren.

So verfuhr man damals mit Staatsbürgern in Rechtssachen.

Hatte unter Ludwig den 14. und 15. ein Bösewicht einen Mann zu fürchten, der ihn entdeckte,

deckte, oder strafen könnte, dann kaufte er von
einer Maitresse einen Lettre de cachet, die nur
in blanco mit der königlichen Hand unterzeichnet waren, und schrieb den Namen dessen hinein,
den er sich vom Halse schaffen wollte. Saß dieser einmal in der Bastille, dann konnte ein Geschenk an den Herrn Gouverneur oder an seine
Maitresse schon Mittel machen, daß ihn kein
Mensch mehr retten konnte. Er wurde verläug-
net, daß er da war, und wann auch Gnade
und Freyheit für ihn, durch eben solche Wege bey
Hofe, durch seine Freunde erbeten, oder erkauft
wurde, dann war er bereits vor 3 Monathe gestorben. So hat man Fälle gesehen, wo der
Unglückliche 40 Jahre im Kerker schmachtete, und
kein Mensch entdecken konnte, daß er lebe. So
undurchdringlich war das Geheimniß dieses Hauses. Weh aber dem Verdammten, wann der
Herr Gouverneur einen Haß gegen ihn hatte,
oder wann er Mittel zum Klagen fand. Er starb
unter denen entsetzlichen Tormenten als ein Verräther, oder wurde in eine Grube geworfen,
wo er Hunger sterben mußte. Und ein solches
Haus duldeten die auf ihre Nationalvorzüge
stolze

stolze Franzosen mitten in Paris. War aber
nicht durch ein solches despotisches Verfahren die
Nation beleidigt? Wir Europäer lachen über
die Niederträchtigkeit der türkischen Baschen,
wenn ein Capidgi Bascha ihren Kopf abhohlt,
um ihn an das Serail zu nageln. — Geschahe
weniger in der Bastille? Und was man hier
im Staatsinquisitionskerker vollzog, wurde nicht
weniger in andern Gefängnissen und Criminal-
proceduren der Provinzen, und bey denen Parla-
mentsgerichten nachgeahmt und vollzogen. —
Die Geschichte von Callas und Sirven wurden
nur zufällig bekannt. — Man räderte sie unschuldig lebendig. Die Unschuld war erwiesen,
und dennoch wurde kein Richter gestraft. Wie
viele tausend Callasse litten noch viel unschuldi-
ger, und weit mehr in der Bastille?

Mich selbst rettete nur mein starker Glieder-
bau aus der Bastille in Magdeburg. Ich besitze die Gabe, mein Schicksal zu schildern, und
war kühn genug, um meinen Tyrannen mit männ-
lichen Trotze die Feige zu zeigen. Ich lebe noch;

ich

ich bin frey, — zittere vor keiner Eigenmacht, und hab es ohne Scheu gewagt, gegen ungerechte Urtheile laut zu schreyen. Ich schrie auch in Paris aus vollem Halse mit, da Gelegenheit da war, um eine Bastille zu zerstören. Magdeburg, Spandau, und alle Festungen in Friedrichs Staaten, waren unter seiner Regierung eben so viele Bastillen. Und wenn man mir sagt: — Friedrich der grosse Held war gerecht und großmüthig; — so antworte ich ohne Gefahr zu lügen: — Nein, er war es nicht. Er war Despot, und konnte folglich nicht gerecht seyn, besonders, da sein Stolz ihm niemals gestattete, etwas zu widerrufen, was er im ersten Eifer aufbrausender Leidenschaft eigensinnig geboten hatte. Ich habe wenigstens 50 Beyspiele davon in Händen, die ich der richtig abwägenden Welt vorlegen könnte, wenn ich rachgierig wäre. Um aber zu erweisen, daß in Berlin die Lettre de cachet eben so gebraucht wurden, als in Paris, so will ich ausser meiner Geschichte, nur noch eine ganz kurze erzählen, die ich erst vor zwey Jahren in Berlin gesehen habe.

Minister Görne hatte vom Könige das Departement der Emdenschen Compagnie, und ihrer Fonds- und Finanzen-Direction erhalten. Er nahm die Actien an, und wurde endlich, weil er sich bereichert, und das Publikum filoutirt hatte, kassirt, auch auf ewig auf die Festung Spandau geschickt, wo er seit 16 Jahren lebt. Zur Zeit nun, da Görne Minister war, kommt ein ehrlicher Schweitzer nach Berlin, um dort 9 oder 12000 Thaler in die Emdener Compagnie einzulegen, er geht zu Görne, zahlt ihm das Geld, nimmt die Actien, und geht nach Hause, um wieder zu seiner Familie zu reisen.

Kaum hat Görne das Geld, so geht er zum Könige, und vertraut ihm, er habe einen österreichischen Spion entdeckt, der ein höchst gefährlicher Mann sey. Der Monarch fragt um seine Wohnung, und das war schon sein ganzer Proceß. Er wurde abgeholt, und nach Spandau gebracht, wo er 9 Jahre lang in einem elenden Kerker geschmachtet hat. Wann er frug, warum er da sey, so war die Antwort: — Auf Kö-
nigs-

nigsbefehl. Sprach er von Inquisition, bat
er um Untersuchung: — so hieß es; Kerl rai-
sonnire nicht! du mußt ein Bösewicht seyn,
weil unser gnädigster König dich selbst hieher geschickt hat. Schrie er um Gehör, um Erbarmen, dann wurde ihm noch dazu der Prügel gedroht. Endlich starb Friedrich, der unerbittliche
in solchen Fällen, wo er sich geirrt hatte. Denn
kein Gouverneur, kein Mensch durfte für einen
Arrestanten sprechen, den der König durch Macht-
spruch verdammt hatte. Er war ohne Rettung
verlohren. Und hatte bey manchem, den er auf
solche Art, wie diesen Mann, verurtheilte, auch
nicht mehr gewußt, warum es geschehen war.
Verhört wurden solche Leute nicht, folglich waren weder Acten, noch Protokoll, noch kein ander Urtheil da, als des Königs Ordre an den
Gouverneur, ohngefähr nach folgenden Inhalt;

„Ich schicke euch hiemit einen Menschen;
„welchen ihr gut verwahren, und mit
„eurem Kopfe für ihn haften werdet.
„Niemand soll mit ihm sprechen.

Friedrich.

Heißt das nicht auch ein Lettre de cachet?

So saß nun dieser gute Schweitzer auch bey Wasser und Brod von allen Menschen verlassen 9 ganze Jahre in seinem Käfig, und wurde wassersüchtig. Der Minister Görne war indessen entdeckt, als ein Betrüger gestraft worden, und saß auch in Spandau. Aber niemand wußte, daß er dieses Schweitzers Unglück gemacht hatte. Er selbst wußte es nicht, daß es Görne war, und der grosse Friedrich dachte an solche Kleinigkeiten nicht, die nur Leben, Ehre, und Recht eines einzelnen Menschen betreffen. Sonst hätte er ja bey der Entdeckung, daß Görne ein Betrüger war, auch an die denken sollen, die sein Eigennutz unglücklich gemacht hatte. Monarchen, die aber empfinden, und erkennen, daß sie jemanden durch Uebereilung verdammten, widerrufen nie, und weil man einen Unschuldigen nicht begnadigen kann, so wollen sie ihn nicht belohnen, und lassen ihn in seiner Höhle verschmachten. Endlich starb Friedrich, und Wilhelm der Menschenfreund wurde König.

Nun

Nun durften die Commandanten Menschen-
freunde seyn, und die Seufzer derer anhören,
die auf des vorigen Königs Gnade von ihm selbst
verurtheilt waren, und bis zu seinem Tode vergebens auf diese Gnade warteten, ihr Recht endlich erbitten zu dürfen. Der Spandauer Commandant sprach nun auch mit diesem sterbenden
Schweizer — und fand ihn unschuldig. Er
schrieb an den itzigen edelfühlenden König. Dieser gab Befehl, die Sache zu untersuchen, warum er da sey. Man fand nichts als die Ordre
an den Commandanten, ihn scharf, und fest zu
halten. Der Mann wurde befragt, und erzählte sein Schicksal. — Aber Görne, der ihn hatte arretiren lassen, hatte schon gesorgt, daß ihm
seine Schriften, und die Actten für die ihn erleg-
te 12000 Thaler abgenommen, und in seine Hände gerathen waren. Görne wurde im Arrest befragt. Er hatte schon viel dergleichen Schelm-
stücke eingestanden, und läugnete dieses auch
nicht. Nun gab der König dem redlichen Schweizer die Freyheit, er zahlte ihm sogar aus seiner
Chatoulle das verlohrne Geld, für welches er
das schmähligste Schlachtopfer gewesen war. —
Aber

Aber ach! Er konnte ihm die verlohrne Gesundheit nicht wieder geben. Und er starb 3 Wochen
nach erlangter Freyheit elend, ohne sie anders
als im Kerker des Krankenlagers genossen zu
haben.

Wenn nun Friedrich noch 20 Jahre gelebt
hätte, so war für diesen ehrlichen Mann kein
Rettungsmittel. Und dergleichen Opfer seines
Eigensinns waren in seinen Festungen eben nicht
seltsamer, als in der Bastille.

Hier decke ich den Vorhang zu; hinter welchen der Minister Graf Herzberg allein nicht sehen will, der seinen grossen Friedrich in allen
seinen Schriften untadelhaft schildern und ihn
der Nachwelt als einen Halbgott aufdringen mög-
te; der auch sogar meinen Fall, den er doch genau in wahrem Lichte kennt, nur deswegen nicht
hat ungerecht erkennen wollen, auch sogar die
Confiskation meines Gutes deßhalb gut hieß,
damit durch Aufdeckung meiner Geschichte Friedrichs bis zur Ohnfehlbarkeit von ihm erhobe-
ne Grösse nicht Schatten auf ihr Licht dulden
müsse.

müsse. Ob man nun gleich von Berlin an die
Pariser Gelehrte geschrieben, und sie inständigst
gebeten hat, sie möchten alles anwenden, um
meine Schriften in Frankreich zu verachten, und
zu decreditiren, so hat der Anschlag dennoch nicht
gelungen. Die Wahrheit und Tugend siegte bey
dieser edelfühlenden Nation. Man gab mir sogar die Briefe zu lesen, um mir meine Berliner
Gönner bekannt zu machen, und that just das
Gegentheil dieses Gesuchs. Ich wurde applaudirt, gerühmt, geschätzt, und die Versuchung
um redliche Schiedsrichter zu bestechen, hieß in
Paris ein eifersüchtiger Ministerstreich eines Mannes, der kein Egoist seyn will, und dennoch allgemeines Lob, ohne allen Tadel beeifert, ohne
zu erkennen, daß er selbst nur ein Mensch ist,
so wie es sein untadelhaft von ihm allein ge-
glaubter Fridrich war.

Diesen kleinen Seitenschritt war ich mir
selbst, meiner Ehre, meiner trockenen Wahrheitsliebe schuldig, weil eben der Mann, dessen
Uriasbrief ich selbst in Paris bey Hrn. v. M — r
gelesen habe, sich beleidigt glaubt, da ich in
mei=

meiner Widerlegung der Mirabeauschen Correspondence gesagt habe: — Er besitze bey allen
seinen verehrungswürdigen Tugenden, bey aller
seiner Seelengrösse dennoch den Fehler des Egois-
nius, und habe an mir falsch, oder vielmehr
mit Ministerialpolitik gehandelt, hiedurch aber
meine Verachtung verdienet, weil er nur für sich
allein lebt, und da, wo er mir hätte nützen sollen, und können, vielmehr entgegen gearbeitet,
oder gleichgiltig geschwiegen hat. Ein kleiner
Litteratur-Lungenhieb kann den nicht beleidigen,
dessen Herz ihm sagen muß: — Ich habe ihn
verdient. Erkennt er den Irrthum und meinen
Werth, so ersetze er mir das Unrecht an meinen Kindern. Macht ihn der Eigendünkel ge-
fühllos, dann verdient er das nicht, was ich
für ihn gedacht, auch wirklich gethan habe, da
ich zur Erwiederung seines Betragens Gelegenheit in Händen hatte. Ist er aber rachgierig,
so spotte ich seiner geglaubten Allmacht, und
erweise, daß ich edler denke und handle, auch
besser französisch schreibe, als er; welche Ehre
die Pariser Akademie mir bewilligt, ihm aber
geweigert hat. Punktum!

Nun kehre ich nach Paris in meine Versammlung der Generalstaaten zurück, und wünsche von Herzen, daß Mirabeau, und seines Gleichen wenig Einfluß in ihren Berathschlagungen finden mögen, wann Frankreich ruhig, mächtig, und glücklich werden soll. Mir schaudert noch immer die Haut, wenn ich an 322 Advokaten denke, welche noch immer in derselben das Uebergewicht drohen: Zum Glück sind es keine deutsche Advokaten, sondern französische Patrioten, die auch als bürgerliche Reichsverdreher in Privathändeln, in dem Fache ihrer Bestimmung da ehrliche Männer seyn können, wo die Wohlfahrt des Staats von ihrem Betragen abhängt. Bey uns ist es seltsam, daß ein Advokat, ein Jude, ein Referendarius, und ein privilegirter Wucherer ein rechtschaffener Mann seyn könne. Findet man einen im Haufen, so ist er sicher ein Phänomen, besonders in denen Ländern, wo man durch Ablaß ein guter Christ heissen kann, ohne als ein ehrlicher Mann nach Bürgerpflicht zu handeln.

Bis

Bisher geht die Hauptsache gut; man hat wirklich schon riesenmäßige Vorschritte gemacht. Der Gegenstand ist aber zu wichtig und zu weitläufig. Begegnet auch zuweilen im National= karakter selbst, in der wirklichen Ausführung der auf dem Papiere leicht entworfenen Projecte, in der Vereinigung so viel auch verschiedener Meinungen, so viel Widersprüche, und Hin= dernisse, das auch ein Friedrichs Herrscher=Ge= nie vielleicht zurückgeschaudert wäre, der al= les ohne Hilf allein übersehen, zusammenfassen, und entscheiden wollte. Auch Hercules Arbeit= samkeit und Stärke könnte nur Augaces Mist= stall reinigen. Aber in weitläuftigen Frankreich so viele Millionen Köpfe zu vereinigen. Alle alten Mißbräuche und Vorurtheile auf einmal wegzufegen, jeden Stand, auch den beleidig= ten zu befriedigen, den ganzen ehemaligen und durch Gewohnheit verjährten Nationalkarakter umzuschmelzen. Das enthusiastische vive le Roi in ein wohlklingendes wirksames vive la Patrie zu verwandeln, und einen jeden begreifen zu ma= chen, daß ihr gegenwärtiger Zustand glücklicher sey, als der vorige. Dieses wird man wohl

p   leicht

leicht dem grossen Hofadel, noch der herrsch=
süchtigen Klerisey in ihrer itzigen Erniedrigung
nicht glauben machen. Die Generalpachter,
Marchandes des Modes, Friseurs werden noch
schwerer zu überzeugen seyn, und so lange das
grosse Theater der Nationalversammlung offen
steht, werden ihre Rollen wohl näher beleuchtet,
mehr applaudirt, oder ausgepfiffen werden,
als wenn ehemals eine Mademoiselle Gontard,
ein Monsieur le Cain, alle Augen auf sich zo=
gen, oder wenn die regelmäßigen Capriolen
eines Herboval mehr bewundert wurden, als
die Heldenthaten eines Conte, und Conti, so
lange Soubise sich auf ihrem Schauplatze herum=
tummelte, wo eine du Barry den Ausschlag
des Beyfalls, oder Tadels entschied. Diese
Zeiten haben sich seit der Revolution viel geän=
dert. Man wird künftig wirkliche Verdienste und
Fähigkeit besitzen müssen, um Brod und Ehre
erwerben zu können. Und man wird hoffentlich
auch Vorkehrungen treffen, daß die General=
Pachter nicht mehr den Mark des Landes aus=
saugen können. Der übertriebene Luxus wird
von selbst fallen, so bald der Hof seine Gna=

den

den und Wohlthaten nicht mehr willkührlich verschwenden kann. Und da der schwelgende Adel
den Stolz auf seine Geburtsrechte ablegen mußte,
und den ehrlichen brauchbaren Bürger gleichfalls dem Staate in erhabenen Hof- und Ehrenstellen dienen sieht, so wird er sicher allgemach
die alten Vorurtheile ablegen, und sich nicht
mehr schämen, sein Geld durch die Handlung
in Umlauf zu bringen, viele tausend ehemals
müssige Hände, die in verbrämten Livreen vor
vergoldeten Kutschen hertrabten, oder die Last
der Pferde hinter denselben vermehrten, werden
den Pflug ergreifen, und die Felder fruchtba-
rer machen. Die Hälfte der pariser Fiacker-
und Lehnkutscher werden, anstatt Huren oder
Tagdiebe, dem arbeitsamen Landmanne Mist zuführen. Wann der grosse Adel keine Aussicht
mehr findet, Hofränke zu spielen, und des Monarchen Güte für sich, noch seine Anhänger, zu
mißbrauchen, dann werden die reiche Güterbe-
sitzer in ihre Schlösser eilen, und daselbst das
Geld besser aus der alles bisher verschlingenden Hauptstadt in die Provinzen zu ziehen wissen. Ihre Kinder werden auch von denen üp-

pigen Dirnen, Comödiantinen nicht ihr Erbgut
verschwenden und ungesundes Blut einsaugen,
sondern in ihren Familien starke auch für das
Vaterland gebildete Zöglinge hinterlassen. Der
Bauer seiner Arbeit froh, und von der Natur
belohnt, wird magere Felder muthig düngen,
und Frankreich, welches bisher seine Einwoh-
ner nicht mit Nothdurft versehen konnte, wird
seinen trägen Nachbarn Getreide verkaufen. Dieses ist die wahre und beste Goldgruben eines ge-
sunden Staats. Frankreich ist fruchtbar. Und
wenn das in Paris unnütze Gesindel die Wege
zu ihrem Müßiggange durch gute Polizenge-
setze verriegelt findet, dann wird das Brod
wohlfeil, und der Kornwucherer einen andern
dem allgemeinen Besten nützlichen Handel un-
ternehmen müssen. Niemand wird in Frankreich
arm seyn, wenn der arbeitende Stand der
ehrwürdigste wird. Dieses sind die eigentlichen
Grundregeln, worauf die Nationalversammlung
ihr Hauptaugenmerk zu richten hat. Dieses ist
der Polarstern, wornach das Staatsruder zu
lenken ist. Dieses ist die Glückseligkeit, welche
ich einem Lande wünsche, wo so viel gute

Men-

Menschen wohnen, die mir so viel Freundschaft als Achtung erwiesen haben, für welche ich bis zum Grabe die wärmste Dankbarkeit in einem gefühlvollen Herzen empfinden werde. Eure Vorbilder sind die erste Anlage für fruchtbare Pflanzschulen, und Zöglinge, so bald der Leichtsinn verachtet, und Bürgerpflicht die erste belohnte Tugend wird. Wohl dem Lande! wo einmal diese bis zum Wetteifer heranwächst.

Der schlaue Priester, welcher sich nunmehr bis zur letzten Volksklasse herabgesetzt sieht, verliert auch den Trieb auf Kosten der berückten Einfältigen, Schätze zu sammeln; und da, wo Er Roms Einfluß entfernt, und seine Kunstgriffe aufgedeckt sieht, schämt er sich, von einem aufgeklärten für seine eigene Vortheile gemeinschaftlich wachenden Volk verspottet zu werden. Wo aber der Bürger wirklich tugendsam und redlich wird, da gibt es gewiß weder freygebige Ablaßkirchen, noch lächerliche Wahlfahrten, noch reiche Klöster. Rom wird freylich lauern, über Ketzerey schreien, und alle mögliche Ränke spielen, um das Alte wieder

der hervor zu suchen , und den Fanatismus , so wie im aberglaubischen Brabant , wirken zu laſſen. Aber auch viele gemeine Franzoſen haben die Kirchengeſchichte geleſen. Sie kennen die Wirkungen der Cardinäle , wenn ſie Meiſter werden, und auf dem Grabe des heiligen Denis werden keine Luftſpringer noch Marktſchreier mehr gefunden, noch geduldet. So bald nun ein Volk einmal durch Induſtrie und Verbrüderung glücklicher wird , als es vorher unter dem Joche des Aberglaubens, des Leichtſinns , und der Ariſtokraten ware , tritt es ſo leicht nicht wieder in ſeine alte Irrthümer zurück. Nur ein Eroberer wäre fähig, alles Gute wieder zu verſcheuchen , ehe es gekäumt und Wurzel gefaßt hat. Aber gegenwärtig hat Frankreich dieſen unter ſeinen Nachbarn nicht zu fürchten. Und Niemand wird ſich wagen, ein Volk von 24 Millionen anzugreifen, welches künftig nur für ſeine Hütten und innere Ruhe fechten wird. Dergleichen Soldaten ſind Löwen. Und wollte auch der Pabſt Kreutzzüge gegen die verkehrte ſeiner Macht abtrünnige Franzoſen ausſchreiben , um den verfluchten Erzcalviner , Necker,

nach

nach Rom zu führen , und ihn , so wie den
Johann Huß in Constanz, zu verbrennen , so
würde er gewiß nirgends Recruten, als in Baiern
Brabant , Trier , und in Steuermarkt finden.
Und diese wären eben nicht furchtbar , weil
die neuern Bernarde nicht mehr Mirakel ma=
chen können.

Ich bin also der Meinung , daß Frankreich
gegenwärtig die ganze Landarmee allgemach bis
auf 50000 Mann reduciren sollte. Den Erobe=
rungsgeist müssen sie ganz verbannen. Sie be=
dürfen nichts , weil sie schon alles besitzen , was
erfordert wird , um des Hafens Ruhe zu ge=
nießen. Das Volk ist arbeitsam, voller Indu=
strie, guten Willen, und Fähigkeit. Sie bedür=
fen von andern Staaten gar nichts. Haben Ue=
berfluß an allen , was der Mensch bedarf. Ih=
re Besitzungen in Ost = und Westindien geben Ih=
nen Beschäftigung, um auch die zu befriedigen,
die im Handel reich werden wollen. Wenn ein
unwahrscheinlich Problem möglich zu machen wä=
re, daß man nämlich mit Engelland einen so=
liden Kommerztractat, und einen 100 jährigen

ga=

garantirten Waffenstillstand schließen könnte,
dann allein könnten beyde Nationen ihre Staatsschulden bezahlen, und vollkommen glücklich seyn.
— Aber! wie viel tausend Aber kreuzen sich
bey einem solchen Entwurfe! was kosten beyden
Nationen die Unterhaltung der ungeheuern Ma-
rine!

Sicher aber ists, daß Frankreich seine Land-
truppen nunmehro nicht bedarf, wenn die Bür-
germiliz in allen Provinzen einmal zur Vertheidigung des Vaterlandes eingerichtet ist, aber
auch durch wenige untermischte regulaire Regimenter in der Uebung der Waffen und Artillerie
unterhalten wird. In auswärtige Händel muß
sich Frankreich nicht mehr mischen, und' wehe
dem, der sie in ihren friedlichen Wohnungen angreifen wollte. Wie viel Millionen kann man
nicht auch ersparen, wenn keine Kabalen mehr
vom französischen Ministerio an fremden Höfen
gespielt werden. Die Gesandte werden weniger
Unkosten machen, und die Bestechungen und
Espione kann man entbehren, wenn man nicht
betrügen, noch Zerrüttungen anspinnen will.

Eh-

Ehmals war Frankreich die Lehrschule der
sogenannten Politik oder Staatsbetrügerey, und
andre Höfe waren nur eifersüchtig, daß sie die=
se feine Nation in dieser Kunst nicht nach Wunsch
nachahmen konnten. — Sie hat aber, im Ganzen
genommen, wenig genützet, und mehr Geld ge=
kostet, als Vortheile befördert. Die Folgen fie=
len auf ihren eigenen Kopf.

Ich sage in meinem macedonischen Helden.

Dem guten Fürsten muß stets vor der Schand=
    that grauen,
Auf fremden Reiche Schutt sein Lustrevier zu
    bauen.
Gelz, Untreu, Arglist, Neid, sind in der Welt
    gemein,
Ein fürstlich edles Herz soll unser Vorbild seyn.
Wie aber! wenn sie selbst sich zu betrügen su=
    chen?
Bringt das dem Fürsten Ruhm, was wir am
    Pöbel fluchen?
Wer einmal untreu wird, dem wird kein Freund
    mehr trauen,
Dem stumpfet man zuletzt, die falsche Tyger
    Klauen — — ɛc.

                     Ju=

Ingleichen an einem andern Orte. —

Kein Reich ist in der Welt, kein Dorf, auch
keine Stadt,
Worauf nach tausend Jahr kein anders Erbrecht
hat,
Als der es jetzt besitzt; und wer durchs Recht
der Waffen,
Will Herr der Erden seyn, und sich mehr Länder schaffen,
Was thut der weniger, als ein Cartousch vollbracht.
Der sich mit eigner Faust durch Rauben reich
gemacht?

Ich habe denen Parisern diesen macedonischen Helden französisch übersetzt zurückgelassen,
und wünsche vom Herzen, daß sie einen guten
Gebrauch davon machen mögen. Die Bahn ist
gebrochen. Künftig kann Frankreich die Erobe-
rungshelden entbehren, und bedarf nur bürgerliche Helden zur Vertheidigung ihres ruhigen und
glücklichen Systems, wozu ich die günstigste Aussicht vorsehe. Uebrigens hat diese Nation denen
Engelländern den tödlichen Streich mit den in

Ame-

Amerika angezettelten, von ihnen öffentlich un=
terstützten, und glücklich ausgeschlagenen Revo=
lution versetzt. Diese wollten sich rächen, und
thaten unter der Hand alles Mögliche, um die
Pariser aufzuwiegeln, dann aber in ihren Frey=
heitsprojecten scheitern zu machen. Gewiß er=
wartete niemand die Möglichkeit, bey einem so
wankelmüthig, unentschloßen, und schon der
Sklavenpeitsche gewohnten Volk. — Aber das
Blatt hat sich gewendet. Und Engelland hat
Ursache vor Frankreichs Macht zu zittern; wann
ihre republikanische Monarchie zu Stande kömmt.
So lange aber ein Mirabeau in denen General=
staaten eine glänzende Rolle spielt, der sich da=
hin wendet, wo der beste Vortheil für seinen
Beutel zu erhaschen ist. So lange Schurken
seiner Art mit seinen Absichten heimlich verei=
nigt komplotiren, und gesunde Entwürfe durch
ihre Ränke und Beredsamkeit vereiteln können. —
Kann das Ende noch allezeit in einen Bürger=
krieg ausschlagen. Dieß ist die Absicht der Hof=
parthey, des grossen Adels, und der im finstern
lauernden jetzt so tief herabgesunkenen Klerisey.

Das

Das Volk liebt noch immer Veränderungen, und ist stündlich zu blutigen Scenen, und Laternen-tragödien geneigt. Ein unglücklicher Krieg mit Engelland, und eine unvorsichtige Wahl der Ad-mirale, könnte alles leicht über den Haufen wer-fen, und der königlich und aristokratischen Macht das Uebergewicht wieder in die Hände spielen.

Im künftigen Jahre, wann alle bisherige Geheimnisse werden aufgedeckt seyn, wird diese meine summarische Erzählung nur zu Beyträgen in der Hauptgeschichte dienen, die ein redlicher Geschichtschreiber zur Nachahmung oder War-nung der Nachwelt hinterlassen will. Ich rathe aber nur denen Spaniern, daß sie denen Fran-zosen nachfolgen; aber der Pater Inquisitor muß auf ihrer Seiten seyn, um eine priesterliche Ari-stokratie einzuführen. Der Deutsche bete, seuf-ze, gehorsame, und arbeite; das ist mein Rath. Nur ein Schurke predigt Aufruhr da, wo nie-mand zum Gebieten taugt; und der ehrliche Mann, muß für Privatrache keine Blutbädern anzetteln.

Die

Die

Auflösung

des bisherigen unentwickelten

Räthsels

von der berühmten

Halsbandgeschichte

in Paris.

Gründlich entdeckt, und aus

Originaldocumenten erwiesen

von

Fr. Fr. v. d. Trenck.

Die edle Freyheit hat alle Dämme in Frankreich durchbrochen, und erscheint gegenwärtig geharnischt und gepanzert gegen alle willkührliche Eigenmacht in diesem glücklichen Lande.

Die Verläumbung kann nicht mehr mit ihren Vipernzähnen an der Tugend des redlichen Staatsbürgers nagen. Und die Wahrheit darf im vollen Glanze ohne Larve auftreten. Ich war so glücklich, ein Augenzeuge dieser großen Revolution in Paris zu seyn, und entdeckte durch besondere Zufälle und Verbindungen das wahre Geheimniß von der berühmten Halsbandgeschichte, worüber sich ein jeder bishero vergebens bemühete, die eigentliche Wahrheit aus tausend widersprechenden Erzählungen hervorzusuchen. Ich gab mir die Mühe, alles gegen einander zu halten: Ich erforschte ohne Vorurtheil: war

selbst

selbst im Labyrinthe verwickelter Begriffe unent-
schieden; und ein bloßer Zufall spielte mir Ori-
ginalschriften aus der Bastille in die Hände,
welche alle Ränke in der Lamottschen Schutzschrift
vereiteln. Nun fehlte mir die Hauptaufklärung,
welche mir allein Herr Böhmer geben konnte.
Ich suchte seine Freundschaft, und fand sie,
wohnte sogar 4 Wochen in seinem Hause. Da
nun dieser Hofjuwelier eigentlich den Halsband
verfertigt, und den Kardinal Rohan für
1,800000 Liv. verkauft hat. Da er das Opfer
der allerfeinsten Politik und Spitzbubenstreiche
ist, die jemals in der Welt gespielt wurden.
Da er niemals die Wahrheit sagen durfte, und
ihm durch den schrecklichsten Ministerial-Despo-
tismus das Maul gestopft wurde. So war er
froh, die Gelegenheit zu finden, wo ein Mann
meiner Gattung die bishero vermummte Wahrheit ohngescheut entlarven darf. Er hat mir
demnach nicht nur alles treu erzählt, sondern
gab mir auch sein Manuscript, welches ich in
Händen habe, zu benutzen, welches ich zu meiner
Rechtfertigung vorweisen kann. Dieses gab mir
das volle Licht, in das wahre Geheimniß zu dringen.

Dann

Dann las ich erst alle Memoire der Gräfin la
Motte, die verschiedne Schutzschriften ihres Sach-
walters währenden Prozesses, alle Pariser Brochuren, die in dieser kützlichen Sache sowohl
vor als nach der Revolution geschrieben wurden.
Dann sprach ich mit verschiedenen Personen in
Versailles, die in diesen Schriften benannt sind,
auch theils als gezwungene Zeugen gebraucht
wurden. Und hoffe das Chaos in diesen Blättern so glücklich auseinander zu setzen, daß man
das, was ich etwa aus erheblichen Ursachen ver-
schweige, oder vermäntle, leicht errathen kann.
Ich bin kein Mietling noch Partisan der Königinn von Frankreich. Es freuet mich aber von
Herzen, daß ich allein im Stande bin, sie in
dieser so verdächtig bekannt gemachten Geschichte
von denen schändlichen Beschuldigungen der straf-
baren la Motte so zu reinigen, daß meine Leser
kein Zweifel ihrer wirklichen Unschuld über-
bleiben wird.

Daß ich die Sache so gesehen habe, wie
ich sie ohne Rückhalt schildere, verbürge ich mit
meinen Ehrenworte. Und mein in ganz Europa

erworbener Ruhm und Beyfall eines ehrlichen
Mannes, eines unpartheyischen Schriftstellers,
der auch Königen die Wahrheit zu sagen nie ge=
scheuet hat: soll gewiß durch diese Schrift nicht
besudelt werden. Da aber die beleidigte und ge=
rechtfertigte Königinn von Frankreich ganz ohn=
geschminkt meiner Scharfsicht vor Augen liegt:
Da ich alle Triebfedern kenne, welche in diesem
Gaukelspiele gewirkt haben, so ist es Pflicht des
ehrlichen Mannes, der bishero betrogenen Welt,
besonders der edelfühlenden Franzosennation, zu
erweisen, wie irrig sie bishero am Leibfaden der
Arglist herum geführet wurde: und wie falsch
die Urtheile bey unverdauten Begriffen einwur=
zeln können, wenn man einmal gegen eine Per=
son eingenommen ist, welche durch Wahrschein=
lichkeit von Verläumdern auf der unrechten Sei=
te geschildert wird.

Ich sage demnach laut, ohne Drängung
der mindesten Schmeicheley, so wie ich vor der
heiligsten Wahrheit in meinem Herzen überzeugt
bin, so treu, wie ichs wirklich sehe und em=
pfinde.

Die

Die Königinn ist in der Halsbandgeschichte vollkommen unschuldig.

Eben dieses sollen gegenwärtige Blätter ohne
Widerspruch erweisen.

Herr Böhmer, Hofjouwelier des Königs von
Frankreich, ist der Sohn eines Hofjouweliers in
Dresden, der durch eine sehr reiche Heirath einer Maitresse, die den Minister Grafen Brühl
ausgemelkt hatte, zuerst viel Geld in Pohlen und
Rußland gewann, dann aber die Verschwendung
der Madame du Bary in Paris zu benutzen wußte, und die einträgliche Stelle eines königlichen
Jouweliers bey Hofe erhielt. *)

Dieser Mann hatte nun im Jahre 1773 die
Speculation gemacht, etwas außerordentliches
für die Du Bary, Maitresse des Königs Lude-
wigs

q 2

*) Die Hofjouwelierscharge in Frankreich wird
100 ja um 150000 Livres verkauft,
und fodert einen großen Kapitalisten.

wigs des XV, zu verfertigen, welche damals
die Monarchie unumschränkt beherrschte, und
die Schätze des Staats willkührlich verschwendete.

Dieses lüderliche Weib hatte sogar dem
Böhmer aufgetragen, er solle ihr einen Geschmuck
verfertigen, den keine Königinn in Europa so
schön besitze, und sollte er auch 6 Millionen kosten. Böhmer froh, eine so schöne Gelegenheit
erhascht zu haben, um die damalige Hofverschwendung zu benutzen, entwarf den Plan zu diesen
Geschmuck, und durchreisete halb Europa, um
die hiezu erforderliche Diamanten zusammen zu
kaufen. Da aber derselbe beynahe fertig war,
starb zu seinem Unglück der König: Die Regierung der Maitresse hatte ein Ende: und Böhmer blieb sein Halsband auf dem Halse, den
nur eine Königinn kaufen und bezahlen konnte.

Merkwürdig bleibt allezeit dieses, daß die
jetzige Königinn, damals als Dauphine und
Thronfolgerin, bey Ludwig XV nicht so viel
Achtung fand, als eine du Barry, die sich ohne

an-

anzufragen einen Halsband von 2 Millionen be=
stellen konnte, und im Aufputze der Dauphine
vorzutretten suchte. Sicheres Merkmal der da=
mals mißhandelten öffentlichen Schätze.

Da nun der Credit der Maitresse ein En=
de hatte, suchte Böhmer alle Gelegenheit einen
Geschmuck zu verkaufen, bey den er jährlich
100,000 Liv. Interessen verlohr. Und fand Ge=
legenheit, ihn der Königinn sehen zu lassen. Die
aber nur die dazu gehörige Girandolen kaufte,
den Halsband aber zurück gab. Endlich spielte
er ihn auch in die Hände des in seine Gemah=
lin verliebten Königs, der ihm 2 Monath bey
sich behielt, ohne eine Erklärung zu geben. Die
Finanzen waren durch den amerikanischen Krieg
erschöpft. Endlich, da das schöne Kriegsschiff,
die Stadt Paris, welches der Admiral la Gras=
se kommandirte, von den Engelländern erobert
wurde, ließ der König den Herrn Böhmer zu
sich kommen, und gab ihm mit diesen Worten
den Halsschmuck zurück.

„Es

„Es ist nothwendiger jetzt ein Kriegsschiff
„zu bauen, als einen so kostbaren Ge-
„schmuck zu kaufen. Warten Sie also
„auf beſſere Zeiten.

Böhmer beſtürzt, nahm ihn ſeufzend zurück. Er hatte zu der Zeit ein ganzes Kleid mit
Brillanten - Schleifen für den Grafen von Artois
geſtickt, das über 1 Million koſtete, und konnte keine Zahlung erhalten. Seine Schulden
drängeten ihn, und er ſuchte in allen Winkeln
Gelegenheit, den Halsband loszuwerden. Zufällig ſprach ihm ein Freund, Hachette, der vielleicht übel unterrichtet war, von einer ſichern
Gräfin de la Motte, welche freyen Zutritt und
gewiſſe geheime Verbindungen bey der Königinn
haben ſollte: die wegen ihrer Verſchwendung
immer geldbedürftig wäre, und gegen ein Ge-
ſchenk von 2000 Louisd'or dieſen Schmuck vielleicht bey Hofe anbringen könnte.

Böhmer ergrif die Gelegenheit mit offenen
Armen, eilte zur la Motte in gebückter Demuth,

machte

machte seinen Antrag, und man versprach ihm Protection.

Dieses schlaue Weib muß nun bey den An=
blick dieses Geschmucks schon den Plan entwor=
fen haben, auf Mittel zu sinnen, sich denselben
zuzueignen. Die Umstände schienen ihr günstig.
Sie war damals Maitresse und Gebieterinn des
Cardinals Prinzen Rohan, den sie nach Belie=
ben am Leitfaden lenkte, auch für alle ihre Ab=
sichten als einen hoffärtigen Dummkopf leiten
konnte.

Rohan, der ärgste Feind des Ministers Bre=
teuil, war damals aus wohlverdienten Ursachen,
wegen seines ungezäumten Geschwätzes, in der
höchstmöglichsten Ungnade der Königinn. Sein
Plan war, den Baron Breteuil zu stürzen, und
sich auf die Ministerstaffel empor zu schwingen.
Ohne Protection der Königinn war dieses ohn=
möglich. Er suchte demnach eben damals alle
mögliche Wege, um die Monarchinn auszusöhnen,
und neuen Zutritt zu erhalten. Dieses war sei

ner

ner bösen Freundin und Hauptkuplerin, der arglistigen la Motte, bekannt. Und sie suchte alle
Gelegenheit zu benutzen. Um nun den Cardinal
glauben zu machen, daß sie noch viel bey der
Monarchin vermöge, und ihn allgemach einzu-
schläffern, um ihren entworfenen Plan zum Betrug auszuführen, wobey der bekannte große
Geisterseher und Spitzbube Cagliostro ihr Freund
und erster Rathgeber war, wandte sie sich nach
Versailles. Sie hingegen ließ allerhand geheime Briefe von der Königinn heimlich sehen,
die sie selbst geschrieben hatte, um sich Achtung
und Zutrauen zu erwerben. Eine sichere Favoritin und Kammerdienerin der Königin, Madame
Campan, mußte hiezu das erste Werkzeug seyn.
Die la Motte wußte, daß die wohlthätige Königinn zuweilen bey ihren Unterschriften für Kleinigkeiten etwas leichtsinnig war, und das auf
Bericht ihrer Lieblinge, deren Worten sie Vertrauen beymaß, Bittschriften unterschrieben wurden, die sie nicht selbst gelesen hatte; oder man
laß ihr vor, was nicht geschrieben war. Nun
machte die la Motte eine Bittschrift, worinnen

ein

ein junger Mensch die Monarchin um ihre
Vorsprache bey dem Cardinal Rohan ersuchte,
um eine Präbende zu erhalten, welche von seiner
Willkühr abhing. Die Königinn unterzeichnete.
Vielleicht hat sie es auch nicht gethan, und la
Motte hat das Anbringen selbst falsch unter-
schrieben.

Mit diesem gezeichneten Memorial eilte sie
nun mit allen Waffen eines schlauen Weibes
zum Cardinal.

Dieser wird hiedurch überzeugt, daß seine
Maitresse viel bey der Königinn vermöge, und
offenen geheimen Zutritt habe, welches sie ihm
allezeit glauben machte. Entzückt zugleich, daß
die Königinn ihm um eine Gefälligkeit bat,
und daß er nunmehro durch den Kanal der la
Motte Hofnung habe, die erzürnte Königinn auszusöhnen, und seinen Lieblingsentwurf auszuführen, Minister zu werden, sich an Breteuil zu
rächen und Frankreich noch ärmer zu machen,
glaubte desto leichtsinniger. Vermuthlich hat
die la Motte ihm schon damals gesagt, daß er

die

die Königinn bey Hofe in allen Gelegenheiten
melden, und die Verstellungskunst so gut spielen
müsse, damit niemals die Absicht der Königinn,
ihn zum Minister zu erheben, bemerkt werden
könne. Besonders da damals die verdiente Ungnade des Kardinals bey der Monarchinn in ganz
Paris kein Geheimniß war. Sie wird ihm auch
gesagt haben, die Königinn zeige eine besondere Begierde, den prächtigen Halsband zu besitzen.
Sie wolle mit der Königinn sprechen, und sobald
er Minister wäre, könnte dieser kostbare Geschmuck leicht incognito bezahlt werden. Der
Hauptgegenstand sey also, den Böhmer zu bewegen, daß er ihn auf Kredit verkaufe.

Der betäubte Cardinal war mit nichts ei-
friger beschäftigt als ein solches Projeckt auszuführen, welches seine Bahn brechen sollte,
und betrachtete nun schon seine Maitresse, als
seinen Schutzgott, welche ihrer Seits wieder
mit Cagliostro die Anschläge schmiedete, wie
der Cardinal zu betrügen sey, damit das Halsband in ihre Hände zur Theilung gerathe.

Nun

Nun fuhr der Herr Cardinal sogleich zum Böhmer , und ließ sich den Schmuck zeigen. Am folgenden Tage ließ er ihn zu sich holen, und machte den Antrag, ihn zu kaufen.

Böhmer bezog sich auf seinen Compagnon Berange in einer so wichtigen Sache , und versprach, Morgen zu kommen.

Am Morgen kam aber der Prinz Rohan selbst zu ihm, fand Mißtrauen, weil er damals keinen Credit in Paris hatte, und vertrauete Ihnen , daß die Königinn die Käuferinn sey , worauf diese erklärten, daß sie bey gesicherter königlichen Ratification bereit wären, alle Zahlungstermine anzunehmen. — — Hier werden die Bedingungen zu Papier gesetzt, der Kauf geschlossen , und der Cardinal eilt damit zur la Motte , nachdem er denen Verkäufern heiligst versprechen lassen , der Königinn Namen nie zu nennen , weil Sie ein Geheimniß aus der Sache machen wollte.

Nun

Nun war der la Motte nichts leichter, als
ihre Rolle zu spielen. Sie nahm den Contract, versprach die Unterschrift zu besorgen,
und fuhr nach Versaille. Hier beredete sie nun
einen jungen Menschen, Namens Vilette, der
es auch im Verhöre gestanden hat, daß er bey
jedem Artikel am Rande approuvé beyschrieb,
und der Königinn Namen, Maria Antoinette de
France, mit verstellter Handschrift unterzeichnete. Hiemit eilet sie zum Cardinal, der in der
ersten Betäubung des Vergnügens nichts un-
tersuchte, und blind war Hier sagte ihm nun
die la Motte, die Königinn habe ihr gesagt,
daß sie mit Ihm allein ein Arrangement mit
den Zahlungsterminen machen, und ihn nicht
stecken lassen würde.

Nun geht der Cardinal zum Böhmer, und
schließt den Contract für 1,800,000 Livres,
wovon der erste Termin in drey Monat zahl-
bar bestimmt wurde.

Böhmer und Barange konnten von einem
so großen Herrn ohnmöglich ein so grobes Fal-
sum

sum vermuthen. Sie sahen der Königinn Unterschrift. Waren aber hierinnen zu unvorsichtig, daß sie diesen gefertigten Contract nicht
in ihren Händen behielten. Da der Cardinal
absolute darauf drang, es müße derselbe von Ihm
und denen Verkäufern versiegelt in seinen Händen bleiben. Und er würde obendrauf schreiben,
daß im Falle er vor der Zahlung stürbe, dieses Papier nur allein dem Herrn Böhmer et
Compagnon behändigt werden müße, weil die
Monarchinn ihren Namen absolute nicht compromittirt haben wolle. Ohne diese ausdrückli-
che Bedingung sey aber der Halsband nicht gekauft. Böhmer erhielt also nur eine Copie des
Contracts, und die guten Leute brannten vor
Begierde, den Handel zu schliessen, bewilligten
deßhalb alles ohne mindeste Vorsichtigkeit auf
Treu und Glauben eines Cardinals. Sie
konnten auch keinen Betrug vermuthen, weil
sie in der Meinung waren, das Madame la
Motte einen vertrauten heimlichen Umgang mit
der Monarchinn habe; diese ihnen aber glauben
machte, daß der Cardinal in kurzen durch Pro-
tec-

tection der Monarchinn Minister sey, und auch
ihr Glück befördern würde.

Böhmer beschloß also den Handel, und be-
händigte dem Cardinal den Halsband, ohne
für seine Sicherheit einen Buchstaben in Händen zu behalten. Auf so listige Art, wurde
ihnen ihr Eigenthum aus den Händen gerissen.

Nun sagt zwar die la Motte in ihrer zu
London gedruckten Vertheidigung. Die Königinn
habe wirklich von allen gewußt. Sie habe mit
ihr (la Motte) alles verabredet, um den
Halsband auf solche Art zu kaufen, daß ihr
Name nirgends genannt würde; und daß sie
allein mit dem Cardinal die Zahlungsbedingun-
gen ausgleichen wolle. Da aber Böhmer ihm
keinen Credit geben wollte, und sie der Königinn Unterschrift gefodert hätte — — habe
die Monarchin grossen Unwillen gezeigt, und
den ganzen Handel aufgegeben. Zuletzt aber
zu verstehen gegeben, es wäre ja nichts leichter, als ihre Unterschrift nachzumachen. Und
dieses überließe Sie ihrer Klugheit.

Wel-

Welche offenbare freche Lüge eines lüderlichen Weibes! die den Zusammenhang meiner treuen Erzählung im ersten Anblick vereitelt. Und da sie selbst gesteht, daß sie die falsche Unterschrift durch Herrn Vilette ihren Vertrauten machen ließ, und dieser es bey der Confrontation ad Acta eingestanden hat. So fällt hier gewiß der Vorhang von dieser gottlosen Verläumdung herunter, und zeuget unsre Betrügerinn ohne Widerspruch aufgedeckt in wahrer Gestalt. Nur dieses scheint mir in der ganzen Geschichte räthselhaft, warum man den jungen Menschen, welcher auf Anstiften der la Motte der Königinn Handschrift nachgemacht, und ein wirklich Crimen laesae Maiestatis begangen hatte, so gnädig bestraft habe. Da er doch laut Geständniß 2 Jahr hindurch eine Menge falscher Briefe im Namen der Königinn geschrieben hatte.

Ehe ich nun ferner in meinem Vortrage fortfahre, und die Auflösung des Räthsels gebe, muß ich meinen Lesern die Hauptpersonen schildern, welche ihre Rollen gespielet haben.

Böh=

Böhmer ist ein ehrlicher Mann, nichts ist ihm zur Last zu legen, als Unvorsichtigkeit wodurch er sich von bösen Menschen betrügen ließ.

Madame la Motte ist ein schlaues und schönes Weib, die eigentlich eine Avanturiere ist. Sie scheint in ihrem Memoire erweisen zu wollen, das sie vom König Heinrich den 4ten von einer seiner Maitressen abstamme, die den Namen Valois führten, und in der französischen Geschichte berühmt sind. Ihr Vater hatte alles durchgebracht, und war so verarmt, daß er im Hotel de Dieu in Paris in bitterster Armuth, wirklich unter dem Namen Valois gestorben ist.

Eine Dame nahm sie als Kind zu sich, erzog sie aus Mitleiden. Monsieur la Motte ein armer gens d'armes schwängerte sie, und wählte sie zur Frauen, vermuthlich um nach pariser Brauch der Gemahlin Schönheit für sich zu benützen, welches auch im vollen Gewichte geschehen ist, bis sie endlich in die Hände des Cardinal Rohan verfiel, dessen Maitresse sie

sie etliche Jahre gewesen ist; und sich von seiner Freygebigkeit den Beutel spickte. Sie erzählt in ihren zu London gedruckten Verthei-
digungsschriften sehr viel Abentheuer mit der
Königinn, und schonet nichts, um mit Gunst-
bezeugungen zu prahlen, die gar nicht wahrscheinlich sind, um sich zu rechtfertigen. Wahrscheinlich ists gewiß nicht, laut inquirirten Pro-
thocollen, daß sie ehemals einen Zutritt bey
der Monarchin hatte. Aber zur Zeit, da der
Halsband verkauft wurde, war sie sicher wegen ihres Bettelns in Ungnaden, und durfte
sich nicht sehen lassen. Ohnfehlbar hatte sie
noch alte Bekanntschaft mit Madame Campan
und ihres gleichen, durch die sie Ränke spielen
konnte. Man kennt das gewöhnliche Geschmeiß
der Kammerfrauen bey Hofe. Ich habe aber
mit zweyen unter ihnen sellbst gesprochen, die
mich versicherten, daß Madame la Motte lüge,
und niemals die mindeste Gemeinschaft mit
der Königinn hatte.

Sie ist so frech und läßt in ihrem Memoire viele Briefe drucken, welches die ge-

r   heb

heime Briefe zwischen dem Cardinal und der Königinn seyn sollen. Ihr Inhalt zeiget aber schon, daß sie die Arglist geschmiedet hat. — — Welches auch die Verhör-Prothocolle in der Bastille, und ihr eigenes Geständniß bestättigen, da sie durch Zeugen in Confrontation überwiesen wurde; und ihr Freund Vilette selbst gestand, daß er für sie mehr als 50 Briefe mit nachgemachter Hand der Königinn, schon im Jahr 1783 und 84, geschrieben hatte.

Ueberdem leg ich die Frage vor — — Wie, woher, auf was Art, hat wohl Madam la Motte, so wie sie vorgiebt, diese Briefe jemals copiren können, um sie drucken zu lassen. Ohnfehlbar geschahe diese Correspondenz versiegelt, welche durch ihre Hand gelaufen seyn soll. Wahrscheinlich ist also dieses: Sie bewog den Cardinal den ersten Brief zu schreiben, diesen eröfnete sie, las den Inhalt, und beantwortete ihn auch im Namen der Königinn mit nachgemachter Handschrift. Auf diese Art kann sie jetzt in London Originalien produciren, dimiten, auch drucken lassen. Der Cardinal
was

war der Betrogene. Er sahe die Monarchinn
gar nicht, und la Motte drehete ihm die Nase
für ihre Absicht. Man hat mich auch in Pa‐
ris versichert, daß sie durch Vilettens Unter‐
richt der Königinn Handschrift so geschickt, ja
sogar flüchtig, nachzuahmen wisse, daß man kei‐
nen Unterschied bemerken könne. Dieses muß
sie aber erst geübt haben, um die Cardinals
Correspondenz zu führen, denn da Böhmers
Halsband‐Contract zu unterzeichnen war, mußte
sie noch den jungen Menschen Vilette dazu
brauchen.

Uebrigens gehörte sie unter die Sultanin‐
nen des heiligen Cagliostro, welcher denen
Pariser Damen nackte Geister im Fleische zu
beliebigen Genuß sehen, auch genießen ließ;
und ich zweifle nicht, daß der Charlatan, um
den Cardinal sicherer zu betrügen, die la Motte
brauchte, welches ich besser unten am gehörigen
Orte näher beleuchten werde.

r 2   Ueber‐

Ueberhaupt hab ich Niemanden von diesem
Weibe gutes sprechen gehört ; ausser in St.
Germain ein gewisser Pinet , der damals grof-
sen Aufwand machte , versicherte uns , daß er
im Trianon , das ist , im geheimen Lustschloße
der königlichen Vergnügungen ohnweit Versaille verschiedenemal die Madame la Motte ,
wie eine geschmückte Braut gesehen , ja sogar,
daß er mit ihr einmal von Trianon nach Paris zurückgefahren sey.   Dieses sey aber ein
Jahr vor der Halsbandgeschichte geschehen. Wenn
ich nun alles dieses , Wahrheit , Lügen , Aus-
flüchten , und Wahrscheinlichkeit mit einander
verbinde , so zieh ich folgenden Schluß. Es
ist möglich, daß durch irgend eine Favoritin die
la Motte eine günstige Gelegenheit erhaschte ,
um bey der Monarchin einen Eintritt zu erhalten. — — Da aber bey dem abscheulichen
Ausbruche der Halsbandgeschichte der Name la
Motte genannt wurde , erinnerte sie sich bey
dem ersten Gefühl der gröbsten Beleidigung-
des Namens la Motte nicht mehr , und sagte
trocken weg :

Ich

Ich kenne gar keine la Motte.

Königliche Aussprüche werden prothocollirt, und können weder bezweifelt, noch widerrufen werden.

Folglich könnte wohl etwas von der Vertheidigung dieses arglistigen Weibes wahr seyn, und dieser in Paris bekannte Theil der Wahrheit bey allgemeiner Läugnung derselben einen Verdacht verursacht haben, welcher, wie ein Lauffeuer die Begriffe von der Hauptsache bey verläumderisch oder leichtsinnig urtheilende Menschen vergiftet hat.

Im Processe selbst, der in der Bastille gewöhnlich mit der Exekution angefangen wird, erzählt unsre schöne gebrandmarkte Gräfin freylich verschiedne merkwürdige Auftritte. Sie sagt: — Man habe ihr gerathen und befohlen, absolute den Namen der Königinn nicht zu nennen. Im widrigen Falle, wäre ihr Kopf sogleich verlohren. Eben dieses wäre geschehen, wenn sie den Kardinal angeklagt hätte.

Die

Die Familie war zu mächtig, und der Gouverneur dieser Mördergrube hatte gewöhnlich die Befehle zu Expedition in die andre Welt, wenn allenfalls der Arrestant nicht nach Vorschrift sprechen wollte. Dieses sind Geheimnisse der Bastille, die gegenwärtig in ganz Frankreich bekannt sind. Man weiß auch, wie in derselben die Verhöre gehalten, und die Prothocolle verfälscht wurden. Nur Ministersclaven erhielten Ehrenämter, und Richterstellen in diesem Hause. Wehe also dem, welcher einmal da war, und sich rechtfertigen wollte.

In dieser Erzählung hat demnach la Motte vollkommen Recht, und sie befand sich wirklich in einer Lage, wo sie nothwendig zu allen, ja, sagen mußte. Eben dieses ist auch die Ursache, warum man an denen in Paris publicirten Actenstücken zweifeln darf, worauf der gelehrte Herr Schlözer im 51. Hefte seine Urtheile gründet. Wenn man sie aber mit meinen Nebenentdeckungen verbindet, so folgt gewiß eben das Resultat, welches ich behaupte.

Das

Das Beste also für sie war, den Diebstahl des Halsbandes allein auf sich zu nehmen, falls es auch wirklich anders gewesen wäre, und zu hoffen, daß der, oder die, deren Ehre sie hiedurch rettete, auch aus Dankbarkeit, Mittel finden würden, sie selbst durchschlüpfen zu machen. Dieses war aber nicht möglich; weil der Minister Baron Breteuil, von dessen Winke damals alle Operationen in der Bastille abhiengen, als ein geschworner Feind des Kardinals beschlossen hatte, ihm den Kopf vor die Füsse zu legen.

Da nun die la Motte das Hauptwerkzeug hiezu seyn sollte, aber wider alle Bemühungen des Breteuil sich selbst anklagte, um den Kardinal zu retten, der wirklich nicht schuldig ist, so war es nicht möglich, sie vor dieser Ministerrache zu schützen, und sie mußte am Pranger als eine Diebin gebrandmarkt werden. — Daß aber la Motte unter der Hand Freunde hatte, die ihr Dank schuldig waren, zeigt sich allein hieraus sichtbar; weil nach einiger Zeit, da sie nach erlittener Exekution in den Hospital der Salpetriere auf ewig fest saß, und alle mögli-

che

che Schmach erlitt; ohnvermuthet ein Wagen mit
4 Postpferden vor ihrem Gefängniße erschien;
sie mußte einsteigen, und man führte sie nach
Boulogne, von da nach London.

In Paris sagt man; es sey dieses ein Werk
des Grafen Artois. Andere, daß es die Familie Rohan bewirkt habe. Noch andere, daß der
la Motte Mann, der sich gleich in Zeiten nach
London geflüchtet hatte, habe gedroht, das ganze Geheimniß, und alle in Händen habende
Briefe und Beweise drucken zu laſſen, falls man
seine Frau nicht befreye. Und deswegen sey auch
eine wichtige Dame, die Herzogin Polignac zu
ihm nach London gereiſet, und habe 150000
Livres baar bezahlt, um seine in Händen habende
Briefe zu kaufen, die er aber ſchon vorher hatte ge-
richtlich vidimiren laſſen, und jetzt in denen Me-
moires seiner Frauen erschienen sind. Es sey
aber, wie es wolle, so steckt in der Befreyung
der la Motte allezeit ein Geheimniß verborgen,
welches noch nicht zu entwickeln ist. Denn eine
Person, die so viel sagen konnte, hätte man
gewiß nicht ohne erhebliche Ursache aus Paris
be-

befreyt, und nach London reisen lassen. Ich
glaube, die Freunde des Kardinals haben dem
Breteuil zum Possen diesen Streich möglich gemacht.

Uebrigens bitte ich meine Leser, welche die
la Mottischen Schutz- und Schmähschriften gelesen haben, zu erwägen, daß sie eine öffentliche
gebrandmarkte Person sey, die durch eigene Er-
zählungsgeschichte deutlich genug entdeckt, daß
sie gewiß keine Person fide digna ist, und in
einem Zeitpuncte eine vom Volke verhaßte Monarchin so grob zu beleidigen wagte, die meine
treue Erzählung, wovon ich die Legalbeweise in
Händen habe, gewiß in dieser Halsbandgeschichte vollkommen rechtfertigt.

Aus denen Acten-Stücken der Zeugenverhöre und ihrem eigenen Geständniß zeigt sich
sonnenklar, daß sie eigentlich die ganze Intrigue
geführt hat. Daß sie die Diebin war, die den
eingeschläferten Kardinal, auch sogar den Caglie-
stro, betrogen hat.

Auch

Auch der junge Vilette, welchen sie ver-
führte, um die Handschrift der Königinn nachzumachen, wurde mit ihr konfrontirt, und sie
hat laut Acten und Prothocoll, dieses Verbrechen
nie geläugnet. Nunmehro sagt sie aber in ihrem
Memoire: — die Königinn selbst habe ihr befohlen, diese falsche Unterschrift zu machen, wodurch der Kardinal geblendet, und Böhmer betrogen wurde. — Welche offenbare Lüge! der sogar alle Wahrscheinlichkeit widerspricht.

Sie sagt sogar: Sie habe dieses Geheimniß dem Kardinal vertrauet. — Er habe es ge-
stattet, um den Kredit bey Böhmer zu erhalten:
Und eben dieses sey die Ursache, warum er, wie
ich oben erzählt habe, dem Böhmer den un-
terschriebenen Originalkontract nicht in seinen
Händen gelassen hat. In der Confrontation hat
sie aber dieses nie gesagt, sondern die Verfäl-
schung allein auf sich genommen. Nur habe sie
den Kardinal glauben gemacht, die Königinn
hätte ihr ausdrücklich befohlen, daß Böhmer
ihre Unterschrift nicht in Händen behalten, sondern

bern nur fehen folle. Uebrigens bleibt hier ein
großer Verdacht auf den Kardinal kleben, deffen
moralifcher Karakter wahrfcheinlich vermuthen
läßt, er habe damals viel gethan, um den Kredit von Böhmer zu erhalten. Ich bin aber durch
den Zufammenhang der Sache überzeugt, daß
er die Schandthat nie begangen habe, fondern
durch die la Motte am Leitfaden geführt worden fey, die fich den Halsband in die Hände
fpielen wollte; und daß er wirklich geglaubt habe, die Königinn wünfche ihn zu befitzen, und
wolle fich mit ihm wegen der Zahlungstermine
vergleichen.

Freylich fällt hier abermals ein Zweifelskno-
ten aufzulöfen. Da die la Motte bey Entdeckung des Betrugs nicht aus dem Lande entflie-
hen wollte, ihren Mann allein fortreifen ließ,
und 10 Tage fich in Bar fur Aube aufhielt,
bis fie arreftirt wurde, ob fie gleich noch wirklich einige Diamanten von diefem Gefchmucke bey
fich hatte.

Diebe

Diebe find aber oft blind, und verwägen. Und ein Freund hat mich versichert, daß sie zu zaghaft zur Entschließung war, daß sie ihren Mann vorausschickte, um zu erfahren, ob er an der Gränze glücklich durchgekommen sey. Sie wußte, und bemerkte auch zugleich, daß das Haus, wo sie wohnte, mit Polizeybeobachtern verwahrt war, und lauerte auf einen günstigen Augenblick zu lange, bis sie erhascht wurde.

Da sie zugleich die Sache so künstlich ver- wickelt hatte, daß sie alles auf den betrogenen Kardinal zu lehnen, und sich aus der Schlinge zu ziehen glaubte. Da sie nicht einmal vermu- thete, daß er sie in die Sache verwickeln wür- de; da er sie selbst in Paris 4 Tage in seinem Palaste verborgen, und heimlich fortgeschickt hat- te. So wollte sie durch die Flucht nicht den Diebstahl directe auf sich nehmen, an dem meh- rere getheilt hatten, und war durch Illusionen, die sich ihr Stolz geschmiedet, zu sicher, beson- ders, da sie nicht wußte, noch glaubte, daß der Kardinal wirklich in der Bastille saß. — So

bald

bald sie diese Nachricht erhielt, war nicht mehr
Zeit zu fliehen, weil sie in eben dem Augen=
blicke arrestirt wurde; vermuthet hatte sie auch
nie, daß man einen solchen Herrn in das Ge=
fängniß führen könne, und daß ihr Busenfreund
alles auf sie schieben werde. Sobald sie aber
in der Bastille saß, blieb ihr kein anderer Weg
über, als den Diebstahl allein auf sich zu neh=
men, und auf Protection zur Dankbarkeit ihrer
Zurückhaltung zu hoffen; weil ihr Kopf in al=
len Fällen verloren war, falls sie wirklich un=
schuldig gewesen wäre. Denn in der Bastille
verfuhr man nie nach Gerichtsordnung, und
wußte die schweigen zu machen, welche zur Un=
zeit die Wahrheit sagten.

Foltern zwangen alles zu sagen, was man
gesagt haben wollte, und dann war keine Rück=
kehr in die Welt mehr zu hoffen, um sich zu
rechtfertigen. Das Prothocoll blieb da, und der
Arrestant reisete in eine bessere Welt.

Nun

Nun vom Cagliostro!

Dieser ist einer der feinsten Betrüger auf Erden.

Er giebt vor, er sey über 2000 Jahre alt, und habe zu Canaan in Galiläa mit der Maria Magdalena auf der Hochzeit eine hebräische Sarabanda getanzt. Sein Kammerdiener, ein Mensch von etwa 30 Jahren, giebt vor, er diene ihm seit 320 Jahren. Er sagt, daß er täglich auf der Spitze seines Degens zu Gott hinauffahre, und mit ihm spreche. Er besitze den Stein der Weisen, und könne aus kleinen Brillanten große machen. Er zitirt Geister, die sich in Fleisch verwandeln, wenn sich schöne Damen nackt vor seinem Altar präsentiren. — Kurz gesagt: Er ist ein Betrüger der ersten Klasse: hat aber in Paris, wie ein großer Fürst, mit dem erstaunlichsten Aufwande, mit offener Tafel, und drängenden Zulauf, auch Verehrung, lange seine Rolle gespielt. — Sein Kunststück lief aber da hinaus, daß er der erste Kupler der vornehm-

sten

sten Personen war, wo in seinem Hause unter
dem Deckmantel des Geistersehers, die geheime
Zusammenkünfte veranstaltet wurden. Fast beständig waren 30 und 50 Kutschen vor seinem
Palaste. Die schönsten Damen drängten sich
herbey. Man kann also leicht begreifen, wodurch er seinen ungeheuern Aufwand bestreiten
konnte. In Straßburg hatte er sich lange auf-
gehalten. Dort machte er Wunderkuren unter
dem Pöbel ohne Bezahlung; gewann aber von
denen Reichen desto mehr, denen er den Lebens-
balsam verkaufte, um etliche hundert Jahre alt
zu werden. Nahm aber von Damen nur Geschmucke an, welches sie auch freygebiger, als
baar Geld, hergaben.

Dabey gab er vor, daß er kleine Brillanten zusammenschmelzen, und große daraus machen könne: wodurch er einen Schatz von Geschmuck zusammenrafte, weil er die große Operation immer zu verschieben wußte, die etliche
Jahre Zeit erforderte. Diejenigen aber, die
ihm einmal ihre Steine vertrauet hatten, und
bey der Nasen, herumgeführt wurden, durften
nicht

nicht laut klagen, weil er ihnen alle Geheimnisse abzulocken wußte, und sie hiedurch so in sein Interesse verwickelte, daß sie, ohne sich selbst zu prostituiren, den Betrüger nicht antasten durften, der die Waffen wider sie in Händen hatte.

Hauptsächlich war der einfältige Kardinal Prinz Rohan so tief in seinen Fesseln verwickelt, daß er ihn wirklich einen Gott hieß; daß er nichts, ohne ihn zu befragen, unternahm, und wie ein Tanzbär an seinem Naseuringe sich vom Betrüger leiten ließ.

Nun hatte er diesem auch glauben gemacht: Er könne aus kleinen Brillanten, nach Belieben, große machen. Hiezu bedürfe er nur Stoff. Die Operation erfordre aber 27 Monathe. Dann hätte er ein Peru in seiner Hand. Die Gräfin la Motte war gleichfalls hierzu überzeugt. Und hieraus kann vielleicht der ganze Anschlag, den prächtigen Halsband zu erhaschen, geschmiedet worden seyn. Cagliostro wird dem Kardinal glauben gemacht haben, daß eine alte Operation

tion, in welcher seit 70 Monathen ungeheure Schätze steckten, nächstens fertig werden, und daß er nur Geld für seinen täglichen Aufwand bedürfe. Der Kardinal war bereits von lauter Geben auf Hofnung erschöpft, und ließ sich von der la Motte überreden, den Handel mit Böhmer zu schließen, um dem Cagliostro seine Bedürfnisse zu verschaffen, weil er von Ablauf der bestimmten Zahlungstermine Schätze von ihm erwartete. La Motte hingegen mit dem Betrüger verstanden, machte ihm glauben, die Königinn habe wirklich den Halsband empfangen, den sie bereits mit Cagliostro getheilt hatte, welcher den Kardinal ganz in seiner Gewalt hatte. Dieser hingegen gab dem Kardinal einige große Steine, die er in seinem Schmelztiegel verfertigt zu haben vorgab, und die er selbst nicht mehr kannte, noch vom Halsbande vermuthete.

Diese wahrscheinliche Muthmaßung allein löset das Räthsel auf, woher der Kardinal der la Motte für 300000 Livres Brillanten gegeben habe, um sie in London zu verkaufen, auch woher die la Motte die ihrige erhalten habe. Dann

un-

unmöglich kann ich glauben, daß Prinz Rohan am Betruge und Diebstahle wirklich Theil hatte. Er war also allein der Betrogene, und hat den ehrlichen Böhmer durch seine Dummheit unglücklich gemacht; wozu die listige la Motte und der Schelm Cagliostro allen Stoff zubereitet hatten.

Nun sagen viele, und zwar mit Ursache; warum kam dann Cagliostro so glücklich aus diesem Handel? daß er nach etlichen Monathen Arrest in der Bastille nur aus Paris fortgejagt, und als ein Betrüger erklärt wurde? Die Antwort liegt klar vor Augen.

Der Kardinal glaubte wirklich ein Gotteslästerer zu werden, wenn er den großen Mann nur im mindesten zu argwöhnen wage, der ihm neue Jugend, neue Kräfte für das schöne Geschlecht, große Schätze, einen Einfluß mit allen himmlischen Geistern, und 2000 Jahre Gesundheit und Leben versichert hatte. Alles dieses war er dumm genug zu glauben. — Deshalb allein hat er seinen Namen bey der Inquisition niemals

genannt, noch zu nennen gewagt, da er zugleich
fest glaubte, daß der allwissende Mann ihn sogleich bezaubern, und unglücklich machen könnte. Die la Motte nahm aus Ursachen, die ich
bereits vorgetragen habe, den Diebstahl allein
auf sich: — nannte folglich ihren Freund Cagliostro auch im Verhöre nicht, und suchte sogleich den Kardinal zu retten, dessen mächtige
Familie sich dagegen aus Dankbarkeit wieder für
sie interponiren würde. Hiedurch ist Cagliostro
durchgeschlüpft. Man wußte aber in Paris,
daß er den Kardinal in ungeheure Schulden gestürzt, und durch ihn vieler Großen Vertrauen
gewonnen hatte, die er nach Willkühr und Bedürfniß durch seine Geisterseherey, und geheime
Zusammenkünfte striegelte. Deshalb hat ihn der
Minister Breteuil ohne Prozeß über die Gränze
geschaft, damit alle die, welche er betrogen, weniger dem öffentlichen Gelächter ausgestellet würden.

Schande ist es gewiß allezeit in unserem
erleuchteten Jahrhundert, daß Geisterseher von
Cagliostros Art so viele große Männer bey
der Nase herumgeführt haben, auch noch führen.

ren. Man findet sie fast noch überall nebst denen Rosenkreuzern.

Vermuthlich wird aber ihr Reich nicht lange mehr währen. Und da Cagliostro nun endlich in Rom in die Hände der heiligen Inquisition gerathen ist, so werden seine Geister ihn wohl schwerlich retten können. Und es würde für die Herrn Dominikaner eine fette Waldschnepfe zu braten seyn, denn der Kerl wägt gegen 300 Pfund, und hat auch viel Geschmuck und Kostbarkeiten bey sich, die für seine arme Seele in Stiftmessen sehr anwendbar sind.

Nun auch etwas vom Kardinal Prinzen Rohan, der eigentlich in dieser Sache die Hauptperson ist.

Man weiß, wie mächtig diese Familie unter der vorigen Regierung in Frankreich war. Dieser Kardinal hatte ungeheure Einkünfte, steckte aber immer in Schulden, und führte eine Lebensart, die seinem Stande eben nicht angemessen ist.

Er

Er war ein ſchöner Mann, und ein Her-
kules bey dem ſchönen Geſchlechte, dem wenige
Damen in Paris widerſtanden.

Sein Stolz iſt aber eben ſo unbegränzt,
als ſeine Seele klein, ſein Betragen niederträchtig, und ſein Herz vergiftet. Seine Abſicht war
immer, der erſte Miniſter in Frankreich zu werden, um ſeinen Hang zur Herrſchſucht und Verſchwendung zu ſättigen. Eben dieſer Vorſatz
ſtürzte ihn aber in das Unglück, wo er wegen
der Geſchichte des Halsbandes beynahe den Kopf
verlohren hätte, wenn der Baron Breteuil ſein
Kapitalfeind und Mitbuhler nicht Hinderniße in
Ausführung ſeines Entwurfes fand, der ihn in
Hofränken weit überſah.

Ich will keine Schmähſchrift, ſondern nur
ſolche Wahrheiten ſchreiben, welche eigentlich
dieſe verworrene Sache aufklären können. Man
weiß, daß er ſeinen Monarchen Ludwig XV
zum Hahnrey machte, da er einer der eifrigſten
Liebhaber der Madame du Barn war, die auch
den Prinzen Soubire aus dem Hauſe Rohan
zum

zum Marschall der französischen Armee ernennen
half, welcher seiner Nation durch die Bataille
bey Roßbach eben so viel Ehre zuwege brachte,
als der türkische Großvezier im 1789sten Jahre
bey Martinestie davon trug. Beyde waren vom
Serail zu Befehlshaber großer Kriegsheere ernannt. Beyde werden auch in der Geschichte
ewig bekannt bleiben.

Um aber vorläufig den Karakter die-
ses Herrn Kardinals und Kirchenlichts zu schildern, muß ich hier meinem Leser nur einen
Vorfall bekannt machen, der in ganz Paris
kein Geheimniß ist.

Ein deutscher Kaufmann, dessen Namen
meinem Gedächtniße entfallen ist, etablirte sich
in Paris, und hatte eine sehr schöne Frau.
Kaum hatte sie der Kardinal durch seine Kuppler entdeckt, oder zufällig selbst gesehen, so
machte er Jagd darauf. — — Und fand so
viel Widerstand, daß er ihr zuletzt 1000 Louisdor antragen ließ.

Die

Die Frau war redlich, sagte es ihrem Manne, und der Kardinal erhielt nichts, der seine Kirchen - Einkünfte so freygebig einem armen Weibe in seiner christlichen Heerde mittheilen wollte. Ob er sie wegen hartnäckiger Widerspänstigkeit in seinem erzbischöflichen Herzen excommuniciret habe, dieses ist mir unbekannt. Aber das gute Weib war leider nicht christkatholisch, eine lutherische Ketzerin, folglich unglaubig, und sie wäre troz dem Kirchenbanne dennoch ein redliches Weib geblieben.

Nun wollte das Schicksal, daß etwan ein Jahr nach diesem bezeigten Ungehorsam der Mann durch fremde Banquerotte, nicht durch seine Schuld, zu Grunde gieng.

In seiner Herzensbangigkeit vertraut er seiner zärtlich geliebten Frauen weinend das Geheimniß. Beyde sehen mit gerührter Schwermuth den Himmel an, der aber keine einmal protestirte Wechselbriefe acceptiret. Sie suchen nun Trostgründe, wie Eheleute, die sich aufrichtig wechselseitig hochschätzen. — — Kein Trost,

kein

kein Hilfsmittel erscheint. Ihre Seele wird immer lebhafter beängstigt, und Thränen der Freundschaft ersticken die Seufzer.

Endlich sieht die Frau den verzweifelten Gatten mit Wehmuth an, und sagt schluchzend.

Freund! mir fällt noch ein Rettungsmittel ein. Du weißt; daß mir der Kardinal 1000 Louisdor angetragen hat. — — Willst du? ich opfere dir alles auf. — — Ich hole das Geld, so sind wir gerettet, und du wirst dabey nichts von meinem Herzen verlieren. Dazu weißt du, daß ich seit 3 Monathen schwanger bin, und daß du Vater bist.

Der Mann staunt zurück. — — Die Lage war verzweifelt, und beyde bewilligen das Hilfsmittel.

Nun geht die schöne Frau zitternd zum Kardinal. — — Hier bin ich, geistlicher Vater! schlachte dein Opfer nach Belieben — — Der Mann Gottes umarmt sie mit geiler Innbrunst:

geht

geht in fein Cabinet , legt die 1000 Louisdor
auf den Tifch, greift zum Werke , und vollen=
det es mit da Capo nach Priefter Brauch.

Nun eilt er zum Tifche, trägt das Geld
in fein Cabinet, giebt ihr 6 Livres in die Hand,
einen Fuß in den Hindern, und ftößt fie zur
Thüre hinaus. Das gefchändete Weib eilt nach
Haufe , zeigt fich ihrem Manne in der fchreck=
lichften Geftalt, wo Tod und Rache auf der
verzweifelten Stirne zu lefen waren. Anftatt
aber ein fcharfes Meffer, welches auf den Tifch
lag , dem Kardinal in das fchwarze Herz zu
ftoffen , durchbohrte fie damit ihre Schwanen=
bruft vor den Augen ihres Mannes, der es
nicht verhindern konnte, und floh vor Gottes=
thron, um einen Kardinal anzuklagen, welcher zu
dergleichen Schandthaten fähig ift.

Man beurtheile die Lage ihres Mannes,
der fein fchwangeres Weib im Blut zappelnd
vor feinen Füßen fahe. Anftatt aber den ruch=
lofen Priefter zu erwürgen. — — — ift er
an eben dem Tage verfchwunden; kein Menfch
hat

hat erfahren, wo er hingekommen ist. Man vermuthet, er habe sich bey überwältigen Schmerz ersäuft.

Der Kardinal hingegen hat bey erhaltener Nachricht herzlich gelacht, daß Leute wegen einem solchen Bagatelle sich das Leben nehmen können. Sein Soupe an eben dem Tage war delicat, und nach denselbem sann er auf neue Eroberungen, schlief aber recht sanft in den Armen der zärtlichen la Motte.

Das der in ganz Frankreich bekannte moralische Karakter dieses Kirchenhauptes, der aber sonst sehr freygebig ist, und von allen seinen Leuten und Maitressen betrogen wird. Er borgt gerne überall, wo man Ihm leihen will, ist aber ein schlechter Zahler; deswegen hat er, ohnerachtet seiner grossen Einkünfte, gar keinen Credit.

Nun war seit langer Zeit sein einiges Bestreben, Minister in Frankreich zu werden. Schon die du Bary hatte daran gearbeitet. Aber alles allezeit waren Hinderniſſe da, ohnerachtet dieſer Mann auch nicht eines der Talenten beſitzt, welches zu einem ſolchem Amte erfodert wird. Eben hieraus kann man ſchon auf die ſeit langer Zeit traurige Verfaſſung des Verſailler Cabinets ſchlieſſen. Seine Hauptkabale arbeitete gegen den Baron Breteuil. Er hatte ehmals die Protection der Königin für ſich, die er aber, durch ſein ſchlechtes Betragen und ungezäumtes Geſchwätz, ſo weit verlohren hatte, daß ſie ihn gar nicht ſehen wollte. Solche Gelegenheiten wußte aber der ſchlau und wachſame Hofmann Breteuil am beſten zu benützen.

Ehe ich aber weiter gehe, muß ich des Leſers Vorwitz befriedigen, und die Urſache des unverſöhnlichen Haßes zwiſchen dieſen Männern erzählen, die mir ganz genau bekannt iſt.

Der Kardinal hatte dem Miniſter Breteuil ſeine Lieblingsmaitreſſe debouchirt, weil er freygebiger, als der erſtere, in der Zahlung war. Hiezu kam nun dieſes. Breteuil war zum Both-
ſchaf=

schafter in Wien ernannt. Sein Haus war bereits in Wien gemiethet, theils schon meublirt, auch viele Bagage dorthin auf dem Wege. Indessen drang die Parthey des Kardinals durch Weiberkabale durch; Breteuil wurde contremandirt, und er zu diesem Posten bestimmet. Breteuil wollte vor Zorn bersten, war aber Hofmann; verbieß den Schmerz, und lauerte auf Gelegenheit zur Rache.

Sobald nun der Kardinal ernannt war, fuhr Breteuil zu Ihm, und nach vielen Gratulationen, und Hofbrauchs Contestationen, trug er demselben vor, ob er etwas in Wien von seinen daselbst bereits hingeschickten Mobilien und Equipagen für sich ablösen und gebrauchen wolle. — — Er überreichte Ihm hiezu das Inventarium nebst beygesetzten Preisen.

Der Cardinal nahm ein Bleystift, und bemerkte den Werth von 94000 Livres. Sogleich wurden, auf seinem Befehl, verschiedene Pferde Paradekutschen, und eben zur Abreise fertige

Sa=

Sachen übergeben, die auf des Kardinals Befehl abgeschickt wurden. Es verfloß einige Zeit
ohne daß er an die Zahlung dachte. Endlich fährt Breteuil selbst zu ihm, weil er
wußte, daß er ein schlechter Zahler war, und
frug ihm: — — Auf was Art wollen sich
dann Euer Eminenz mit mir wegen der Zahlung arrangiren? Der Kardinal stutzt, sieht
ihn von der ganzen Höhe seines Eminenz- und
Rohannischen Stolzes an, und gibt ihm trocken zur Antwort:

„Mein Herr! kommen Sie Uebermor-
„gen zu mir, so sollen Sie ihre Be-
„zahlung finden.

Der gleichfalls hochmüthige Breteuil, der
seinen frechen, und siegenden Nebenbuhler mit
Verachtung ansahe, stutzt. Der Kardinal hingegen kehrt den Rücken, und läßt ihn gehen. Breteuil verbeißt den Schmerz. Ueber-
windet sich nach reifer Ueberlegung, und
fährt am bestimmten Tage zum Kardinal, welcher

cher das, was er in der Specification ausge=
sucht, auch zugleich unterzeichnet hatte.

Wie erstaunte er aber, da er erfährt: Sei=
ne Eminenz wären bereits nach Wien abge=
reiset. Er erfährt aber zugleich, daß er sich noch
einige Tage in Savern aufhalten werde, ehe
er die Reise fortsetzt. — — Was thut Bre=
teuil, der sich so grob beleidigt sieht im er=
sten Zorne? Er schickt zwey Commissarien und
seinen Intendanten dem Kardinale nach mit
Befehl, seine Equipage zu arrestiren, bis er
ihm bezahlt habe: — — weil er zwey Wägen
von ihm mit sich genommen hatte. — — Die=
ser war also gezwungen, noch einmal selbst
nach Paris zurück zu kommen, und Anstalten
zu treffen, daß die 94,000 Livres den Breteuil
baar bezahlt wurden. Der Haß wurde hie=
durch unversöhnlich, bis dieser Gelegenheit
fand, ihn bey der Königinn so zu verschwärzen,
daß er von Wien bald zurück berufen wurde;
wo er ihn endlich durch die Halsbandgeschichte
gänzlich zu stürzen Gelegenheit fand.

Der

Der Anhang des Breteuil war in Wien mächtig. Man suchte Gelegenheit in seiner thöricht
und unanständigen Aufführung zu Wien. Die
tugendsame Maria Theresia bewirkte also
bald — in — Versaille, daß der ihr unangenehme Bothschafter zurückberufen wurde; und
Breteuil erreichte seinen Zweck.

Nun that Rohan alles mögliche, um die Königinn von Frankreich wieder auf seine Seite zu
bringen. Alles war aber vergebens. So ver-
floßen etliche Jahre, bis endlich seine Maitresse die Comtesse la Motte ihn in das Labyrinth
stürzte, worin er bald den Kopf verloren hätte.
Die wahrscheinlichste Meinung ist wohl in dieser Sache diese:

Cagliostro hatte den Beutel Sr. Eminenz
gefegt, beyde brauchten Geld, und Rohan wollte Minister werden, wozu er die Königinn brauchte. Madame la Motte war beyder Vertraute.
Ich habe bereits erzählt, wie arglistig sie den
Kardinal glauben machte, daß sie in besondern
Verständniß und Vertrauen mit der Königinn
lebte.

lebte. Der Thor glaubte blind, was er gerne
hörte, und so wurde er auf eine Art bey der
Nase geführt, daß er in die ihm gelegte Falle
kriechen mußte, und Cagliostro und la Motte
den prächtigen Halsband theilten, welchen er
ganz gewiß in der Königinn Händen glaubte, der
ihm in die Bastille brachte, und er zuletzt bezahlen mußte.

Bisher ist zwar der allgemeine Ruf, daß
Rohan eigentlich den Halsband selbst behalten,
und mit Cagliostro und der la Motte getheilt
habe, weil die letztere wirklich für 300,000 Li-
pres Steine aus eben diesem Halsband in London verkauft, und ihm das Geld behändigt hat.

Diese Steine wurden aber vom Cagliostro
den einfältigen Rohan zum Verkauf gegeben,
der ihm glauben machte, es wären bereits Brillanten aus seiner Fabrike, und er brauche nur
Geld, um die Operation der großen im Tiegel
befindlichen Massa zu vollziehen.

Der

Der Kardinal kannte selbst die Steine aus dem zerlegten Halsband nicht, den er eben damals sicher in der Königinn Händen glaubte. Und gab sie der la Motte zu verkaufen.

So grob ließ er sich von einem Wunder= mann, und von einem Weibe betrügen.

La Motte behauptet zwar in ihrem Lügen= memoire, daß sie die in London verkaufte Stei= ne vom Kardinal erhalten, ihm auch das Geld dafür behändigt habe. In ihrem Processe in der Bastille hingegen hat sie hievon keine Er= wähnung gemacht, sondern trocken weggestanden, daß sie den ganzen Halsband gestohlen habe.

Da sie nun den Cagliostro nicht nannte, so schlüpfte dieser glücklich aus der Schlinge, und der Kardinal konnte keines Betrugs, son= dern nur einer groben Unvorsichtigkeit beschul= digt werden.

ſ   Da

Da nun der la Motte Rechtfertigung nach überstandener Strafe für den Diebstahl, und wunderbarlich erhaltener Freyheit eine offenbare Lügencompilation ist, weil sie sogar die Data der wichtigsten Vorfälle unrichtig anbringt: Weil sie sagt, der Kardinal habe die Dauphine als Braut in Wien genau gekannt, da sie doch bereits im Jahr 1770 wirklich in Paris eintraf, und in seinem ganzen Leben Wien nicht gesehen hatte. — So ist dem ganzen falschen Mischma-sche ihrer verwickelten Erzählungen auch gar kein Glauben beyzumessen.

Ich habe dagegen einige Zeugenverhöre, auch einige Originalprothocolle aus der Bastille in Händen, welche das klare Gegentheil von allem dem erweisen, was sie jetzt der Welt glauben machen will, auch mit weniger Wahrscheinlich-keit vorzutragen wagt.

Wer aber zu seiner Schande in seiner Schutz-schrift solche Schandthaten selbst eingesteht, die den niederträchtigen Karakter der Person auf-

decken,

decken, der kann keinen Glauben von gerechten Lesern fodern, die für Thatsachen accreditirte Beweise suchen. Folglich haben die Memoire dieser einmal gebrandmarkten Person zwar den Vorwitz leichtsinnig urtheilender Leser gereizt, aber nichts erwiesen, noch gerechtfertigt. Und die Ehre einer so grob beleidigten Königinn kann durch dergleichen Schmähschriften nie gekränkt, noch verdächtig werden.

Das eigentliche Resultat ist dieses:

Cagliostro ist ein Betrüger, die la Motte die Diebin, die Königinn unschuldig, und der Kardinal der Betrogene.

Nun will ich nur noch dieses beyfügen: daß Herr Graf la Motte gewiß in der Sache mit seinem Weibe verstanden war. Er hat die Steine aus dem Halsbande in London verkauft. Er hat sich durch die Flucht der Inquisition entzogen; folglich war ihm die ganze Intrigue seiner Frauen bekannt. Er war ein armer Tropf, — und hat nicht nur verschwenderisch gelebt, son=

dern

dern gesteht auch selbst, daß er noch nicht arm
ist. Fodert grosse Summen für die ihm geraubte Mobilien, und Kostbarkeiten, und jedermann weiß, daß er vor der Halsbandsgeschichte
in elenden Umständen lebte. Auch sein Zeugniß
ist demnach falsch und verdächtig.

Wie es aber möglich gewesen, den Kardinal
so viele Monathe hindurch so grob zu hinterge-
hen, daß er immer glaubte, die Königinn habe
den Halsband empfangen, dieses will ich nunmehro entwickeln, ob gleich wenig Wahrscheinlichkeit in einer solchen Erzählung zu finden ist;
so bleibt die Sache dennoch wahr.

Der Kardinal hatte den Halsband vom Böhmer empfangen, und suchte Gelegenheit, ihn der
Königinn zu geben.

Da er aber sich gar nicht vor ihr sehen
lassen durfte, so verließ er sich auf der la Motte
Versprechen, ihm eine Zusammenkunft zu verschaffen.

Die-

Diese rieth ihm nur an die Monarchinn zu schreiben. La Motte sollte den Brief tragen. — Sie öffnete ihn, machte der Königinn Handschrift nach, und bestellte ihn um 9 Uhr Abends in ihren Lustgarten zu Trianon. Er sollte in königlicher Bedientenlivree am bestimmten Platze erscheinen; wo man ihn schon weiter führen würde.

Der vor Freude entzückte Kardinal erschien, und Madame la Motte, die ohne von jemand gesehen zu werden nebst Mamsel Oliva hineingeschlichen war, führte ihn in ein finsteres Boudoir unter dicken Hecken.

Nun hatte sie eine gewisse Mamsel Oliva, eine öffentliche Hure, vorbereitet, um die Rolle der Königinn zu spielen, und ihr alle Worte in den Mund gelegt. Diese Person hatte viel Aehnlichkeit in der Person, ja sogar in der Stimme der Monarchinn, und was ihr fehlte, hatte ihr die la Motte gelehrt.

In

In dieses dunkle Kabinet, wo die Oliva auf einem Sopha wartete, wurde nun der Kardinal eingeführt. Er warf sich zu Füßen, küßte dieselbe, und was weiter vorgegangen, weiß ich nicht. So viel weiß ich aber gewiß, daß die verstellte Königinn wenig und ganz leise sprach. Daß sie ihm versprach, er solle Minister werden, und dann würde sie den Halsband in Terminen bezahlen. Bey Leib und Leben wurde ihm aber das Geheimniß empfohlen, die la Motte als Unterhändlerin vorgeschlagen, und ihm aufgetragen, sich gar nicht bey Hofe sehen zu lassen, bis seine Sache bewerkstelligt, und Breteuil an die Seite geräumt sey.

Nun weiß ich nicht positive, ob bey dieser Zusammenkunft erst der Halsband in die Hände der Oliva überreicht wurde, oder ob ihn die la Motte vorher bereits vom Kardinal zur Ablieferung erhalten habe. Böhmer hat mir aber versichert, die Oliva habe ihn in einer Schachtel bey diesem listigen Rendez vous aus des Kardinals Hand erhalten. Die la Motte habe aber der Oliva glauben gemacht, die Königinn wolle

sich

ſich nur eine Beluſtigung mit dem Kardinal machen, und laure hinter der Thüre im Nebenka-
binete, wie er ſich gegen ſeine geglaubte König-
ginn betragen würde. So bald aber der Kardinal abgetreten wäre, hätte ſie eine andere ver-
ſteckte Betrügerinn in der Dämmerung hervor-
treten laſſen, welche, als wäre ſie die Königinn,
viel mit der Oliva geſcherzt, und ſie gelobt hätte, daß ſie ihre Rolle ſo vortreflich geſpielet,
und ſich vom Kirchen-Oberhaupte habe die Füſ-
ſe küßen laſſen.

Bey dieſer Scene ſoll nun die Oliva die
Schachtel mit dem Halsbande vom Kardinal ei-
genhändig empfangen, und ihn der la Motte
übergeben haben. Folglich war der Kardinal
allein der Betrogene, aber nicht der Betrüger.
Und die Königinn ſelbſt wußte gar nichts davon.

Dieſes erweiſet auch die Ausſage der Oliva in der Baſtille, und eben deswegen hat dieſe
ſehr einfältige Perſon, die ſich nur als Maſchine
brauchen ließ, und welcher die la Motte glauben
machte, es geſchehe alles auf Befehl der Königinn,

ginn, die eine heimliche Zuschauerin dieser Komödie war, auf freyem Fuß gesetzt, und nicht gestraft worden; welches ein Beweis für meine Entwicklung des Räthsels ist.

Böhmer hat mir zwar gesagt, daß Cagliostro den Halsband erhascht habe, da er bey einer Zauberoperation dem geblendeten Kardinal die Königinn aus einer gläsernen Flasche leibhaftig auftreten ließ. Diese Rolle habe damals gleichfalls die Oliva gespielt, welche Aehnlichkeit mit der Monarchinn hat. Wobey der vorwitzige Geisterseher Prinz Rohan dumm genug war, alles zu glauben, und den Cagliostro als einen Gott verehrte, von dem er noch mit Ehrfurcht spricht.

Es sey nun, wie es wolle, der Halsband gerieth in die Hände der Betrüger, und da der Kardinal den strengsten Verboth hatte, nach Hofe zu kommen, und wenn es zufällig geschah, daß er die Königinn öffentlich sahe, so glaubte er, daß die ihm gezeigte Ernsthaftigkeit nur in publico eine Verstellung war, weil nach dem Auftritte

tritte der Oliva die la Motte seine verliebte
Briefe von ihm empfieng.

Nun muß ich doch auch noch einen Auszug
aus denen Manuscripten hier anbringen, welche
mir Böhmer zur Bekanntmachung und Aufklärung vertraut hat. Er sagt: daß ein sicherer
Hachette Substitut des Generalprocurators, sein
alter Freund, ihm eigentlich die la Motte vorgeschlagen habe, um für seinen kostbaren Halsband
einen Käufer zu finden, weil er wisse, daß sie
unter der Hand Zutritt bey der Monarchinn habe, und ein schlaues Weib sey. Der Schwiegersohn dieses Hachette übernahm es, mit der
la Motte zu sprechen, und versicherte den Böhmer, daß sie aus dem Hause Valois, und des
Königs Verwandtin sey.

Man zeigt dieser la Motte den Halsband in
ihrem Hause; zu eben der Zeit verlohr Böhmer
durch das Falliment des Prinzen Guemene
150,000 Livres; desto begieriger war er, einen
so kostbaren Geschmuck zu verkaufen. Und man
proponirte ihm den Kardinal Rohan als Käufer,

der

der ohnfehlbar bald erster Minister, oder fran=
zösischer Großvezier seyn würde. Böhmer wußte
aber damals nicht, daß er durch unedles Be=
tragen, und sein ungezäumtes Geschwätz eben zu
der Zeit in der größten Ungnade der Königinn
lebte.

Nun versichert Madame la Motte, der
Kardinal Rohan werde selbst zu Böhmern kom=
men, verbietet ihm aber ausdrücklich ihren Na=
men nicht zu nennen, und warnt ihn zugleich,
wegen der Zahlung wohl auf seiner Hut zu seyn.
Dieses geschah den 21. Jänner 1785.

Tags darauf erscheint er wirklich in seinem
Hause von einem Kammerdiener begleitet; ver=
langt den Halsband zu sehen, und verspricht
ihm den baldigen Verkauf.

Fünf Tage nach diesem ersten Besuche,
läßt er Böhmer rufen, und fragt ihn, ob er
den Halsband auf gewisse Zahlungstermine ver=
kaufen wolle?

Böh=

Böhmer war zu der Zeit dem Marquis St. James 800,000 Livres schuldig; der Kardinal verspricht diese zu übernehmen, und James zu befriedigen. Und bietet 1,600,000 für den Geschmuck.

Böhmer schließt mit ihm den Kauf.

Der Kardinal sagt, daß er den Halsband nach Versaille schicke, ohne jedoch damals die Königinn zu nennen.

Am folgenden Tage läßt er ihm sagen, der Kontract sey acceptirt.

NB. Man erinnere sich hier, daß dieses vollkommen mit dem übereinstimme, was ich schon gesagt habe; daß nämlich indessen die la Motte die falsche Unterschrift der Königinn besorget habe.

Nun kömmt der Kardinal selbst sogleich zu Böhmer, und bringt den halbbrüchig geschriebenen Kontract mit, der bey jeden Artikel am Rande

Rande mit dem Worte approuvé, von der Königinn Handschrift gezeichnet, und unterschrieben war

       Maria Antoinette de France.

Hierauf sagt der Kardinal: die Königinn
wolle absolute nicht, daß es jemand wissen,
noch ihre Unterschrift sehen solle. Böhmer könne also diesen Kontract nicht in seinen Händen
behalten. Er wolle ihn aber in seiner Gegenwart versiegeln, und oben darauf schreiben, daß
in etwanigen Todesfalle dieses Papier ihm —
Böhmer & Compagnie — versiegelt behändigt
werde. Böhmer bewilligt alles, um den Kauf
zu schließen, worauf der Kardinal ihm deutlich
sagt:

   „Nun mein Freund! vertraue ich ihnen,
    „daß die Königinn unter meinen
    „Namen die eigentliche Käuferinn ist.
    „Dieß geschahe den 21. Februar."

Die Königinn hatte indessen ihr Kindbett
gehalten. Da sie aber ihren ersten Vorgang in
              voller

voller Pracht hielt, fuhr Böhmer nach Versaille. Stutzte aber sehr, da er den Halsband nicht unter ihrem Geschmucke fand. Er sagte dieses dem Kardinal, der ihn hiemit befriedigte: die Königinn habe Ursachen, warum sie dem Könige noch gar nichts von diesem Kaufe gesagt habe. Wobey er ihn versicherte, daß er im vertrautesten Umgange mit der Monarchin lebe, die nur im äußern Scheine gleichgiltig mit ihm aus erheblichen Ursachen verfahre. Böhmer glaubte, und wurde betrogen. Der Kardinal glaubte selbst auch, was er sagte, und war gleichfalls der Betrogene.

An eben den Tage kaufte der Kardinal für 18000 Livres Kleinigkeiten von Böhmer, ohne sie zu bezahlen.

Die la Motte hat aber den Böhmer versichert, daß er diesen Geschmuck dem Cagliostro gegeben habe.

Hierauf reisete Prinz Rohan nach Strasburg.

Böh.

Böhmer bestätigt übrigens alles, was ich bereits gesagt habe; daß nämlich der König selbst lange zuvor den Halsband 4 Monathe in seinen Händen hatte; und ihm zurückgab.

Dieses ist aber merkwürdig:

Daß der Kardinal dem Böhmer befahl, er solle sich bey der Königinn bedanken, daß sie den Halsband gekauft habe.

Sicheres Merkmal, daß er der Betrogene war, und ihm nicht für sich behalten, sondern ihn wirklich in der Monarchinn Händen glaubte.

Böhmer war nachläßig; und die letzte Zeit der Schwangerschaft auch das Kindbette waren Hindernisse zur Audienz.

Ende Juni läßt ihn die Königinn rufen, und giebt ihm den Auftrag, von den Haaren ihrer 3 Kinder einen Ring zu verfertigen. Böhmer

mer spricht aber dabey kein Wort vom Halsban=
de aus Blödsinn, weil er ein sehr furchtsamer
Mann ist, besonders, weil eben damals schon
der erste bestimmte Zahlungstermin von 400,000
Livres herannahete:

Ende Juli war dieser verfallen; Böhmer geht
zum Kardinal. Dieser bittet um Verlängerung
des Termins bis zum October; weil die Köni=
ginn so eben kein Geld hätte. Böhmer bewil=
ligt, und ist zufrieden. Zugleich aber trägt ihm
der Kardinal die größte Verschwiegenheit auf, die
Königinn nie zu nennen: und zu sagen; er ha=
be den Halsband an die Sultanin Favorite in
Konstantinopel verkauft.

Er zahlt ihm aber 30000 Livres für die
Interessen des ersten Quartals, welches in Con=
tract nicht bedungen war.

NB. Dieses macht in meinen Augen den
Kardinal verdächtig. Aber Gott weiß,
was Ihm die la Motte glauben ge=
macht hatte. Und diese 30000 Livres
wa

waren schon Gelder von verhandelten Steinen aus dem Halsbande.

Im October schreibt der Minister Baron Breteuil an Böhmer, und befiehlt ihm, sogleich zu ihm nach Versaille zu kommen. Böhmer eilt zum Kardinal, der ihm ausdrücklich befiehlt, er solle dem Minister kein Wort vom Halsbande sagen, und wenn er ihn befragt, antworten, er habe ihn an die Prinzessin von Asturien in Portugal verkauft.

Wirklich aber hätte Böhmer ihn dahin für baar Geld verkaufen können; die betrügerische la Motte hatte ihn aber überredet, er solle ihn lieber der Königinn ohne Zahlung creditiren, und hiedurch sein und des Kardinals Glück versichern.

Nun fährt Böhmer zum Baron Breteuil.

Dieser sagt — — Die Königinn habe mir ernsthaft aufgetragen, Sie, mein Herr! zu befragen, was Sie mit ihrem Billet sagen wollen,

wor=

worinnen Sie sich für die Gnade bedanken, daß Sie ihren Geschmuck gekauft habe.

Böhmer vom Kardinal vorbereitet giebt zur Antwort:

Es sey nicht der Halsband, sondern eine Kleinigkeit von 40000 Livres.

Breteuil steht verwundert da, und wiederholt ironisch:

So ist es nur eine Kleinigkeit?

Hier muß ich nun, ehe ich in dieser Erzählung weiter gehe, vorläufig anmerken.

Der Kardinal ließ im Juli den Böhmer rufen, und befahl ihm, sogleich an die Königinn zu schreiben, und sich bey ihr zu bedanken, daß sie den Halsband gekauft habe. Er selbst dictirte ihm den Brief, und befahl ihm, daß er ihn selbst in der Königinn Hände geben sollte.

Ber=

Vermuthlich hatte er schon Wind zum Verdacht gespielter Ränke, und wollte sicher seyn. Auch dieses erweiset, daß er selbst nie den Böhmer betrügen wollte, und eigentlich der Hintergangene war.

Nun fährt Böhmer zur Königinn nach Versaille, und erhält Audienz. Bey dem Eintritte gibt Sie ihm eine neue Commission, zu Verfertigung eines Geschmucks für den neugebornen Prinzen den Herzog von Angouleme. In dem Augenblicke läßt sich der Minister Graf von Calone melden. — — Die Königinn läßt Böhmer stehen, sagt, Sie würde ihn rufen lassen, befiehlt die Beschleinigung der Arbeit. Er hat keine Zeit von dem Halsbande zu sprechen, gibt Ihr aber das bey dem Cardinal geschriebene Dankmemoire in die Hand, und geht ab.

Ohnfehlbar muß die Monarchinn bey Durchlesung desselben erstaunt seyn, und hat sogleich den Minister Baron Breteuil den Auftrag gegeben, den Böhmer kommen zu lassen, und eine so wichtige Sache genau zu untersuchen.

Da

Da nun Böhmer auf Befragung nichts vom Halsbande erwähnt und nur von Kleinigkeiten sprach, so wurde er selbst verdächtig.

Freylich hätte Breteuil einen Mittelweg finden können: Sein unversöhnlicher Haß gegen den Kardinal fand aber hier offenes Feld zur Rache. Als Minister hatte er alle Gewalt Ihn zu stürzen in Händen; und sein Anschlag war wirklich, Ihn in die Hände des Scharfrichters zu bringen.

Indessen hatte er schon unter der Hand alles entdeckt, die Proben waren da, daß der Kardinal gesagt habe, Er habe den Halsband für die Königinn gekauft. Breteuil wußte von der Königinn selbst, daß Sie nie an diesen Kauf gedacht habe, und schändlich in einer so infamen Sache compromittirt wurde. Er hatte also schon seinen Entwurf gemacht. Böhmer zitterte indessen, weil ihn jedermann versicherte er sey vom Kardinal betrogen worden. In dieser Unruhe schickt er seinen Associe den Herrn

Be-

Berange früh um 6 Uhr zu ihm, und läßt ihn wecken, weil er in höchst wichtigen Sachen mit ihm zu sprechen habe.

Der Kardinal erscheint — und sagt: — — Böhmer, sie bringen keine gute Bothschaft, denn ihre unruhige Stellung entdeckt mir nichs gutes. — — Böhmer antwortete: — — Euer Eminenz! nur um eine Gnade bitte ich; — — und ich habe Ursache darum zu bitten — —

So reden sie, sie sollen die Wahrheit hören.

So sagen Sie mir, gnädiger Herr! Sind Sie sicher, daß die Königinn den Halsband in ihre eigene Hände empfangen hat, oder haben Sie etwann eine dritte Person dazu gebraucht? — —

Der Kardinal erschrickt, tritt zurück, lehnt den bestürzten Kopf in die Hand, und stützt den Ellenbogen auf den Camin. Nach einer
Pause

Pauſe hebt er die Hand zum Himmel, und ſagt, und ſchwört: — —

„ Dieſe Prieſterhand verdorre, wenn Sie
„ nicht den Halsband ſelbſt in die
„ Hand der Königinn gegeben hat.

Da nun Berange dieſes auf ausdrücklichen Befehl des Baron Breteuil in ſeinem Inquiſitionsverhöre geſagt, und beſchworen hat; die Königinn hingegen in einem ſolemnen Act erklärte:

„ Daß Sie weder den Kardinal, noch den
„ Halsband geſehen habe:

So war eben dieſes der Stof, woraus der Miniſter Breteuil die Urſach ſchöpfte, den Kardinal öffentlich eines Verbrechens der beleidigten Majeſtät zu beſchuldigen; Ihn auch deßwegen in die Baſtille einſperren zu laſſen, Ihn criminaliter zu behandeln, und ſeiner als Kardinal Ihm gebührenden geiſtlichen Rechte

zu

zu berauben, die er vergebens als Erzbischof von Straßburg, und Kardinal reclamirte,
in welcher Gestalt er allein von Pabste inqui-
rirt, auch gerichtet werden konnte.

Nun weiter zur Sache laut Böhmers mir
behändigten Manuscripte. — — Nach der ob-
bemeldten Unterredung mit dem Baron Breteuil
in dessen Augen er Rache und Wuth funkeln
sahe, gieng er zum Kardinal, und stattete Bericht ab. Dieser war zufrieden, und sagte:
Es ist schon gut. — — Genug, die Königinn
hat ihre Danksagung in Händen. Sie schweigt
seit 6 Tagen, und Breteuil muß nichts vom
Geheimniße wissen. So machte sich der einfältige Mann falsche Illusionen, und ließ sich noch
immer von der la Motte und vom Cagliostro
einschläfern.

Böhmer fuhr auf sein Landgut, und war
auch ruhig. Indessen aber wachte, und arbeitete Breteuil am Verderben des Karbinals.

Nach

Nach 6 Tagen erhält er Befehl, sogleich zur Königinn nach Versaille zu kommen. Er war krank, und entschuldigte sich. Gleich folgt der Befehl, auch krank solle er kommen. Gleich ist er gehorsam, und kömmt nach Paris. Hier erfährt er schon mit Schrecken, daß der Kardinal am 15 August, eben da er in Pontificalibus das Hochamt halten wollte, in die Bastille geführt worden sey.

Er fand zugleich eine Ordre z vom Minister Baron Breteuil, daß er am folgenden Morgen bey ihm in Versaille erscheinen solle. Böhmer und Berange, sein Compagnon, fahren hin. Breteuil sagt im Ministerialton:

„ Nun hab ich den Kardinal, den schlech=
„ ten Kerl auf Befehl des Königs
„ in die Bastille führen lassen: und
„ habe der flüchtigen la Motte nach=
„ setzen lassen.

Diese la Motte war 4 Tage zuvor von Paris weggereiset, wo sie bereits 3 Tage in

des Kardinals Pallaste versteckt lebte, und von
Ihm selbst heimlich fortgeschickt wurde.

> „ Dieses erweckt für den Kardinal selbst
> „ Ursache zum Verdacht , daß er mit
> „ ihr verstanden war , und sich von
> „ ihr sogar zur Mittheilung (der
> „ Schandthat habe verleiten lassen.

Nun legte ihnen Baron Breteuil alle Worte in den Mund , die sie beyde in der Inquisition sagen sollten ; mit dem merkwürdigen Be-
deuten :

> „ Meine Herren ! Ich weiß , daß ihr un-
> „ schuldig seyd ! Sprecht , wie ich
> „ will , und gut finde , daß ihr spre-
> „ chen sollt , was immer den Kardi-
> „ nal aggraviren, und verwirren kann,
> „ ohne eine andere Person zu nennen.
> „ In diesem Falle soll, und muß der
> „ Kardinal euch den Halsband be-
> „ zahlen.

Sprecht

„ Sprecht ihr aber anders, dann wird
„ nichts bezahlt. Ihr habt Regreß
„ an der la Motte, und schwitzt in
„ der Bastille.

Diese Worte hat Böhmer besonders gebe=
ten, daß ich sie der Welt bekannt mache. Man
sieht hieraus den damaligen Ministerial = De=
spotismus. Auch, daß dieser rachgierige Mann
nichts anders suchte, als den Kardinal un=
glücklich zu machen. Das übrige, was bey
solcher Lage der Sachen noch zu denken ist,
überlasse ich dem Urtheile meiner Leser.

Das Blatt hat sich aber nunmehro gewendet.
Breteuil hat bey der grossen Revolution sein
Vaterland als ein Bösewicht und verächtlicher
Flüchtling verlassen müssen; bey welcher er sich
wirklich wie ein wahrer Dummkopf in allen
seinen Entwürfen, und Anstalten betragen hat.
Kardinal Rohan hingegen tritt mit erhabner
Stirne nunmehro in denen Generalstaaten als
Mitglied auf. Ob er aber, wie er verlautet,

je=

jemals die Revision seines Prozesses fodre,
oder veranstalten werde, zweifle ich sehr, weil
es besser ist, gewisse Dinge in einiger Verges=
senheit zu begraben, und die Welt in Zweifel
zu lassen, als vor unpartheischen Richtern zu
erweisen, daß er ein Esel war, und sich von
einer Hure so schändlich letten, und betrü=
gen ließe.

An eben dem Tage, da Böhmer mit dem
Minister sprach, war er auch zur Königinn be=
stellt. Er fuhr nach Trianon, und die Mo=
narchinn führte ihn in Ihr Boudoir, oder Gar=
tenkabinet, wo Sie Ihm befahl, er solle Ihr
nunmehro die ganze Geschichte vom Halsban=
de treu erzählen, um Ihr die Ursache zu ent=
wickeln, warum er sich bey Ihr schriftlich
und zwar so spät wegen des Ankaufes be=
dankt habe. Ich, sagte Sie mit Lachen: Ich
habe niemals ein Halsband gekauft. Sie ha=
ben es dem Kardinal verhandelt; sagen Sie
mir den ganzen Verlauf der Sache.

Böh=

Böhmer erzählte alles treuherzig, so viel er wußte.

Nun fodert die Monarchinn alles schrift-lich von Ihm. Er fährt nach Hause, und bringt es am folgenden Tage. Bey dem Ab-schiede sagte ihm aber die Königinn ganz gnä-dig, da Sie seine Verwirrung bemerkte.

    „ Mein lieber Böhmer, sie haben nichts
    „ zu fürchten. Sie sind ein ehrli-
    „ cher Mann. Ich nehme alles auf
    „ mich. Und das Halsband soll Ih-
    „ nen bezahlt werden.

Getröstet geht er nach Hause, verfertigt die begehrte Relation, und bringt sie am fol-genden Tage der Königinn nach Trianon. Sie empfängt ihn in eben dem Cabinete. Sie liest alles, und sagt :

    „ Ich befehle Ihnen, von jetzt an keine
    „ Gemeinschaft mehr mit dem Kardi-
              „ nal

„ nal zu haben ; oder Ihm etwas zu
„ entdecken , was zwischen mir und
„ ihnen geredet wird.

Sie geht in den Garten , und fodert Ihr
Frühstück. Im Hinausgehen begegnet Böhmer dem Könige, der seine Gemahlinn in Garten sucht — — Er findet Sie, bleibt nun
einige Augenblicke bey Ihr , ohne zu früh-
stücken , und sieht im Vorbeygehen dem Böhmer ernsthaft unter die Augen.

Böhmer fährt auf sein Landgut Bossy ,
und erhält Befehl, alle Briefe und Schriften,
die den Kardinal betreffen, dem Minister zu
bringen. Er lag krank im Bette , und konnte
nicht erscheinen.

Tags darauf kömmt der Minister Breteuil
selbst zu ihm nach Bossy , nebst dem Polizey-
director, und versiegelt ihm seine Schriften ,
und sein Bureau. Trägt ihm auch an , daß er
in dieser Lage , wo ihm seine Schuldner drän-
gen

gen konnten, ihm ein königliches Schutz- und
Sicherheitsdecret geben wolle. Böhmer nimmt
nichts an, und sagt: Wenn ich auch betrogen
bin, so bleib ich ein ehrlicher Deutscher, und
kann noch ohne Hilfe zahlen. Zeigt ihm auch
zugleich noch einen Vorrath Brillanten von 2
Millionen im Werthe. Böhmer beschwerte sich
über den Affront bey Versieglung seiner Schriften. — — Man hieß ihn geduldig seyn. Am
folgenden Tage kam aber Breteuil und der Poli-
zeydirector selbst nach Bossy zurück, und rieß
die Siegel wieder los.

Merkwürdig ist dieses hier noch anzubringen:
daß der Polizeylieutenant, da er die la Motte
arrestirte, viele Diamanten vor ihr auf dem Tische gesehen zu haben bestätigte. Man hat sie
aber ihr nicht weggenommen, und Breteuil,
welcher sie in der Bastille examinirte, nahm sie
ihr auch nicht. Ohnfehlbar geschah dieses, um
den Kardinal noch mehr zu kränken, der alles
bezahlen mußte. Hingegen um viel wohlfeiler
davon gekommen wäre, wenn man der la Motte die Steine weggenommen hätte.

Hier

Hier muß ich auch noch etwas besonderes anmerken, daß mir Herr Berange mündlich erzählte.

Die la Motte habe ihm 3 Tage vor der Arrestirung des Kardinals mit Bestürzung gesagt: — O mein Freund, großes Unglück, die Königinn hat den Halsband nie erhalten, und unser lieber Kardinal ist betrogen. — Diese Partikularität weiß ich mit dem übrigen dieser Geschichte nicht zu verbinden; als daß etwan dieses Weib, die mit Berange gleichfalls gebuhlt hatte, ihm aus alter Liebe etwa eine Warnung geben, oder ihm unschuldig scheinen wollte, weil sie eben im Begriffe stand durchzugehen.

Uebrigens glaub ich nunmehr in dieser verworrenen Sache das wahre Licht angesteckt zu haben, bey welchem man alle Zweydeutigkeit und offenbare Lügen in der la Mottischen Vertheidigung sichtbar in die Augen fallen sieht. Das Resultat, oder die klare Auflösung des ganzen Räthsels ist aber diese:

Die Königinn ist vollkommen unschuldig.
Und

Und alle schändliche Schriften, welche zu ihrer
Schmach in London und Paris zum Vorschein
gekommen sind, werden ihr niemals in der Halsbandgeschichte den mindesten Verdacht aufbürden
können. Zeit und Umstände, und ihr Betragen
werden ihr die Liebe der Nation zurückbringen,
welcher sie durch einige leichtsinnige Fehler verdächtig schien, weil man schöne Königinnen in
Frankreich gerne nach dem Modegeschmacke beurtheilt, und mit mehr Strenge, als billig
scheint, zu richten gewohnt ist.

Ich habe die Sache selbst beurtheilt, wie sie
wirklich ist, und nicht, wie sie im überschnell-
ten Urtheile zu seyn schien, ehe man die Rap-
sodie der la Mottischen Memoire gelesen hatte.
Die Königinn hat wirklich nichts von der ganzen Sache gewußt. Und sowohl der Kardinal
durch Blindheit, als die la Motte durch frevel-
hafte Bosheit, haben ein wirkliches Verbrechen
beleidigter Majestät begangen; und verdienten
die Köpfe zu verlieren. Dieses versichere ich
mei-

meinen Lesern auf Ehre, und mit dem Ruhme
der Unpartheylichkeit, und Wahrheitsliebe, oh=
ne Ansehung der Person, welche sich meine Fe=
der bereits in ganz Europa erworben hat. In
diesem Falle hab ich das Betragen der Monar=
chinn genau untersucht; und nachdem ich gründ=
lich von der ganzen Manipulation dieses Haupt=
spitzbubenstreiches überzeugt bin, so ist es Her=
zensfreude für mich, wenn ich eine schöne Kö=
niginn öffentlich rechtfertigen, und Pflicht, wenn
ich aus einer so verwickelten, und durch Vorur=
theile verwebten Geschichte die Wahrheit heraus=
arbeiten konnte. Daß ich übrigens auch Köni=
ge nicht lobe, die der Schriftsteller Feder durch
Wohlthaten lenken können, hab ich bisher mit
Ehre und zu meinem eignen Schaden erwiesen.
Und die grauen Haare sollen nicht mit Schmeich=
lervorwürfen besudelt werden. Ich fordre nur
den Beyfall scharfsichtiger Leser, und dieser bleibt
mir gesichert; das sey mein Lohn.

Der Kardinal saß 9 Monath wegen seiner
Unvorsichtigkeit in der Bastille, wo man ihm
ge=

gestattete, sich ohngehindert mit seiner geliebten la Motte heimlich zu unterreden, die ihm am Ende doch mit Undank belohnte; und in ihrer herausgegebenen Vertheidigung ihn als Mitschuldigen des Diebstahls anklagt.

Der beschimpfte Prinz Rohan erhielt seine Freyheit, wurde aber von Paris exilirt, und in sein Bisthum verwiesen; auch verurtheilt, dem unglücklichen Böhmer das Halsband mit 1,600000 Livres und alle Prozeßunkosten zu bezahlen; wovon aber die Termine auf 8 Jahre ausgedehnt sind. Stirbt er indessen, so verliert Böhmer alles, weil er auf seine geistliche Einkünfte angewiesen ist. Nach der Revolution im vorigen Jahre ist die Zahlung ausgeblieben, und der ehrliche Böhmer, der ehmals gegen 4 Millionen im Vermögen besaß, ist durch die Vorfälle dieses Halsbandhandels so tief gefallen, daß er nicht nur ohnlängst bankerot machen mußte, sondern noch dazu in die tiefste Melancholie verfallen ist.

Bre-

Breteuil hat zwar seine Rache gegen den
Kardinal gekühlt, er ist aber jetzt selbst von der
ganzen Nation verabscheuet, aus seinem Vaterlande, wo er erster Minister war, geflüchtet,
und irret ohne Ehre in der Welt herum.

Madame Valois de la Motte wurde öffentlich am Pranger gebrandmarkt, und zum ewigen Gefängniß verurtheilt. Eine Hofkabale beförderte aber bald ihre Flucht. Jetzt schreibt sie
in London Lügen, wird von bösen Menschen allein applaudirt, von ehrlichen Leuten hingegen
verachtet. Sie hat aber noch Geld vom Halsbande übrig behalten, leidet keinen Mangel,
und das einzige, was sie weniger strafbar macht,
ist, daß sie nur einen Kardinal betrogen hat,
welcher 400000 Gulden Einkünfte von Kirchen-
gütern genoß, die arme Thoren für solche heil-
lige Gefäße zusammentragen.

Mademoiselle Oliva ist ohngestraft davon
gekommen. Sie zeigt den heiligen Pantoffel noch
ihren Freunden, welchen der verliebte Kardinal

ihr

Ihr im Boudoir zu Trianon in tiefster Ehrfurcht
küßte, und treibt ihr altes Handwerk noch mit
ziemlich günstigen Erfolge, weil der vorwitzige
Franzose die Person noch wirklich schön glaubt,
die das Glück genoß, einige Minuten die Rolle
der schönsten Königinn in Europa zu spielen,
und einen Kardinal in gebeugter Demuth zu ihren Füßen sah; der eine Hure bat, ihn zum ersten Minister in Frankreich zu erheben. Madame du Barry hat lange mit der la Motte geei-
fert. Sie hat freylich längst der letztern Schicksal verdient. Aber der Franzose ist gutherzig,
und hat bereits seine Väter und Freunde vergessen, welche durch verkaufte Lettres de cachet
die sie für 50 Louisd'or gerne austheilte, in der
Bastille verschmachten sehen. Böhmers prächtiger Halsband, welcher für eine Hofhure, die du
Barry, mit so viel Mühe zusammen gesetzt wurde, zirkulirt jetzt in alle Länder, so wie die auf-
gelößten Theile eines faulenden Körpers, im wir-
belnden Kreislaufe herum. Und nach hundert
Jahren wird man diese Geschichte, die so viel
Lärmen machte, ohnfehlbar unter die Romanen
rechnen, welche von einem so aufgeklärten Jahrhundert nicht glaubbar schien.

Der Kardinal Rohan wird aber dann erst als Martyrer heilig gesprochen werden, wenn Zeugniße da sind, daß Madame la Motte, die eben so wie Maria Magdalena lebte, auch so, wie sie, gestorben sey. Oder, wenn ein Jesuit Girard die Wundermale seiner heiligen Cadire bestätigen und ein Liebhaber neuer Kalender-Heiligen, die Kosten für die Seligsprechung bezahlen wird.

Aus=

Auszug

aus denen Prothokollen

der Bastille,

welcher mit der Nachricht im 51sten Hefte der
Schlözerschen Staatsanzeigen vollkommen
übereinstimmen.

———

Es zeigt sich, daß die la Motte vom Jahre
1782 bis 1784 allein vom Betteln und kleinen
Intriguen gelebt: daß sie ihre Penston von 1500
Livres, welche sie durch Ränke erschlichen hatte,
für eine Kleinigkeit verhandelte.

Da sie aber anfieng die Handschrift der Königinn nachzumachen, und da, wo sie Credit
such=

suchte, der Monarchinn Handbillete vorwies,
die sie selbst schrieb, um sich groß zu machen,
war der Kardinal schon so weit in ihrem Garne,
daß er ihr einmal 60, das andre mal 100000
Livres durch den Baron Blanta ausfolgen und
behändigen ließ, da la Motte ihm der Königinn
Handbillet vorwies, in welchem sie den Kardinal
um diesen Vorschuß bat. Die Adressen auf
dieser vorgegebenen Korrespondenz waren:

A ma Cousine Valois.

Herr Schlözer anatomirt in seinen Anmerkungen zuerst die Genealogie dieses Weibes, und
sagt eben das, was ich davon denke. Nichts ist
leichter, als von Priestern, von Kirchenbüchern,
und Epitaphien von Wagen-Herolden und eigen-
nützigen Menschen oder guten Freunden, eine
Genealogie von 40 Ahnen zusammen zu stoppeln,
und sodann im stiftmäßigen Adel aufzutreten.
Man kann ja sogar bey uns Diplomaten und
Ahnen gegen baare Bezahlung kaufen. Wer
hiervon das Lächerliche lesen will, der schlage
nur den 3ten Band meiner sämmtlichen Schriften

ten nach, um mit mir über den ſtiftmäßigen
Adel zu lachen.

Ich möchte wohl eine Familie auf Erden
kennen, die beweiſen könnte, daß nur 3 Mütter
aus ſeinem auf einander folgenden Geſchlechte
ganz poſitive ihren Männern treu waren. Und
daß kein Pfaf, Hausknecht, oder Cizisbeo ſeine
Reiſſer in die hochadelige Familie gepfropft habe. Dieſes allein zeiget ſchon das Lächerliche der
Geburtsgenealogien. Unſre alte deutſche und
franzöſiſche Familien prahlen mit ihrer Abkunft
von denen alten deutſchen und fränkiſchen Or-
densrittern. Und wer waren denn dieſe im
eigentlichen Verſtande? Adliche Straßenräuber:
fanatiſche Kreuzzüge = Ritter, Pfaffen und Pfaf-
fenknechte vom gelobten Lande. Man kennt die
Rechte unſers ehemaligen alten Adels in und neben ihren Raubſchlößern, über das dumme wehr-
loſe Volk unter despotiſchen Scepter. Wie weit
aber dieſer Despotismus grif, ſiehet man am
deutlichſten in der franzöſiſchen Geſchichte, wo
ſo gar die Hurenkinder der Könige Prinzen von
Geblüte wurden: wo der Ehebrecher als Despot
ſeine

seine Wechselbalge legitimiren, und von allge=
meinen Schatze bereichern konnte. Frankreich
hätte gewiß nicht 4000 Million Schulden, wenn
dieser Mißbrauch nicht bis zum höchst möglich=
sten Grade der Mißhandlung menschlicher Rech=
te und Vernunft herangewachsen wäre. Die Hu=
ren hießen Maitressen, und ihre Kinder und
Verwandten sogen den Mark des Landes aus.
Auf diese Art ist das königliche Blut im ganzen
Reiche so allgemein vermischt worden, daß ge=
wiß 1/4 der Nation sagen kann: Wir stammen
aus königlichem Geblüte, eben so, wie die Com=
tesse de la Motte aus dem Hause Valois.

Und dennoch erhielt sie allein deswegen,
weil sie sich legitimirte, daß sie vielleicht von ei=
ner Hure Königs Heinrich abstamme, vom Mi=
nister Calonne eine Pension von 1500 Livres.
Herrliche Ausspendung der Staatskassa: und lä=
cherliche Gewalt eines Ministers, dessen Will=
kühr sie überlassen ist. War nicht endlich die
geschändete, so tief herab gesunkene Nation ge=
zwungen, die unerträgliche Bürde des Ministe=
rialdespotismus abzuschütteln? Und die sogenann=
ten

ten Prinzen, und Prinzeſſinnen und Saugeigel der Monarchie in ihr gehöriges anzuweiſen. Bald wird ſich der Franzoſe ſchämen, ein Ab= kömmling einer Maitreſſe zu heiſſen, die den Staat arm machte. Er hat geſehen, wozu der Adel unter einen Deſpoten nutzt: und da wir Deutſche ſo gerne dem franzöſiſchen Modegeſchmack nachäffen, ſo iſt zu beſorgen, daß unſre heilige römiſche Reichsdorftirannen und Zwangdeſpo= ten, unſre hochadliche für baar Geld erkaufte Ritterdiplomata bald nach ihren innern Werthe erſcheinen werden.

Die königliche Couſine Valois de la Motte iſt nunmehro in ihrem Vaterlande bekannt, ſeit= dem ihr das Wappen des königlichen Hauſes, die 3 Lilien, auf die Schültern gebrannt wurde. Schande iſt es aber allezeit für den Karbinal Ro= han, daß er ſich ſo lange Zeit von einem ſolchen Weibe blenden ließ, und nie Gelegenheit ſuchte, zu unterſuchen, ob alle Briefe, die ſie ihm von der Königinn Hand brachte, und vorwies, nicht falſch waren. Wer aber einmal mit Blindheit geſchlagen iſt, der betet von Herzen: — Praeſtet

fides

fides supplementum sensuum defectui. Und ein Kardinal muß ja nothwendig stärker im Glauben, folglich leichtgläubiger seyn, als ein Mensch ohne Purpur.

Nach der Aussage in der Bastille hat sie den 2ten Februar 1784 der Königinn persönlich ein Memoire übergeben, worin sie um Allmosen als Comtesse Valois bat, sonst, und seitdem hat sie nie mit ihr gesprochen. Im Anfang des Augusts 1784 betrog sie den Kardinal durch die Oliva im Garten zu Trianon. Laut Aussage dieses Mädchens hat sie aber damals die Königinn vorstell eud nichts anders gesagt, als

„Hoffen Sie, daß ich alles Vergangene vergessen werde. —

Es muß also die Geschichte im Sommerhause ganz erlogen seyn. Hiedurch war nun der Kardinal ganz geblendet und gefangen. Und von diesem Augenblicke an konnte sie ihn leiten, wohin sie wollte. Gleich darauf erhielt der Kardinal

nal ein Billet von der Königinn, daß er der la
Motte 60000 Livres behändigen solle. Bald her=
nach wieder ein ähnliches Billet für 100000 Liv.
Beydes ließ ihr der Kardinal sogleich durch den
Baron Planta bezahlen, und war durch die nach=
gemachte Handschrift der Königinn betrogen.

Einmal empfieng sie 5000 Livres von ihm
zu Zahlung ihrer Schulden geschenkt. Alles die=
ses ist in Actien und mit Confrontation erwiesen,
auch eingestanden worden.

Es ist auch erwiesen, daß sie das ganze
1784 Jahr hindurch geborgt, und gebettelt ha=
be, auch kümmerlich lebte; sogar daß sie ihre
Pension von 1500 Livres für 6000 verkauft und
auf ewig cedirte.

Im December war sie schon reich, da sie
die 160000 Livres vom Kardinal auf die falsche
Handbillete der Königinn erhalten hatte.

Im Jahr 1785 ist ihr erwiesen worden,
daß sie schon 700,000 Livres in ihrer Gewalt
hat=

hatte. Im März verkauft sie an den Jouwe-
llers Paris für 36000 Livres Diamanten, an
Regnier für 27540. Im Juni abermals für
16000 Livres. Er la Motte reiset nach London
und verkauft daselbst für 146,160 Livres Diamanten aus dem Coller, und noch dazu so wohlfeil, daß der Kaufer Diebstahl muthmaßete.
Sie hielt nunmehr 14 Bediente; strotzte von
Edelsteinen. Er hingegen spielte und verschwendete in London. Die Acten erweisen also ohne
Widerspruch, daß sie eigentlich die Diebin des
Halsbandes war.

Sie giebt auch in der Inquisition vor, der
Kardinal habe ihr im Jahr 1782 34000, Anno
1783 63500 und 1784 34000 Livres geschenkt.
— Alles dieses läugnete er aber. Dies sagte sie in der Inquisition. Und in ihrem Me-
moir gesteht sie nur in allen 6240 Livres. Einmal sagte sie gar, sie habe vom Kardinal im
Jahr 1782, da sie in der bittersten Noth lebte,
schon 230000 Livres geschenkt erhalten. Die
Gartengeschichte war ihr Meisterstück, wo der

ge-

getäuschte Kardinal mit der Oliva als verstellte
Königinn sprach. Die la Motte hatte aber alles
schon so eingerichtet, daß nach dem ersten Worte
der falschen Königinn, sogleich die Ankunft der
Comtesse Artois gemeldet wurde, folglich hatte
der entzückte Kardinal nicht Zeit zu untersuchen,
noch zu denken. Nach dieser Scene versichert
die la Motte in einem falschen Billet von der
Königinn, daß sie mit der von der Oliva gespielten Rolle sehr zufrieden sey. Sie giebt ihr anstatt versprochene 15000 Livres nur 4000. Das
Mädchen glaubte, und war folglich im Grunde
unschuldig, blieb auch ohngestraft. Dieses atte-
stirte der Obriste Planta, der gleichfalls im
Garten zugegen war. Auch die Kammerfrau der
la Motte, welche die Oliva angekleidet hatte.
Retaur de Vilette gesteht es auch als Augenzeuge. Folglich ist diese Scene erwiesen. Und
nach vielen Läugnen, sah sie sich endlich gezwungen, alles zu gestehen.

Nach dieser Scene war der Kardinal blind.
Die la Motte sein Schutzgott. Sie brauchte
keine

keine Arbeit mehr, ſie konnte erndten. Villette
geſteht auch, daß er die zwey falſche Briefe im
Namen der Königinn geſchrieben habe, wodurch
ſie dem Kardinal 160000 Livres ablockte, die
Planta ihr behändigt hat.

Nachdem ſie dieſes erhaſcht hatte, brütete
ſie erſt Ende December den Anſchlag aus, um
auch den Halsband zu erhaſchen. Und die Manipulation iſt ſo und nicht anders getrieben worden, wie ich ſie aus Böhmers Manuſcripten
bereits erzählet habe, und noch beſtätigen werde.
Genug, ſie konnte nunmehr mit dem Kardinal,
der ihr alles glaubte, auch alles machen.

Den 29ten Januar baten die Jouwelier
um Beſtimmung der Intereſſen, die im Kontrakt vergeſſen waren. La Motte fand, daß ſie
hiedurch 6 Monath Aufſchub gewann, um die
Zahlung des erſten Termins zu verlängern, und
wies dem Kardinal den 1. Februar einen abermals ſelbſt geſchmiedeten Brief von der Königinn, worinnen ſie die Intereſſen accordirt.

Der

Der Kardinal schrieb noch an eben dem Tage an Böhmer.

> „Die Königinn hat mir NB. wissen gemacht,
> „(nicht gesagt), daß sie die Interessen
> „von Ende August laufend nach dem
> „ersten Zahlungstermine, nebst dem
> „Kapital, bezahlen wolle.
>
> Rohan, Kardinal.

Böhmer hat diesen Brief überall gezeigt.

Es hat ihn auch der Kardinal zum Originalkontract des Halsbandes gelegt, und zu seiner Rechtfertigung dem Könige vorgezeigt, da der Betrug ausbrach. Folglich ist er nicht der Betrüger.

Laut Acten heißt es ferner.

Der Kardinal fährt nach Versaille zur la Motte, nimmt den Halsband mit, und giebt ihn ihr selbst in die Hand. Sie hält Contenance,
und

und sagt: — Die Königinn wartet heute Abend
darauf.

Im Augenblick erscheint ein Mensch in königlicher Livree, und bringt der la Motte ein
Billet, welches sie selbst geschrieben hatte. Sie
liest es ihm vor, und der Inhalt war: — Sie
solle den Geschmuck wohl versiegelt dem Bringer
dieses übergeben. Dieß geschah; so blieb das
Halsband in der Betrügerin Hände. Man hat
aber im Prozesse den Menschen nie entdecken
können, den sie hiezu gebraucht hatte. — Ich
glaube aber, dies Prothokoll ist falsch, und
Geschmuck ist bey der 2ten Gartenscene erhal-
worden, da die verstellte Königinn den Kardinal
im Boudoir empfieng, wie ich bereits erwähnt
habe. So hat mirs Böhmer in seinem Manuscripte erzählt. Hievon ist aber im Processe nichts
vorgekommen.

Uebrigens hat sich laut Acten gezeigt, daß
Villette vorher ein blutarmer Teufel war, der
aber viel mit der la Motte lebte, Ihr geheimer
Rath war, und dann den reichen Herrn spielte.

te. Er hat auch einem Juden für 40000 Livr.
Diamanten verkaufen wollen, der Jude denun-
cirt ihn als einen verdächtigen Dieb. Vilete
wird citirt, und sagt aus, er habe sie von der
la Motte erhalten. Abermaliger Beweis, daß sie
die Diebin war.

Den 6. August zahlt sie dem Vilette 4000
Liv. um aus Paris zu fliehen . . er wurde
aber erhascht, und gestand alles. Sie selbst
wollte aus Frankreich nicht fliehen, weil sie
deswegen nichts zu fürchten hätte, da der Kardinal in allen Fällen Zahler seyn mußte, der
den Contract mit Böhmer geschlossen hatte. Er
war also auch in allen Fällen genöthigt zu schweigen, um die Königinn nicht zu compromittiren,
und sich selbst wegen seiner Leichtgläubigkeit zum
Gelächter zu machen.

Der Querstrich, den sie aus dummer Sicherheit nicht verhütete, war, daß die Geschichte
nach Hofe kam. Wäre sie zum Kardinal gegangen, und hätte ihm gesagt — — Herr!
Ihr seyd betrogen — alle Briefe der Königinn

Y   hab

hab ich gemacht, und der Halsband ist mein, so mußte er den Böhmer zahlen und hatte an der la Motte keinen Regreß. Er wäre noch froh gewesen, daß die ganze Sache in ewiger Verschwiegenheit geblieben wäre.

Nun aber wurde sie ruchtbar. Der Kardinal prostituirt und mußte den Halsband doch bezahlen. Hiedurch verfiel aber die la Motte in die Inquisition, und wurde auch unglücklich, welches sie nie möglich glaubte.

So weit geht der Auszug aus den Actenstücken. Ich habe nur noch anzumerken, daß dieser aus denen Acten der Inquisition gezogene Extract, beynahe gänzlich mit dem übereinstimme, was mir Böhmers Manuscript entdeckte. Ich messe aber diesem mehr Glauben bey, weil er seine 1,600000 Liver gewiß genau forschte, mit dem Kardinal vertraulich sprach, auch bey Hofe Freunde zum Kundschaften hatte. In der Bastille hingegen sind alle Prothocolle verdächtig. Dort mußte Kardinal, la Motte, und alle Zeugen das sagen, was Breteuil damals haben woll-

wollte, daß man sagen sollte, um den Kardinal unglücklich zu machen.

Wär Breteuil ein ehrlicher Mann gewesen, so würde der Kardinal nicht in die Bastille geführt. Er hätte bezahlt, der Name der Königin wäre nie genannt worden. Und das wäre edler, besser, auch klüger gewesen.

Parlaments = Urtheil

in der Halsbandssache und gerichtlicher Ausgang desselben.

Der Gerichtshof erkläret die Genehmigungen und die Unterschrift: Maria Antonia von Frankreich für betrügerisch beygesetzt, und fälschlich der Königin unterschoben; befiehlt die Worte genehmigt, und die Unterschrift durchzustreichen, und auszulöschen, hievon den Verbal Prozeß aufzusetzen, und von dem Gerichtsspruch über

be=

besagten Kontrakt Meldung zu thun, befiehlt,
daß jener Kontrakt bey den Kriminalakten nie-
dergelegt werden und verbleiben soll.   Verurtheilt den Herrn de la Motte zur Fustigation,
Brandmarckung, und auf Lebenslang zur Ga-
leere; verurtheilt den Villette zur immerwährenden Verbannung; verurtheilt die Frau de la
Motte, mit dem Strick am Halse gepeitscht,
auf den beyden Schultern gebrandtmarkt, und
auf immer in das Hospital der Salpetriere ein-
gesperrt zu werden; entläßt das Mädchen Oliva vom Gerichte; spricht Cagliostro von der
Anklage frey; spricht den Kardinal Rohan von
der Beschuldigung frey, befiehlt die Unterdrü-
ckung der Denkschrift der Frau de la Motte,
weil sie falsche, beleidigende, verläumderische
Angaben enthält, befiehlt den Parlamentsschluß
anzuschlagen, wo er immer nöthig seyn mag.

Sobald dieser Schluß ausgefertiget war,
kehrten der Herr Kardinal, und Cagliostro nach
der Bastille zurück.   Erst am folgenden Tag
wurden sie in Freyheit gesetzt.   Der Herr Kardinal begab sich in sein Haus, wo es ihm aber
nur

nur erlaubt war, seine Freunde und Advokaten zu sehen. Die übrigen Beklagten blieben in dem Parlamentsgefängniß. Noch am nämlichen Tag den 1, Junius, sollte das Urtheil an der Frau de la Motte vollzogen werden; sie erhielt aber vermöge eines Hofdekrets einen Aufschub von 6 Monaten, es heißt, man wolle untersuchen, ob sie wirklich von König Heinrich II. und der Frau vom Savigny abstamme.

Indessen erhielt der Herr Baron Breteuil folgenden schriftlichen Befehl von dem König:

Herr Baron von Breteuil!

Da der Herr Siegelbewahrer Mir von dem Parlaments Schluß in der Sache des Hals-schmucks Nachricht gegeben hat, wodurch die Dekrete desselben gegen die Beklagten nicht mehr bestehen, so werden sie den Gouverneur der Bastille in meinem Namen befehlen, den Herrn Kardinal von Rohan und Cagliostro in Frey-heit zu setzen. Nachdem aber der Name der Königin, meiner Gemahlin, in der Sache des

Hals-

Halsschmucks, wobey der Herr Kardinal eines
der vorzüglichsten Werkzeuge war, sehr genißs-
braucht worden ist, so werden sie sich zu ihm
begeben, ihm in Meinen Namen die Niederlegung der Stelle des Großalmosenpflegers von
Frankreich, und der damit verbundenen Orden
anbefehlen, auch ihm zugleich den einliegenden
Brief übergeben, wodurch ich Ihn nach seiner
Abtey Chaise = Dieu verweise, wo er, wie ich
hofe, nicht viel Gesellschaft sehen, und wohin
er sich innerhalb 3 Tagen begeben wird. Dem
Cagliostro werden sie sagen lassen, daß er Paris innerhalb 24 Stunden, und Frankreich innerhalb 3 Wochen verlassen soll. Sie können
diesen Brief öffentlich bekannt machen.

Diesem zu Folge begab sich der Herr Baron von Breteuil am 2ten Junius Vormittag
zu dem Kardinal, eröfnete ihm seinen Auftrag,
und übergab ihm den Lettre de Cachet. Der
Herr Kardinal schrieb die Niederlegung seiner
Würden sogleich, lößte seine Ordenszeichen vom
Kleide, und übergab sie dem Minister.

Am

Am 5ten Junius um 10 Uhr Morgens reiste er wirklich mit etwa 11 Personen seines Gefolges nach Chaise - Dieu in dem Gebürge von Auvergne ab.

An eben dem Tage gieng auch Cagliostro aus Paris ab, und hält sich indessen zu Passy auf.

Es heißt, er werde seinen Weg nach England nehmen. So weit der Amtsbericht.

Die Dlle. Oliva ist von ihrem Advokaten an einem bisher noch unbekannten Ort in Sicherheit gebracht worden. Ich habe sie aber in St. Germain gesprochen.

Die Würde des Groß - Almosenpflegers sammt dem heil. Geistorden erhielt der Bischof von Metz, aus dem Hause Laval - Montmorenci.

Von dem weitern Schicksal des Herrn Villette weiß man noch nichts zuverläßiges.

Madame la Motte hat im vorigen Jahre ihre sogenannte Memoire oder Rechtfertigung

in

in London drucken lassen, wo sie sich aufhält.
Wer aber die Wahrheit in diesen Blättern ge-
lesen hat, der sieht die Betrügerin in jeder
Silbe hervorblicken, und verwirft dergleichen
Schmähschrift mit Verachtung.

Der Kardinal hat sich aber durch eine auch
in Wien deutsch übersetzte Denkschrift vollkommen gereinigt. Diese Schutzschrift ist fast durchaus wahr, und bestättigt alles, was in dieser
meiner Auflösung des ganzen Räthsels vorgetragen wird.

Seit der französischen Revolution sitzt er
als Mitglied in denen versammelten Generalstaaten mit Ehre in Paris. Cagliostro hingegen
logirt gegenwärtig auf der Engelsburg im heiligen Inquisitionsgericht in Rom, wo er nunmehro nach Belieben auf seiner Degenspitze in
den Himmel steigen kann, und vermuthlich da
bleiben wird.

www.ingramcontent.com/pod-product-compliance
Lightning Source LLC
Chambersburg PA
CBHW021756110726
47902CB00006B/1536